KB017852

글누림비서구문학전집 15

머나먼 별들

Những ngôi sao xa xôi
by Lê Minh Khuê

15

글누림비서구문학전집

머나먼 별들

•

레 민 퀘

최하나 옮김

LE MINH KHUÊ

작가의 말

사랑하는 한국 독자들께

여러분의 손에는 베트남 여성작가인 저의 난편집이 있습니다. 베트남어에 능숙하고 베트남 문화와 삶에 대한 이해가 깊은 최하나 선생이 이번 대표소설선의 작품을 고르고 번역을 했기 때문에 저는 이 작품집의 번역이 훌륭할 것이라는 확신이 있습니다.

보통 낯선 땅에 가 보고 싶을 때, 그 나라에 대한 지도를 보고, 다큐멘터리 영화를 보는 것처럼 사람들은 자주 문학작품을 읽습니다. 깊이 있는 문학작품은 여러분이 아직 발조차 내딛지 않은 한 나라에 이르는 길을 이해할 수 있게 도와줄 수 있을 것이라고 생각합니다. 여러분은 우리나라에 대해 가장 빨리 이해하기 위해 나의 단편소설과 다른 베트남 작가들의 작품들을 읽을 수도 있습니다.

나는 10년을 전쟁에 참여한 사람입니다. 맨 처음, 자원 청소년인 나의 일은 공병처럼 길을 닦고 미국의 폭탄을 터뜨리는 일이었습니다. 그 이후 나는 종군기자로 전쟁이 가장 치열한 모든 곳을 다녔습니다. 1975년 전쟁이 끝날 때 다낭으로 들어가는 부대에 있었습니다. 나는 미국의 포탄에 맞부딪친 베트남 사람에 대한 작품 몇 편을 썼습니다. 그리고 전쟁이 끝난 후에는 전쟁 후의 삶, 빈궁한 상황, 소비시대로 들어서면서 문화가 메말라가는 나라를 재현했습니다.

어떤 주제로든 나는 전쟁 중 내 가슴 속 과감한 마음에 대해서, 나라의 독립과 통일을 위한 베트남 사람들의 희생에 대해서 여러분들과 나누고 싶었습니다. 나는 또한, 전쟁이 50년을 넘게 지나면서 산산이 부서지고, 미처 아물지도 않은 수많은 상처 위에 모든 것을 다시 건설해야 해서 힘겹게 극복해가는 사람들에 대해서 말을 하고 싶었습니다.

오랫동안 독서에 푹 빠져있던 베트남사람들, 전쟁에 나가면서도 배낭에 책을 가지고 다녔던 사람들의 시대는 이미 오래 전에 지나, 작가의 책임이 그다지 크지 않습니다. 요즘에 문학책이 많이 읽히지 않습니다만, 나와 같은 작가들은 아직도 글에 대한 사랑으로 자신의 일을 떠날 수가 없습니다.

나는 글을 썼고, 계속해서 항미 전쟁에서 나와 내 친구들의 젊은 시절 추억으로 여전히 화려한 삶의 체험들을 써내려 갈 것입니다.

레 민 퀘 Lê Minh Khuê

간행사

구미중심적 세계문학에서 지구적 세계문학으로

괴테가 옛 이란인 페르시아에서 아주 유명하였던 시인 하피스의 시를 독일어 번역을 통해 읽고 영감을 받아서 그 유명한 『서동시집』을 창작한 것은 아주 널리 알려진 일이다. 괴테는 비단 하피스뿐만 아니라 페르시아의 역사 속에 등장하였던 숱한 시인들에 대해서도 공부하고 일일이 설명하는 노고를 그 책에서 아끼지 않을 정도로 동방의 페르시아 문학에 심취하였다. 세계문학이란 어휘를 처음 사용한 괴테는 히브리 문학, 아랍 문학, 페르시아 문학, 인도 문학을 섭렵한 후 마지막으로 중국 문학을 읽고 난 후 비로소 세계문학이란 말을 언급했을 정도로 아시아 문학에 깊이 심취하였다. 괴테는 '동양 르네상스'의 전통 위에 서 있었다. 16세기에 이르러 유럽인들이 고대 그리스 로마의 정신적 유산을 비잔틴과 아랍을 통하여 새로 발견하면서 르네상스라고 불렀던 것을 염두에 두고 동방에서 지적 영감을 얻은 것을 '동양 르네상스'라고 명명했던 것이다. 동방의 오랜 역사 속에 축적된 문학의 가치를 알게 되면서 유럽인들이 좁은 우물에서 벗어나 비로소 인류의 지적 저수지에 합류한 것이다.

하지만 중국에서 생산된 도자기와 비단 등을 수입하던 영국이 정작 수출할 경쟁력 있는 상품이 없다는 것을 깨닫고 인도와 버마 지역에서 재배하던 아편을 수출하며 이를 받아들이라고 중국에 강압적으로 요구하면서 아편전쟁을 벌이던 1840년대에 이르면 사태는 근본적으로 달라졌다. 영국이 산업화에 어느 정도 성공하면서 런던에서 만국 박람회를 열었던 무렵인 1850년대에 이르러서 비로소 유럽이 전 세계를 지배하게 되는 움직임이 시작되었다. 13세기 베네치아 출신의 상인 마르코 폴로와 14세기 모로코 출신의 아랍 학자 이븐 바투타가 각각 자신의 여행기에서 가난한 유럽과 대비하여 지상의 천국이라고 지칭하기도 했던 중국이 유럽 앞에서 무너지는 것을 보면서 예전의 방식은 더 이상 통하지 않게 되었고 새로운 세계상이 만들어져 가기 시작하였다. 유럽인들은 유럽인들이 만들고 싶은 대로 이 세상을 만들려고 하였고, 비유럽인들은 이러한 흐름에 저항한다는 것이 거의 불가능하다는 것을 알아차린 이후에는 유럽의 잣대로 세상을 보는 방식을 배우기 위해 유럽추종에 혼신의 힘을 쏟았다. '동양 르네상스'의 기억은 완전히 사라지고 그 자리에 들어선 것은 '문명의 유럽과 야만의 비유럽'이란 도식이었다. 유럽의 가치와 문학이 표준이 되면서 유럽과의 만남 이전의 풍부한 문학적 유산은 시급히 버려야할 방해물이 되기도 하였다. 처음에는 유럽인들이 이러한 문학적 유산을 경멸하고 무시하였지만 나중에서 비유럽인 스스로 앞을 다투어 자기를 부정하고 유럽을 닮아가려고 하였다. 의식과 무의식 전반에 걸쳐 침전되기 시작한 이 지독한 유럽중심주의는 한 세기 반을 지배하였다. 타고르처럼 유럽의 문학을 전유하면서도 여기에 함몰되지 않고 자신의 전통과의 독특한 종합을 성취했던 이들이 없었던 것은 아니지만 주된 흐름을 바꾸기에는 역부족이었다.

유럽이 고안한 근대세계가 내부적으로 많은 문제점들을 드러내자 유럽 안팎에서 이에 대한 비판이 이루어졌고 근대를 넘어서려고 하는 노력들이 다방면에 걸쳐 행해졌다. 특히 그동안 유럽의 중압 속에서 허우적거렸던 비유럽의 지식인들이 유럽 근대의 모순을 목격하면서 자신의 과거를 돌아보는 성찰의 시간을 가지면서 사태는 달라지기 시작하였다. 유럽중심주의를 넘어서려는 이러한 노력은 많은 비유럽의 나라들이 유럽의 제국에서 벗어나는 2차 대전 이후에 이르러 본격화되었다. 정치적 독립에 그치지 않고 정신적 독립을 이루려는 노력이 문학을 중심으로 광범위하게 이루어졌던 것이다. 구미중심주의에 입각하여 구성된 세계문학의 틀을 해체하고 진정한 의미의 지구적 세계문학으로 나아가기 위해서는 두 가지의 인식 전환이 필요하였다. 하나는 기존의 세계문학의 정전이 갖는 구미중심주의를 분석하고 비판하는 것이다. 현재 다양한 세계문학의 선집이나 전집 그리고 문학사들은 19세기 후반 이후 정착된 유럽중심주의의 산물로서 지독한 편견에 젖어 있다. 특히 이 정전들이 구축될 무렵은 유럽이 제국주의 침략을 할 시절이기 때문에 이것은 더욱 심하였다. 아무리 뛰어난 재능을 가진 유럽의 작가라 하더라도 제국주의에서 자유로운 작가는 거의 없기에 그동안 별다른 의심 없이 받아들여졌던 유럽의 세계문학의 정전들을 가차 없이 비판하고 해체하는 작업은 유럽중심주의를 넘어서기 위해서 반드시 거쳐야 할 과정이었다. 하지만 이는 필요조건이지 충분조건은 아니었다. 서구문학의 정전에 대한 비판에 머무르지 않고 비서구 문학의 상호 이해와 소통이 절실하다. 비서구 문학의 상호 소통을 위해서는 비서구 작가들이 서로의 작품을 읽어주고 이 속에서 새로운 담론들을 만들어 내는 것이 필요하다. 기존 정전의 틀을 확대하는 것은 임시방편일 뿐이고 근본적인 전환일 수 없기에 이러한 작업은 지구적 세계문학의 구축을 위해서는 반드시 거쳐야한다. 비서구문학전집은 이러한 인식의 전환을 위한 새로운 출발이다.

글누림비서구문학전집 간행위원회

차례

레 민 쾌
단편선

머나먼 별들

우리는 세 명이다. 아가씨 셋. 우리는 고지 아래 동굴에 산다. 동굴 앞을 지나는 도로는, 언덕까지 이어지고, 저기 어디까지 이어지는데, 멀다! 도로는 작살이 났고, 붉고, 흰 흙이 섞여 있다.

도로 양편에 서 있는 나무들은 푸른 잎사귀가 없다. 잎은 다 떨어지고 말라 타버린 나무 몸통들만 있다. 뿌리가 무성한 나무들은 굴러다니고 있다. 큰 돌무더기들. 석유통 몇 개 혹은 찌그러진 자동차 차체가 녹슬어 흙 속에 놓여 있다.

우리들의 일은 여기에 앉아 있는 것이다. 터지는 포탄이 있을 때 뛰어가서 포탄 구덩이를 메울 흙의 양을 측정하고, 터지지 않은 포탄 수를 세고, 필요하면 포탄을 터뜨리는 것이다. 사람들은 우리를 '노면(路面) 정찰조'라고 부른다. 영웅적인 업적을 이루고 싶은 갈망을 일으키는 이름이다. 따라서 업무 역시 전혀 간단하지 않다. 우리는 포탄 때문에 늘 파묻힌다. 고지에 기어 올라갔다 돌아오면 반짝

거리는 두 눈만 보일 때도 있다. 웃으면 꼬질꼬질한 얼굴에 새하얀 이. 그런 때, 우리는 서로 '까만 눈의 귀신들'이라 부른다.

부대에서는 우리에게 상당한 관심을 두고 있다. 뭐라도 생기면, "정찰하는 애들에게 줘. 걔들은 위에 사람도 없잖아."

그러는 것도 쉽게 이해가 된다. 부대는 보통 해가 질 때 도로로 나선다. 그리고 밤새 일을 할 때도 있다. 그런데 우리는 고지에 대낮에도 달려간다. 대낮에 고지로 달려가는 건 장난이 아니다. 죽음의 신은 장난을 좋아하지 않는 존재이다. 그는 포탄들 속에 숨어 있다. 나는 지금 아직도 아물지 않은 상처가 허벅지에 있다. 당연히, 나는 군인 병원에 가지 않았다. 어떤 일이든 일의 재미라는 게 있다. 어디에 이런 데가 있을까? 연기가 피어오르는 땅, 당황스러운 분위기, 비행기는 윙윙 멀어져 가고 있다. 신경은 밧줄처럼 팽팽하고, 심장은 박자를 무시하고 쿵쾅거리고, 발은 뛰어가는데 아직도 폭발하지 않은 포탄이 주변에 수없이 널렸다는 걸 알고 있다. 지금 당장 폭발할 수도 있고, 잠시 후가 될 수도 있다. 그러나 어떻게든 폭발할 것이다. 그리고 일이 끝나고, 뒤돌아 한 번 더 도로 구간을 보고, 안도의 한숨을 내쉬고, 동굴로 뛰어 돌아온다. 밖은 30도가 넘는 더위지만 동굴로 기어들어 오면 다른 세상으로 바로 이르는 것이다. 전신은 시원함으로 갑작스럽게 부들부들 떨게 된다. 그러고 나서 고개를 들고 컵이나 수통에 있는 물을 마신다. 설탕을 탄 샘물이다. 끝나면 축축한 바닥에 길게 누워, 게으르게 눈을 찌푸리고 언제나 건전지가 충분히 있는 작은 트랜지스터라디오에서 나오는 음악을 듣는다. 음악을 들을 수도 있고, 이런저런 생각을 할 수도 있다.

조만간 우리 군이 큰 전투를 할 것 같다. 밤마다 차가 무리를 지어 도로를 지나간다. 밤에 우리는 잠을 잘 수 있었다. 그러나 요 며칠은 그렇지 못했다. 다들 요충지에 올라가, 삽을 들고, 어떤 운전사하고라도 웃기는 이야기 몇 마디를 했다. 동굴에서 전화기를 지켜야 하는 사람만 힘들 뿐이다. 지금은 점심때다. 이상하게 고요하다. 나는 돌에 기대어 앉아 조용조용 노래를 불렀다. 나는 노래 부르는 것에 빠져 있다. 통상 어떤 곡조 하나를 익히고 나서, 노랫말을 지어 내 부른다. 내가 지은 가사는 나도 놀랄 정도로 뒤죽박죽이고 바보 같아, 가끔은 기어나가면서 혼자 웃을 때도 있다.

나는 하노이 아가씨이다. 겸손하게 말하자면, 나는 꽤 괜찮은 아가씨이다. 굵게 양 갈래로 땋은 머리카락, 비교적 부드럽고 긴 목, 백합 꽃대처럼 콧대가 높다. 그리고 내 눈은 운전사들이 말하길, "아가씨는 왜 그리 먼 시선을 가지고 있어!" 얼마나 먼 건지는 알 바 아니지만, 나는 거울 속 내 눈을 감상하는 것이 좋다. 눈은 길고, 갈색에, 햇살에 눈이 부신 것처럼 자주 찡그린다.

왜 자꾸 포병들과 운전사들이 내 안부를 묻는지 모르겠다. 안부를 묻거나 긴 편지들을 우편으로 보내, 수천 킬로미터는 서로 떨어져있는 것처럼 하는데, 매일 서로 인사를 할 수 있는데도 그런다. 나는 신경을 쓰거나 친절하게 대하지 않는다. 내 여자 친구들은 모여 어떤 말 잘하는 군인하고 말장난할 때도, 나는 자주 멀리 서서, 가슴 앞에다 팔짱을 끼고 다른 곳을 보고, 입을 꽉 다물고 있다. 그러나 그렇게 얌전한 척 하는 것일 뿐이다. 나의 머릿속에는 사실, 가장 아름답고, 똑똑하고, 용감하며, 가장 고상한 사람들이란 군복을 입고, 모자에 별을 단 사람들이다.*

나는 아무에게도 그걸 말하지 않았다. 그러나 이 도로를 지나는 남자들은 자주 정중하고, 친근하게 나의 안부를 묻는다.

"너는 노래를 잘하고, 외모도 괜찮고, 게다가 귀신처럼 포탄을 해치워!"

내 친구들은 설명한다. 당연히, 그건 절대 정확하지 않다.

겉으로는 여전히 조용하다. 아침 10시부터 지금까지, 비행기가 고지를 지나가지 않았다. 포탄은 안쪽 구역에만 떨어졌고, 쿵쿵 소리가 들린다. 바로 가냘픈 모습 같은 낮은 소리가 날아오면, 이곳의 침묵은 팽팽했다 풀어졌다. 마치 사나운 뭔가를 알리는 신호 같다. 햇살은 무척 따갑다. 바람은 건조하다. 그러나 동굴 안은 시원하다.

뇨는 베개에 수를 놓고 있다. 각자 하나씩 좋아하는 취미가 있다. 뇨는 수를 놓는다. 그리고 타오 언니는 허벅지에다 작은 수첩을 놓고 노랫말을 베껴 쓴다. 두 사람은 평범하게 이야기를 하고 있고, 나는 처음부터 듣지 않았다. 나는 문득 신경이 쓰여 귀 기울여 들었다.

---

* 베트남은 장군뿐 아니라 사병 모자에도 전부 별이 달려 있다.-역자주

"언제면 끝날까?" 뇨가 물었다.

"뭐가 끝나?" 타오 언니는 고개를 들지 않았지만, 목소리는 놀란 모양이다.

뇨는 하품을 했다. 그리고는 조용하다. 나는 그 애가 무슨 말을 했는지 안다. 그 애는 말할 것이다. "전쟁이 끝나면, 큰 수력발전소에 취직할 거야." 그 애는 용접공 일을 하고, 발전소의 배구 선수가 될 것이다. 그 애는 공을 잘 친다. 그리고 사람들이 북부 배구 대표팀으로 선발하게 될지 어떻게 알겠는가. 그리고 타오 언니는 간호사가 되고 싶어 한다. 언니의 남편은 자주 멀리 가고, 구레나룻이 있는 대위 계급장을 단 군인일 것이다. 언니는 매일 남편 옆에서 사는 것을 좋아하지 않는데, 그렇게 하면, 사랑이 빨리 무미건조해질 것이기 때문이다.

나도 자주 내 계획을 이야기한다. 바라는 것은 수없이 많다. 그렇지만 나는 뭘 중요하게 선택할 건지 잘 모르겠다. 건축기사가 된다? 매우 좋다! 어린이 극장에서 해설하는 일, 항구에서 트럭을 운전하는 일, 아니면 건설현장에서 합창단으로 노래를 부르는 일……! 모두 다, 전부가 행복하다. 나는 지금처럼, 꿈과 열망이 태어난, 우리의 고지 위에서, 요즘에 하는 것처럼, 푹 빠져들어 창작할 것이다.

그러나 그런 것들은 이 이후를 위한 것이다. 전쟁 다음. 여기서 우리가 보호하는 도로에 판판한 아스팔트를 깔 때. 깊은 숲에 전깃줄을 설치하고, 목재 공장들이 밤낮으로 잠이 들지 않을 때…… 우리

셋 모두는 그렇게 알고 있다. 강력한 믿음으로 이해하고 믿고 있다.

뇨 손의 베개는 조그마하고, 흰색이다. 뇨는 대충대충 요란하게 꽃들을 수놓았다. 노끈처럼 두꺼운 가장자리 바늘땀. 누가 놀려도 뇨는 무시하고, 아무 일 없다는 듯 바늘 끝에 손을 계속 댄다. 사람들이 너무 놀리면, 뇨는 입술을 꼭 다물고, 가지런한 이로 실을 끊으며, 높은 목소리로,

“아, 좀 튀라고!”

뇨는 조금 특별하다. 순종적이면서, 명랑하고, 고집스럽기도 하다. 두 가지가 부딪침 없이 서로 보충을 해줘서, 뇨는 꽤 보기 드문 특징을 가지고 있다. 뇨는 나와 이 고지에 온 날부터 함께 살고 있다. 그때는, 뭐든지 다 우스웠다. 나는 사람들이 나에게 흙을 지고 나르라고 해서 깜짝 놀랐다.

“청년 돌격대가 이렇단 말이야? 흙을 진다고?”

(나는 그렇게 상상하지 않았다. 청년 돌격대란 총을 메야지, 달도 별도 없는 숲 속을 소란스럽게 가야지. 서로 말하는 것도 구호처럼 힘차고 간결해야 하고……)

그러나 흙을 지어 날랐다. 그리곤 점점 익숙해졌다.

수많은 끼니에 국이 없었고, 아가씨들은 물을 밥에 말았다.

대놓고 물에 말아 먹었고 남자들도 불쌍하다고 불평을 할 정도로 힘들었다. 포탄 소리를 처음으로 들었을 때, 자다 죽는 줄 알고, 땅에다 코를 박고 엎어져 있던 애도 있었다. 그렇지만 지금은 익숙해졌다.

나는 뇨 다음으로 부대에 왔다. 그날, 나는 어리둥절해서 부대 뒤에 있는 나무토막 위에 배낭을 올려놓았다. 뇨는 개울에서 올라왔다. 머리카락이 젖어 있었다. 이마와 콧등 위에 방울방울 물이 맺혀 있었다. '개울물이 아마 많은가 보다. 수영할 수도 있겠다.' 나는 생각했다. 뇨는, 1초뿐이었지만, 섰다가 천천히 내 가까이 와서는, 손으로 젖은 수건을 비틀었다. 그 애는 고개를 한 번 치켜들고서 슬쩍 무시하는 두 눈으로 머리끝부터 내가 발로 문질러 놓으려고 애를 쓰고 있는 진흙 가득 묻은 신발을 내려다보았다.

"어느 부대에서 보충됐지? 고향은 어디야? 이름은 뭐고?"

신발을 문지르려고 더는 하지 않고, 나는 차려 자세로 서 있었다. 학교에서 군사훈련을 받을 때, 나는 무술을 배웠었다. 나는 허리춤에다 손을 대고, 열중쉬어 자세를 하며 생각했다. '쟤를 한 대 때려 줘야 하나? 어디를 먼저 때려 주지? 만일 쟤가 때리면, 나는 혈 자리를 한 군데 살짝 눌러 줘야지. 팔 혈 자리로.'

그러나 뇨는 몸을 돌려, 주머니에다 손을 집어넣고, 턱을 올리고, "지휘본부로 가!" 그리고 내 앞을 걸어갔다.

당연히 우리는 그때부터 서로에게 많은 주의를 기울였다. 점차 알게 되었고 서로 친해진 게 언제부터인지 모르겠다. 둘 다 모두 꽉 찬 열일곱 살이었다. 고참이 신참에게 조금 위세를 부린 것이지, 속에 담아 둘만 한 것은 아무것도 없었다. 나는 그래서 뇨가 좋다. 그 애의 성격은 정말 멋지다. 남자들은 꺼리기도 하지만 잘 놀리기도 한다.

나와 마찬가지로, 뇨는 자유롭게 사는 것을 좋아한다. 둘이 서로 말하길, "지금부터 늙을 때까지 연애만 하고 시집은 가고 싶지 않아. 시집가면 너무 힘들어. 기저귀, 이불, 땔거리, 액젓*…… 시간이 어디 있어서 놀러 다니겠어. 연애하면, 그이가 극장에도 데려가 보여주고, 토라져 있을 때는 조금 달래주기도 하고, 내키는 대로 책이나 읽고……."

뇨는 기계 공장에 기술자 오빠가 하나 있다. 그는 편지 쓰는 데 열심이고, 긴 편지를 자주 써서, 읽으려면 눈이 피곤할 정도이다. '하노이에서는, 어쨌든 전방보다는 시간이 많으니까……' 그 오빠는 설명했다. 뇨는 두 살 때 사진 한 장이 있는데, 그가 가지고 있다. 뇨가 검은 바지와 옘**을 입고, 챙이 넓은 천으로 된 모자를 쓰고, 야생화를 한 줌 쥐고, 늙은 배추 옆에 서 있다. 이미 그 오빠가 뇨에게 보낸 수많은 편지를 나는 읽었다. 그 오빠는 썼다. '오빠는 지금 건강해. 축구를 좋아하고 두 팔뚝이 튼튼해. 오빠는 네가 두 살 먹던 해 찍은 사진을 보고 있는데 지금 네 모습이 어떨지 떠올릴 수가 없구나. 오빠는 생각에는 단지 손에 꽃을 들고 있는, 작고 어린, 우리 아가. 나는 너를 안고 놀러 가고, 사탕을 사 주면서 물어 볼 거야.

---

* 베트남에서는 양념으로 간장이나 소금 대신 주로 액젓으로 음식의 간을 한다.-역자주

** 베트남 여성들이 입던 목과 등 뒤로 끈을 묶는 민소매 상의-역자주

"우리 아가 어디 또 가고 싶어, 이 아저씨가 안고 가 줄께……" 기술자 오빠의 생각치곤 정말 웃긴다. 그러나 우리는 편지를 읽으며 웃지 않았다. 엄숙히, 우리는 북쪽을 보았다. 거기에는 하노이가 있다. 우리가 멀리 떠나 온 지도 오래되었다. 우리는 푸른 도시가 그립다. 우리에게는 추억 같은 조용함이 소중하다. 여기는 우리의 젊음이 자라나고 있는 곳이지만, 우리가 하노이를 그리워하지 않았던 적은 없었다.

하노이에 나는 조그마한 방 한 칸이 있다. 그 방은 이 층에 있었다. 우리 집은 오래되었고, 골목 안 깊숙이 있는데, 푸른 나무가 많았다. 그 나무들도 수많은 세월을 거치느라, 덩굴 식물들이 가득 붙어 있었다. 밤이면, 나는 창틀에 앉아 들쭉날쭉하고 시커먼 지붕들을 바라보며 노래를 불렀다. 나는 심취해서 시끄럽게 노래를 불렀다. 옆집에는 잠을 잘 못 이루는 의사 아저씨가 살았는데, 불을 밝히고, 예의 바르게 벽을 세 번 두드려야 했었다. 한 달이면 스무날 밤을 그래야 했다. 나는 안아 의사 아저씨가 다시 잠이 들기를 기다리며 흡족해서 스스로를 변호하기를, '오직 나만이 도시의 밤이 얼마나 넓고 상쾌한지를 알 수 있어. 의사 아저씨가 저렇게 힘겨운 꿈속에서 이런 것을 찾을 수나 있겠어?……' 그리고 또 심취해서 노래를 불렀기 때문에 창에서 땅으로 거꾸로 떨어질 뻔한 적도 있었다. 황급하게 창문짝을 붙잡고 나서야, 나는 아찔하게 땅 아래 아득하게 깊은 공간을 내려다보았다. 거기에는 수조로 밤새 흐르는 작은 수도꼭지가 있었다. 물소리가 서로 엮여서, 내게는 물이 곧 창가까지 차오를 것 같은 느낌이 들었다. 나는 올라와, 조심스럽게 안쪽으로 두 발을 넣었다. 노래는 계속 불렀지만, 그러나 좀 더 작게 노래를 부르면서 벽을 두드리는 소리에 주의를 기울였다.

방구석에 놓인 작은 책상은, 우리 엄마가 나를 위해 사람을 시켜 이틀 낮 만에 맞춰 준 것이다. 매번 종이와 잉크에 관련된 무슨 일이라도 할라치면, 나는 서랍 속, 가방 속의 책을 몽땅 꺼내다가 책상에, 침대에 어수선하게 늘어놓는다. 그런 것들이 내가 곧 할 일에 전혀 필요하지도 않은 데도 말이다. 나는 그냥 그 종이 더미를 왔다 갔다 하다, 계속 아무 일도 하지 못하면서 도대체가 단정하게 정리를 할 수가 없다. 울음이 터질 정도로 안절부절못해서, 나는 '엄마'를 정말 크게 외친다. 엄마는 재봉틀을 팽개치고, 달려와서, 잔소리하시면서, 나를 위해 제 자리에 물건을 넣어 주시며 정리를 해 주신다. 엄마는 꾸중했지만, 심하지 않으셨다. "무슨 계집애가 이 모양이야. 시집가서는 매를 벌지, 매를 벌어!" 그래서 집에 있을 때에도 나는 시집을 가지 않겠다고 맹세를 했었다.

"어때, 그만둘 준비가 됐지?"

"뭘?" 나는 깜짝 놀랐다. 아까부터 지금까지 나는 여전히 노래를 부르고 있었다. 노래하며 쓸데없는 생각을 하고 있었다. 뇨는 베개를 동그랗게 말아 주머니에 재빠르게 넣었다. 타오 언니는 동굴 밖을 내다보았다. 정말, 정찰기였다. 여기에서의 삶은 우리에게 정적이 무엇인가라는 것을 가르쳐 주었다. 아침부터 지금까지의 정적은 정상적이지 않았다. 그 정상적이지 않은 것이 오고 있다. 붕붕 정찰기소리. 제트기가 우르릉거리며 뒤를 따른다. 그 두 소리가 서로 섞여, 견디기 어렵고 긴장된 느낌을 사람 귀로 퍼붓는다.

"곧 이야!" 뇨는 우리에게 등을 돌리고, 철모를 머리에 썼다. 타오 언니는 주머니 속의 비스킷을 꺼내서, 차분차분 씹었다. 곧 닥쳐올 것이 편안하지 않을 것임을 알 때 언니는 화가 날 정도로 진정되어 보인다. 그렇지만 피를 보면, 거머리를 보면 언니는 눈을 감아버리고, 얼굴이 창백해진다. 언니의 속옷은 어떤 것이든 색실로 수가 놓여 있다. 언니는 자주 자기 눈썹을 정리하는데, 이쑤시개처럼 가늘게 정리한다. 그러나 일에 있어서는, 누구나 굳건한 의지에 대담한 언니를 무서워한다.

매일 벌어지는 것은 비행기가 휙, 포탄은 폭발. 이 동굴에서 대략 300미터 떨어진 고지에서 폭발한다. 우리 발아래 땅이 흔들린다. 줄에 걸어 놓은 물기를 짠 수건 몇 개도 흔들린다. 모든 것이, 그냥 열이 나는 것 같다. 연기가 피어오르고, 동굴 입구가 가려진다. 어디가 구름이고 하늘인지 더는 보이지 않는다.

타오 언니는 내 손 위 줄자를 집어 들고, 비스킷 조각을 맛있게 마저 삼켜 넘긴다.

"딘은 집에 있어. 이번에 조금만 뿌렸으니, 둘 만 가도 충분해."

뇨의 옷소매를 잡고서, 어깨에 삽을 메고 동굴 밖으로 나갔다.

나는 언니에게 대들지 않았다. 일을 나누는 권한은 언니에게 있다. 시간이 팽팽해지기 시작했다. 내 신경 역시 못지않게 긴장해 있다. 이미 지나간 것들과 곧 도래할 것들…… 더는 이야기할 것도 없다. 재미난 게 있어야 말이지, 만일 내 친구들이 돌아오지 않는다면?

전화기가 울렸다. 대대장이 상황을 묻는다. 나는 전화기에 따지듯이 말했다.

"정찰 나가서 아직 오지 않았습니다!"

왜 내가 화를 냈는지 모르겠다. 다시 포탄이 한 차례 터졌다. 연기가 동굴로 들어왔다. 나는 콜록콜록 기침을 했고 가슴이 답답했다. 지금 고지는 텅 비었다. 뇨와 타오 언니만 있다. 그리고 포탄. 그리고 나는 여기에 앉아 있다. 대공포는 저편 언덕에 설치되어 있다. 대공포를 쏘고 있다. 땅 아래서 나는 총소리는 정말 효력이 있다. 주변에서 포탄이 소리를 지르는데 땅에서 대답하는 소리 하나 들리지 않을 때보다 고독하고 두려울 때는 없다. 비록 소총 하나의 소리 일지라도, 사람은 광활한 자기 옆에 같은 마음의 보호막이 있다는 것을 느끼게 된다. 그 느낌은 확실한 자기 방어 능력이 있다는 것을 스스로 느끼는 것과 무척 비슷하다……. 애가 타서, 나는 밖으로 조금 나갔다. 포탄 연기밖에는 보이는 것이 없었다. 나는 걱정이 되었다. 갑자기 옆 고지에서 12리 7소리가 쉴 틈 없이 울렸다. 신이 난다, 공병 소단이다. 그들은 대공포 부대원들, 우리를 지원하고 있는 것이다. 느닷없이 나는 신이 나서 고함을 지르고 싶었다. 이 한적한 고지 주변에 얼마나 많은 사람이 있는 거야. 대공포 부대원, 통신병, 공병 모두 다 우리를 무척 예뻐한다. 우리가 총 한 발을 쏘아 도와달라고 요청하는 표시를 하기만 하면 그들은 즉시 달려올 것이다.

30분 뒤, 타오 언니는 동굴로 기어들어 왔다. 침착하게, 지쳐 있고 짜증을 내면서, 언니는 나를 보지 않았다.

"천 톤이 넘어!"

그리곤 주저앉아, 수통의 물을 마셨다. 작은 물줄기가 턱에서 옷으로 흘러내리더니 비처럼 이어졌다. 나는 부대로 전화를 걸었다. 대대장이 말했다.

"그랬어? 여러분, 고맙다!" 대대장은 무척 자주 예의 바른 말을 사용했다. '고맙다.', '미안하다.', '행운을 빈다.'. 그는 젊고, 마른 몸에, 자주 관절이 아프고, 자주 게시판에 민요를 적었다. 집이 로 둑* 끝 어딘가라는 것 같다.

뇨는 막 냇가에서 목욕을 하고 올라왔다. 그 냇가에도 자주 늦게 터지는 포탄이 있다. 그냥 젖은 옷 채로, 뇨는 앉아, 먹게 사탕을 달라고 한다. 나는 주머니를 뒤졌고, 다행히 아직 모래가 가득 붙고, 물이 흘러내리는 레몬 사탕 두 개가 남아 있다.

"늦게 터진 포탄 네 개, 얼마 안 돼."

뇨는 뒤쪽으로 팔을 기대고, 몸을 완전히 눕혔다. 동그란 목과 조

---

* 하노이에 있는 거리 이름-역자주

그마한 단추들. 나는 그 애를 손으로 안아 올리고 싶었다. 그 애는 새하얀 아이스바처럼 몸이 가볍고, 시원해 보인다. 대대장은 우리에게 사람이 필요한 지를 물었다. 나는 아니라고 했다. 매번 그랬던 것처럼, 우리는 다 해결할 수 있다.

"좋아. 고맙다, 여러분!" 대대장은 또 고맙다고 한다. "부대 전체가 숲을 지나는 미사일 연대를 위해 도로를 만들고 있다. 아침부터 가서 잠을 자지 않는다. 나도 지금 간다. 여러분, 열심히 하자."

그렇다면 밤에 바로 다시 도로로 나가야 한다. 늘상……

나는 산 위에 포탄 하나. 뇨는 아래 도로 가운데 두 개. 타오 언니는 옛 바리케이드 참호 아래 하나.

두려울 정도로 한적하다. 아직 남아 있는 나무는 황량하다. 땅은 뜨겁다. 검은 연기는 공중에 덩어리로 모락모락 피어올라 멀리서 오는 것을 가린다. 대공포부대원 오빠들에게 우리가 보일까? 분명 그러겠지. 오빠들에게는 지구까지도 시야로 작게 볼 수 있는 망원경이 있잖아. 나는 포탄 가까이 갔다. 나를 따라다니는 전사들의 눈빛을 느끼니, 나는 더는 두렵지 않다. 나는 구부리고 가지 않을 것이다. 그 오빠들은 그냥 당당하게 걸어갈 수 있는 것을 구부정하게 하고 가는 것을 좋아하지 않는다. 포탄은 마른 수풀 위에 냉정하게 누워 있는데, 한끝은 땅속에 박혀 있다. 이쪽 끝은 노란 원이 두 개 그려져 있다…….

나는 작은 삽을 사용해서 포탄 아래 흙을 팠다. 땅은 단단했다.

내 손을 따라 자갈들이 양쪽으로 날아갔다. 이따금 삽날이 포탄을 건드렸다. 소름이 끼치는 날카로운 소리, 내 살을 베는 듯하다. 나는 몸을 부르르 떨었고 불현듯 '왜 내가 너무 느리게 일을 하고 있는가' 하는 생각이 들었다. 조금만 더 서두르자! 포탄의 외피는 뜨거웠다. 좋지 않은 징조다.

혹시 포탄 안에서부터 뜨거워졌나. 혹시 햇빛에 데워졌나.

타오 언니는 호루라기를 불었다. 그렇게 20분이 흘렀다. 나는 조심스럽게 파 논 구멍에 다이너마이트를 넣고 불을 붙였다. 다이너마이트 끈은 길고, 부드럽게 구부러진다. 나는 흙을 덮고서 나의 은신처로 뛰어갔다.

타오 언니가 두 번째 호루라기를 불었다. 나는 벽에 몸을 숨기고, 시계를 보았다. 바람이 없었다. 내 심장도 숨을 죽였다. 여전히 침착하게, 주변의 모든 변동을 무시하는 유일한 물건은 시곗바늘인 것 같다. 시곗바늘은 생기 있고 살살, 영원한 숫자들 위를 지났다. 한편, 저쪽은 불이 다이너마이트 심지 속으로 타들어 가고, 포탄 속으로 타들어 가고 있다.

익숙하다. 하루에 우리는 다섯 번까지 포탄을 폭발시킨 적이 있다. 적은 날이면 세 번. 나는 죽음을 생각했다. 그러나 흐릿한 죽음이었지, 구체적이지는 않았다. 중요한 것은 다이너마이트가 터지면 포탄이 터질 것인가? 아니라면 무슨 수로 두 번째로 다이너마이트에 불을 붙이지? 나는 그렇게 생각하고 좀 더 생각했다. 조심스럽게 서서, 포탄 조각이 손발에 박히기라도 하면 꽤 복잡해진다. 땀이 내 입술을 적셔 짭짤했고, 모래가 입속에서 서걱서걱 거렸다.

그렇지만 포탄은 폭발했다. 골이 터질 듯, 기괴한 소리. 내 가슴은 쑤시고, 계속 눈이 매워서 한참 후에야 뜰 수 있었다. 포탄 냄새는 구역질이 난다. 이어서 세 번 폭발음이 들렸다. 흙이 후드득후드득 떨어지고, 수풀 속으로 조용히 흩어졌다. 포탄 조각은 공기를 가르며, 다가와 머리 위에서보이지 않게 휙 지나갔다.

나는 옷을 털고, 눈을 부릅뜨고 연기 속을 보며 타오 언니를 따라 뛰었다. 동굴로 돌아가게 내려가서 뇨를 기다리고 싶었고, 타오 언니는 내가 있는 곳을 지나가야 했다. 언니는 웃으며, 하얀 이에, 번들거리는 흉터, 등에 판초를 날리며, 언니는 내 앞으로 뛰어갔다. 바람이 언니의 판초를 확 끌어당기려고 했으나, 끌어당길 수가 없었다.

타오 언니는 발이 걸려 넘어지고, 나는 언니를 부축했다. 그러나 언니는 뿌리치고, 눈을 크게 뜨고, 더는 살지 않는 것처럼 희뿌옇게 흐려졌다. 왜 그러지? 나는 이해가 안 됐다. 언니는 바로 내 팔을 잡아당기고, 흙더미에 엎드렸다. 그렇다, 작은 흙더미 하나, 조금 길게, 회색 포탄 화약으로 가득 덮여 있었다.

"뇨, 어디를 다친 거야? 어디 다쳤어, 얘?"

언니는 목이 메고, 눈물도 안 나왔다. 나는 흙을 파헤치고, 뇨를 안아 허벅지에 뉘었다. 뇨의 팔에서 피가 흘러나오고, 흘러나오고, 흙을 적셨다. 그 애는 더는 아까 나의 하얀 아이스바 같지 않았다.

피부는 새파래지고, 눈은 꼭 감고, 옷은 먼지가 가득하다. 포탄이 던져지고 공중에서 터졌다. 그 애의 방공호가 무너졌다.

그랬다!

나는 석탄 아궁이 위 끓인 물로 뇨를 씻겼다. 흰 붕대를 감았다. 상처는 그다지 깊지 않았고, 살점에 있었다. 그러나 포탄이 가까이에서 폭발해서, 뇨는 어지러웠다. 나는 뇨에게 주사를 놓았다. 뇨는 눈을 깜박깜박, 참기가 괜찮고, 아마 그다지 아프지는 않은 모양이다. 타오 언니는 밖에서 왔다 갔다, 허둥지둥 뭘 해야 할지는 모르지만, 무척 할 일이 필요한 것 같았다. 그 언니는 피를 무서워한다.

"부대로 전화 걸어!"

뇨가 큰 나무 조각들을 붙여 만든 침대 위에 깨끗하게 준비가 끝나 누었을 때 타오 언니가 가까이 왔다.

"죽지 않아. 저기 부대는 도로를 만들고 있잖아. 무슨 일이라고 많은 사람을 걱정시켜. 어이구, 이 아줌마야! 왜 그리 아줌마는 당황해 하는 거야?"

"원래 그래, 다친 사람보다 안 다친 사람이 더 아프다고 느낀다니까."

타오 언니는 얼굴을 돌리고 동굴 입구로 나가다 다시 수통의 물을 마셨다. 뇨는 한 손을 눈 위에 올렸다. 그 애도 지금은 물을 마시면 안 된다는 것을 알고 있다. 나는 그 애를 위해 쇠 컵에 우유를 탔다.

"설탕을 많이 넣어 줘. 진하게 타!" 타오 언니는 말했다.

우유를 마시고 나서, 뇨는 잠을 잤다. 정찰기는 아직도 산의 조용함을 긁는다. 타오 언니는 벽에 기대고, 두 팔을 목덜미 뒤로 잡고, 나를 보지 않는다.

"노래 불러 봐, 프엉 딘, 좋아하는 노래 좀 불러, 노래해!"

나는 수많은 노래를 좋아한다. 군인들이 전선에서 자주 부르는 행진곡. 나는 부드럽고, 우아한 관호민요*를 좋아한다. 나는 소련 붉은 군대의 '카츄사'를 좋아한다. 무릎을 붙잡고 앉아 꿈을 꾸는 것을 좋아한다. "머리카락이 아직 검을 때 이리로 오라……"** 그것은 이탈리아의 서정적인 민요로, 감정이 풍부하고, 정말 차분한 목소리로 불러야한다. 무척 좋아한다. 그러나 나는 지금 노래를 부르고 싶지 않다. 나는 타오 언니에게 짜증을 냈다. 비록 내가 언니 안에서 맴돌고 있는 감정들을 이해하지만. 언니는 눈을 들어 뇨를 보고, 손으로 옷깃을 여며 주고, 옷이랑 머리카락을 매만져주었다. 언니는 울지만 않았을 뿐이다. 언니는 눈물까지도 좋아하지 않았다. 통상, 이 고지에서, 우리는 눈물을 좋아하지 않는다. 이런 서로에게 굳건함이 필요할 때 누가 눈물이라도 흘리는 건 자기 모욕의 증거처럼 보인다.

아무도 누구에게 말을 하지 않았지만 서로 바라보았고, 우리는

---

* 베트남 홍강 삼각주 지역, 특히 현 박닌성과 박장성 부근에서 널리 불리던 전통민요로 2009년 유네스코 지정 세계무형문화유산이 되었다.-역자주

** 이태리 가곡 '소렌토로 돌아오라'의 일부-역자주

서로의 눈에서 그 점을 읽었다.

타오 언니는 노래를 불렀다. "여기 탕 롱, 여기 동 도…… 하노이……"* 음악은 엉터리에 목소리는 째지고, 언니는 어떤 노래도 유창하게 부르지 못하지만 두꺼운 수첩 세 권에 노래가사를 적었다. 한가하면 앉아서 노랫말을 적었다. 심지어는 내가 지어낸 가사들까지도 심취해서 적었다.

구름 한 점이 동굴 밖을 지나가고 있었다. 또 구름 한 점. 그러더니 또 한 점이 갈수록 더 빨리 지나갔다. 동굴 앞 열린 하늘은 캄캄했다. 폭풍이 오고 있다. 모래가 앞이 안 보이게 날린다. 바람을 탄 나뭇가지들이 위로 감겨 올라갔다 아래로 휘감아 내쳐졌다. 나뭇잎이 어지럽게 휘날렸다. 사람 마음속에 이상한 변화가 있을 때처럼 갑자기 그랬다. 이 계절의 산에서는 자주 그렇다. 비. 그러나 우박이다. 처음에 나는 몰랐었다. 그러나 동굴 천정을 두드리는 쨍그랑쨍그랑 소리. 뭔가 무진장 날카로운 것이 공기를 조각조각 갈랐다. 바람이 불고, 그리고 나는 아팠고, 뺨이 젖었다.

"우박이야! 에구머니! 우박이다!"

나는 뛰어 들어와서 뇨의 펴진 손바닥 위에 작은 우박 몇 개를 놓았다. 다시 뛰어나가 흥분하며 좋아했다.

---

* 응우엔 딘 티(Nguyen Dinh Thi)의 '하노이 사람의 노랫소리(Tieng Hat nguoi Ha Noi)'란 노래 중 일부. 탕 롱(昇龍), 동 도(東都)는 하노이의 옛 이름-역자주

내가 10학년 졸업시험을 보는 해에도 우박이 내렸었다. 밤이었는데, 우박이 벽을 두드렸고, 역시 쨍그랑쨍그랑 소리를 냈다. 나는 문을 활짝 열고, 복도로 달려 나가, 정신 나간 사람처럼 큰소리를 지르면서 집집이 문을 두드렸다.

"세상에, 빨리 일어나세요! 우박이에요!"

그리고 혼자 중얼거렸다.

"멍청이들이나 이런 때 침대에 얌전히 누워있는 거예요."

의사 아저씨는 조금도 멍청하지 않았지만, 정중하게 선포했다.

"만일 아가씨가 계속 시끄럽게 한다면, 우리는 방도를 찾아야만 해……"

옆집에 사는 여선생은 한숨을 쉬고, 애가 탈 정도로 한숨을 쉬었다.

"어머나, 사람들을 더는 잠도 못 자게 하려는 거야, 뭐야……?"

아랫집 운전기사 오빠만 그 희한한 밤을 나와 함께 내내 깨어 있었다. 나중에 오빠는 군대에 가서 적의 차량을 파괴하는 용사가 되었다. 그 오빠는 나에게 편지를 쓰며, 당시의 우박을 자주 언급하면서 '지나간 추억들……'이라 불렀다.

여기, 이 포탄이 가득한 고지에도 우박이 있다. 그러나 나의 어린애 같은 기쁨은 다시 피어오르고, 심취하고, 넘쳐흐른다. 나를 꾸중할 시간이 있는 사람이 아무도 없다. 타오 언니는 땅에서 뭔가를 몰두해서 쓸어 담았다. 분명 우박일 것이다. 그리고 뇨는 몸을 일으키

고, 입술을 열며,

“저기, 몇 개만 더 갖다 줘.”

그런데 우박이 그쳐 버렸다. 우박이 올 때 같이 재빠르게 그쳤다. 왜 이리 빠르지? 나는 갑자기 힘이 빠지고, 아쉬워서 말도 못하겠다. 분명히 나는 얼음 조각을 아쉬워하는 것은 아니다. 우박은 내리고 그치는 게 당연하다. 내가 무언가를 그리워한다는 건데, 우리 엄마, 창문 혹은 하노이 하늘 커다란 별들인 것 같다. 맞다, 그런 것들일 수 있다……. 아니면 나무, 아니면 극장의 돔형 지붕, 아니면 아이스크림 통을 가득 싣고 수레를 미는 아이스크림 장사 아주머니, 주변에 붙어 기대에 찬 아이들. 밤의 아스팔트 길은, 여름 이슬비가 내린 후에 넓어지고, 길어지고, 불빛에 반짝반짝, 검은 강물처럼 보인다. 신선의 땅에 관한 옛날이야기 속의 별처럼 영롱한 광장의 전등. 공원의 꽃. 길에서 아이들이 제멋대로 차는 공. 머리에 광주리를 이고 아침에 찰밥을 파는 아주머니의 손님을 끄는 소리……

어머나, 그것들 모두인지도 모르겠다. 정말 멀리에 있는 것들 …… 그리고 갑자기, 우박이 내린 후에, 그것들이 내 머릿속에 파도처럼 강하게 회오리쳤다.

사람들은 우리에게 ‘하노이 아가씨가 집 떠나 3일이나 있을 수 있을까?’라고 했었다. 그런데 우리는 여기에, 이 고지 위에서 3년을 있었다. 운전병과 포병 오빠들은 우리 부대 애들 각각의 이름을 헷갈리지 않고 불렀다. 그리고 우리는, 어떤 오빠가 대담하고, 어떤 오빠가 자주 신경질을 부리는지 알고 있었다. 밤이면, 우리는 도로를 고치고, 그 오빠들은 우리에게 응옥 란* 치약, 향기 나는 편지지와 레몬 사탕을 던져 주었다. 통상 차량은 요충지를 정말 빨리 지나가야 해서 우리는 누가 던져주는지도 몰랐다. 그렇지만 우리는 서로 말을 전해 주었다.

"하노이에서 운송부대가 들어 왔어!"

하노이에야 그런 물건들이 있다.

그런 물건들은, 하노이에서, 우리가 신경도 안 썼다. 여기서, 우리는 얇은 향기 나는 종이 한 장을 집어 들고, 봉투에 집어넣으며, 아직 우리보다 더 전방에 있는 사람들에게 보낼 때 행복함을 느꼈다.

"엎드려!" 타오 언니가 고함을 질렀다.

느닷없이 배를 한 대 얻어맞은 것처럼, 나는 몸을 숙이고 길게 엎어졌다. 포탄이다! 포탄이 후드득 후드득 떨어졌다가 폭발한 듯하다. 땅바닥은 거인이 몸을 부르르 떠는 것 같았다.

수천 대나 되는 비행기가 머리 위에서 재주를 넘는 것 같았다. 나는 포복으로 동굴로 들어왔다. 타오 언니도 포복으로 동굴로 들어왔다. "제기랄, 사람 숨도 더는 못 쉬게 하려는 게 분명해……" 언니는 중얼거렸다. 호리호리하고, 균형 잡힌 몸매, 어깨까지 오는 생머리, 그림자 속에 가려진 흉터. 언니는 일어나서 한 손으로 수건을 너

---

* 예전에 베트남에서 팔리던 치약 상표-역자주

는 줄을 잡았다. 목소리만 좋았다면, 언니는 연극을 하는 편이 훨씬 나았을 것이다. 언니 몸매는 무대에 올려놔도 볼 만 하다. 그러나 귀가 터질 만큼 째지는 목소리를 가졌다. 언니는 스스로도 그렇게 인정했다.

"전화기를 이리 가깝게 놔!" 뇨가 신호를 주었다.

나는 뇨에게 전화기를 가져다주고, 자를 쥐고 타오 언니와 나갔다.

많이 뛰어다녀서 내 허벅지에 있는 상처가 아프기 시작했다. 절룩거리지만 않으면 된다. 타오 언니는 무척 강경했다. 당연히 언니는 혼자 고지에 올라가는 것을 꺼리지 않는다.

수많은 포탄 구덩이. 우리는 흙을 측정하고 고함을 질렀고, 암산해 더했다. 타오 언니는 근무 수첩에 적었다. 늦게 터진 포탄은 없지만, 흙이 꽤 많았다. 다 합해서 이천 톤이 넘었다. 갑자기, 뭔가가 등을 세게 밀어내는 것 같았는데, 타오 언니가 달려들어, 나를 언니 가슴에 꼭 안고 땅 위를 뒹굴었다. 눈 깜짝할 사이에, 엄청난 산사태가 무너져 내려 우리를 덮쳤다. 젖은 흙덩어리와 포탄 구덩이 바닥에서 파낸 마른 흙이 섞여 있다. 뜨겁다. 무언가가 내 머리를 아래로 밀쳤다. 나는 기어오르며, 발로 차 밀면서 힘을 내고, 기어올랐다. 숨을 쉬는데, 모래가 코로 들어온다. 머리를 흔들었다. 흙이 타닥타닥 떨어진다. 내 주변은 납같이 온통 회색이고, 무겁고, 연기가 뭉게뭉게 피어오른다.

타오 언니가 어디에도 보이지 않는다. "타오 언니!" 나는 온 힘을 다해 소리를 질렀다. 그런데 목이 막혔다. 흙이 입 가득 들어왔다. 젠장! 나는 흙덩어리를 '칵!' 뱉어냈다. 내 손이 타오 언니 머리카락에 닿았다. 나는 몸을 뒤 돌리고, 손을 움츠렸다 온몸을 뻗은 다음 두 손을 사용해서 흙을 털어냈다. 타오 언니는 축 늘어졌고, 숨을 쉬는데 김이 나오지 않는다. 언니는 내 목덜미를 잡고, 일어나, 비틀거렸다.

뇨는 아이처럼 찡그렸다.

"또 이렇게 됐어?"

타오 언니는 이상하게 웃다가 점차 냉정을 차렸다.

"조금 재수가 없었어. 그렇지만 아무렇지도 않아."

재수가 없기는. 언니 몸에는 크고 작은 상처 아홉 개가 있다. 뇨 몸에는 다섯 개. 나는 수가 적어서, 상처 네 개. 배에 꽤 심한 상처로, 군 병원에서 석 달을 갇혀 있었다. 이렇게 흙에 묻히는 건 일상에 다반사다.

나는 내 친구들을 보았다. 타오 언니는 무척 새파랗다. 언니는 피곤하다. 뇨는 언니에게 물 한 잔을 건네주고, 조그만 새끼손가락을 들어 언니 머리카락 속에 흙 조각들을 솎아 내며 갑자기 철학적이 되었다.

"별일은, 고지잖아!"

타오 언니는 웃더니, 고개를 내 쪽으로 돌렸다.

"잊어버리기 전에 수첩 가져다 적어."

나는 전화기를 돌렸다. 타오 언니는 급하게 내 쪽으로 왔다.

"전부 잘 말해. 그래도 여기는 아직도 굳건하다고 말해."

대대장이 전화를 받는 게 아니라 대대 연락병이 받았다. 손님에게 친절하고, 예의 바르고, 담배를 안 피우고 여자를 좋아하지 않는다.

"대대장은 어디 계세요?"

"현장에서 지휘하고 계신다, 미사일이 가까이 지나간다. 그렇지만 곧 저녁이 되는군. 아무도 잠을 못 잤다. 너희는 어떤가?"

"역시 꽤 피곤해요. 흙이 이천 톤이 넘어요. 그리고도 지금부터 밤까지 또 있고요. 우리는 아직 굳건히 서 있습니다……."

"만일 너무 힘들면, 총을 쏴. 즉시 구조를 할 거다, 들었나? 부대는 언제나 그 위에 있는 너희에게 온 마음을 다하고 있다. 돌격대가 일찍 올라갈 거야……"

저녁에, 타오 언니와 나는 고지에 세 번 더 올라가야 했다. 여덟 개의 포탄을 터뜨렸다. 흙은 삼천이백 톤이나 되었다. 매번 나는 타오 언니에게 집에 있으라고 이유를 댔다. 그러나 언니가 너무 영악해서, 언니를 속이기가 힘들었다. 언니는 달리고 헉헉거리며 숨을 쉬었다. 언니의 관자놀이와 두 손 위에 나타난 가느다란 새파란 혈관. 나는 언니가 쓰러질까 걱정이 되었다. 뇨는 미간을 찌푸리며, 매번 우리가 동굴로 돌아왔다 다시 나가면, 부르고 또 불렀다.

"타오 언니, 타오 언니!"

마지막에 우리는 기듯이 동굴로 돌아왔다. 타오 언니는 눕는 나를 부축했다. 나는 감긴 두 눈을 뜨려고 했지만, 풀로 붙인 듯했고 지금 내가 뭘 원하는 건지 전혀 알 수가 없었다.

"나 졸려!" 나는 내 목소리를 어렴풋이 들었다. 그리고 돌 동굴의 시원함이 빠르게 내 잠 속에서 넘쳤다.

숲 속에서 도로를 만드는 곳에 있던 부대 돌격대는, 아마 미처 밥도 못 먹고 고지에 올라왔을 것이다……. 어디에선가 그들의 소리가 어렴풋이 들렸다. 그들이 뭔가를 물었고, 타오 언니가 대답했다. 그들은 뇨를 놀렸다. 뇨는 짜증을 냈고, 웃었다……. 누군가가 작게 노래까지 불렀다. 누군가의 머리카락 몇 가닥이 내 볼에 닿았다. 위쪽에서 따뜻하고, 나를 폭 감싸는 숨 쉬는 소리. 나는 어머니의 품에서 가지런히 누워있는 것 같은 느낌이 들었다.

"하노이 사람!"

나는 부대 연락병의 목소리를 알아채고, 정신이 들었다. 그 역시 하노이사람이다. 아버지는 전기회사 직원이다. 어머니는 봉제회사 직원이다. 집에서는 학교를 빼먹고 공부는 2점*을 맞았다. 한 번은 그가 다섯 개의 포탄을 밑으로 굴려서 길을 망치지 않게 밑에서 터지게 했다. 그는 예의 바르고, 손님에게 친절하며, 담배를 피우지 않고, 우리 여자애들을 좋아하지 않는다. 반면 우리 여자애들은 절대 그를 가만히 두지 않았다.

---

* 베트남은 10점 만점으로 2점이면 낙제점이다.-역자주

"이봐, 만일 애인하고 놀러 다닌다면, 어떻게든 자기는 그 아가씨머리를 짧게 자르게 하고, 양복에 검정 장화를 신게 할 거지?"

그는 당황해서 머리를 긁적이고, 얼굴이 붉혔다.

"무엇이든지 예외라는 게 있잖아, 아줌마들! 게다가 나는 아직 애인이 없다고!"

나는 눈을 떴다. 동굴 안은 이미 어두웠다. 작은 등이 탄약통 뚜껑 위에 밝혀졌다. 호 아저씨의 사진이 넓은 흰 종이 사이에 걸려 있었다. 호 아저씨 사진 아래에는, 언제나 꽃이 있는, 생화를 꽂은 탄피 하나가 있다. 등불 아래 꽃잎들은 색이 분명치 않았는데, 아마 누군가가 막 우리에게 가져다준 것 같다. 우대 받는 걸 뭐. 대대 연락병은 물을 끓였다. 그는 등을 내 쪽으로 돌리고 있는데 침상처럼 튼튼했다. 그러나 그가 일어섰을 때, 호리호리한 허리춤, 영민하고, 빠릿빠릿하고, 좋아하기 쉬운…… 마치 탁구 선수 같았다. 도로 밖에서 윙윙 소리가 들렸다. 가장 신나는 때가 왔다. 나가야만 한다. 나는 벽에 두 발을 놓고, 세게 한 번 찼다. 두 팔은 뒤로 기댔다. 나는 벌떡 일어났다. 허벅지가 아프고 쑤셨다. 머리와 관절들이 아팠다. 그렇지만 일어날 수 있다. 대대 연락병이 나를 부축했다.

"미쳤어, 피곤하면 자."

"도로에 나갈래요."

"도로에 나가?"

사내는 웃었다. 입술이 얇고 이빨이 무척 고르다. 두 눈썹이 크다.

"아무 데도 못 가. 우선 자야 해."

"말도 안 돼, 누워 자라니!"

나는 중얼거리고 동굴 앞으로 나가 장님처럼 더듬었다. 나만 '미친' 것이 아니라 뇨 역시 어디론가 사라져 버렸다. 타오 언니는 심지어 더 '미친' 건지, 나는 고지에서 언니가 무척 크게 웃는 소리를 들었다.

나는 공병 소대 가운데서 뇨를 보았다. 뇨는 곧 한밤중이 되고 차가 곧 달리게 된다는 것을 알려 주었다. 내가 자는 동안, 고지에서 포탄이 몇 번 더 터졌다. 그러나 다 잘 될 것이다. 왜냐하면, 돌격대가 있으니까.

고지에는 불도저 소리, 괭이 소리와 웃고 떠드는 소리가 울려 퍼졌다. 때때로 다이너마이트가 터졌다. 포탄 소리보다 더 크게 터졌다. 내 머리 위 별들이 흔들렸고, 별들은 너무 멀었으며, 새파란 물방울처럼 투명했고, 하늘 가득 퍼져 있었다. 하늘은 어쩌면 그리 끝이 없는지! 나는 문득 어떤 관제 포병의 시가 떠올랐다. 그 시는 포병부대가 지나갈 때 도로에 던져 떨어졌었다. 그는 우리를 고지의 머나먼 별들이라고 불렀다. 화려한 별들, 그런데 왜 이해할 수가 없게 '머나먼' 걸까? 우리끼리는 논쟁을 하고 추측했다! 아마 그는 약간 글을 짓고자 해서 조금 과장했던 것이고, 당연히 별은 멀어졌다……. 나는 그 관제 포병이 너무나 보고 싶었다. 포병부대는 벌써 오래전에 멀리 갔다……. 차는 자정에 간다. 기계 소리가 울려 퍼졌다.

도로가 시끄러워졌다. 다섯 번째 차량 운전석에서 운전사가 우리를 발견했다.

"야, 하노이 아가씨들! 엄마 보고 싶지!"

"꽝쭝 부대의 탕 오빠인거 같아."

뇨는 속삭였다. 그 애 팔의 붕대가 하얗다. 조용하고, 둥근 눈, 곧은 코, 그 애는 내 옆에 붙어 서 또다시 하얀 아이스바처럼 가볍고 시원하다.

"저것들이 나보고 군 병원에 입원해야 한대. 좋아할 거라 생각하나 봐. 매일 주사에, 알약에, 고기죽까지, 많이 먹어야 한다니…… 참나! 침대에 누워 칭얼대는 아씨 모양으로. 나를 잡아 데려갈 수 있을 거라 생각하나 봐. 지긋지긋해!" 그 애는 '칫!' 소리를 내며, 내가 군 병원 차량에 그 애를 실으려고 준비하는 것을 못마땅하게 여겼다. 그 애는 돌아 어떤 공병오빠와 길게 떨어지며 반쯤은 사라지는 별이 있던, 숲에서 보았던 별똥별 현상에 대해서 이야기를 했다.

나는 가슴 앞으로 팔짱을 끼고, 조금 떨어져 서서 군인을 보지 않고 다가오고 있는 차를 보았다. 나는 다시 그러고 있을 뿐이다. 그러나 그러고 있지 말라고 하면 어떻게 하란 말인가? 아니면, 이 순간, 내가 다시 달려가, 이 고지 위 모든 전사의 손을 잡고 밀려오는 젊음의 기쁨으로, 행복으로 펑펑 울어버리란 말인가. 나는 모든 사람을 사랑한다. 뜨거운 사랑, 말하기는 어렵지만 아마도 이 순간 고지 위에 섰던 나 같은 사람들만이 알 수 있는……

차량은 줄을 지어 갔고, 도로 위에 무수히 많았으며, 불을 켜지 않았다. 나뭇잎으로 위장된 차들은 곱절로 크다. 나한테는, 언제나 그런 차량 부대는 끝이 없다. 길다. 많다. 엄청나다.

"아마 오늘 밤 하노이의 오빠들이 올 거야!"

뇨는 여전히 속삭였다. 그 애의 상태도 나와 같다. 모든 걸 사랑한다. 연기 속 사람들의 사랑. 관대하고, 강렬하고, 순수한 사랑으로, 그것을 가슴에 독점해서 가진 사람들은 전사들이다. 나는 뇨의 어깨에 손을 둘렀다. 우리는 이야기를 나누지는 않았다. 나는 내 팔 아래 뇨의 자그마한 부드러운 어깨를 꼭 쥐었다. 그 애다. 용감하고, 상냥하고, 나와 같은 도시에 살고, 오늘 밤 나와 함께 전선 가까이 포탄이 가득한 고지에 서 있다. 우리는 서로 이해하고 행복을 만끽한다.

정말 늦은 어느 오후

이 연구 계통에 속한 기관에는 직원 수천 명이 있고, 누가 누구인지 아는 사람들이 거의 없다. 안다 해도 건성으로 알고 있을 뿐이다. 기관 정문 근처에는 음료를 파는 가게가 있다. 어디다 시간을 소비해야 할지 모르는 지식인들은 인생을 맥주 속 거품에, 한밤중처럼 시커먼 커피잔 속에 두어야 했다. 떤 역시도 이런 방법으로 귀중한 여덟 시간을 소비하는 사람이다.

떤이 꽝 씨와 같이 앉아서 사주에 대해 논쟁을 하고 있을 때, F2에 있는 이제 막 학교를 졸업하고 입사한 번이 봉투 하나를 주었다. "항 선생님이 보냈어요!" 번은 가버렸다. 떤은 편지를 뜯었다. 명함 뒷면에 초대의 말 한마디가 있었다.

'당신에게 말하고 싶은 중요한 이야기가 있어요. 당신이 마음씨 좋은 사람이라면 이번 화요일 밤에 우리 집에 오세요. 사람들에게는 편지를 보이지 마세요.'

중요한 일이 뭐람? 그는 편지를 주머니에 넣고, 그다지 생각하지 않았다. 이제 막 서른 살을 넘긴 사람들이 맘에 담아두어야만 할 것들이 많이 있기나 하던가. 게다가 시절이, 미래가 안개처럼 막막한 것을, 사는 날마다 그날의 재미를 누리는 거지. 얼마간 얻는 게 있어도 좋은 것이고.

떤은 느긋하게 스스로에게 그렇게 말했다. 그렇지만 그러고선 다시 항 씨가 떠올랐다. 그는 두서너 번 그녀와 얘기를 했었다. 한 번은 그녀가 학술발표를 하는 것을 들었다. 그녀는 부박사로, 나이가 들었으며, 무척 아름다운 두 눈 외에는 특별한 것이 없었다. 그녀 같은 눈은 보통 친조모, 외조모, 모친이 미인인 집안의 것을 물려받은 것이다. 그녀는 옷차림에 그녀 연배들처럼 소란스러운 포장을 하지 않았다. 그렇지만 그녀는 무척 이상한 두려워하는 모습을 가지고 있었는데, 눈이 밝아야 알아볼 수 있다. 한 번은 그가 그녀에게 인사를 했는데, 그녀는 휙 돌아섰고, 얼굴은 창백해져, 그를 빤히 쳐다보았다. 이때는 떤도 그러는 것이 이상하게 느껴졌다. 그 밖엔 전반적으로 그녀는 얌전하고, 여성들이 보통 따라가기에 힘겨운 학문에서 버거운 일들에 만족해하는 것처럼 보였다. 그녀를 쳐다보면, 사내들은 큰누나와 같이 어렵게 느꼈다. 그 외엔 다른 것은 없었다.

꽝 씨는 떤이 주머니에 편지를 넣고 가만히 앉는 것을 보고는 눈을 찌푸리며 웃었다.

"그 아줌마 뭐가 필요하대? 또 무슨 회의하자는 거지?"

떤은 고개를 저었다. 꽝 씨는 말했다.

"거참, 이상해. 이 나라에 살면서도 아줌마들이 퀴리부인인 것처럼 하는 것을 좋아하니 말이야."

낡은 자전거를 타고 다니고, 한 달 내내 먹는다는 것이 몇몇 장사치들 한 끼 간식만도 못한 퀴리부인. 사람들이 쇈 공심초처럼 건조하니 말야. 여자라면 저래야지. 보기만 해도 좋잖아."

꽝은 지나가는 아가씨를 가리키며 말했다. 이 아가씨는 연구원에서 음료수를 판다. 통통하고, 시원한데다, 바람이 귓볼에 스치기만 해도 고개를 움추리면서 생글생글 웃고, 얼굴도 잘 빨개지고, 손발쯤은 기꺼이 내어 줄 그녀는 보기에도 좋고, 사근사근한데다 부르는 게…… 쿠션 같다.

꽝 씨는 느긋하게, "이상하기도 해. 항 여사는 태음재명, 잘나고 준수한데도 젊어서부터 지금까지 연애도 전혀 안 하고. 남편 자식 가족에 대한 생각도 없고."

"어떻게 아세요?"

"내가 걔하고 중, 고등학교 때부터 같이 공부하지 않았겠어. 옛날에는 아주 예뻤어!"

딴은 무심코 꽝 씨의 얘기를 듣고 생각했다. '다른 사람 팔자라는 게 어디 자신이 관심을 갖어야 하는 것이든가.'

오후에 자전거 보관소에서 떤은 항 씨를 힐끗 보았다. 이해가 안 되게 그가 그녀가 있는 곳으로 가려던 참에 그녀가 돌아서 가버렸다. 그 월요일 밤에 그는 그녀의 집에 가지 않았다. 화요일 아침, 그는 사무실 문을 두드렸다. 그녀는 흰색 가운을 입고, 손에는 고무장갑을 끼고 있었다. 분명 조만간 실험실에 들어갈 것이다. 떤은 실험실하고는 맞지 않는 창백한 얼굴, 뜨거운 두 눈을 보았다.

떤이 물었다. "저랑 약속을 하셨는데 제가 바빠서 갈 수가 없었습니다. 분명 업무가 있으신 거죠? 여기서 말씀하셔도 됩니다."

그녀의 두 눈에 순간 차가운 빛이 스쳐갔다.

"아니요, 여기서 얘기할 게 아니에요. 그리고 됐어요. 내가 찾으려고 했던 건 찾았어요. 당신에게 부탁하려고 했지만 끝났어요."

문 뒤에서 누군가 그녀를 불렀다. 그녀는 정말 재빠르게 사라졌다. 떤은 그녀의 성난 두 눈이 아른거렸다. 그날 오후 떤은 연구원 마당에서 테니스를 치는 것을 빼먹고 일찍 집으로 돌아왔다. 그는 몇 달 전에 이혼을 했다. 아직 아이는 없다. 부부 생활이 무거운 것은 아니었지만 두 사람은 그냥 반대방향으로 날아가는 화살 같았다. 떤의 아내는 가수로, 시의 청년 악단에서 노래를 했었다. 얽힌 관계들이 드러나기 시작했다. 그녀는 인생은 광활하다는 젊음에 대한 환상을 가지고 있었고, 어디에서 멈춰야 하는지를 알 필요도 없었다. 그리고 떤은, 그는 늘 이생의 한계를 그녀에게 먼저 경고하였다. 떤과 아내는 무도장의 커플 같았다. 둘 다 조명이 곧 꺼지고 자신의 자리로 돌아가야 한다는 것을 때맞춰 알아챘다.

이런 두통 같은 짜증나는 세상에, 가족에게는 시원한 물줄기가 필요하지 화끈거리는 충돌의 열기가 필요한 건 아니다. 이혼을 하고 나서, 두 사람 모두 개운함을 느꼈다. 둘 다 길에서 만나면 가볍게 인사를 나눴다. 어쩌다 춤 출 친구가 없으면 그녀는 그를 끌고나가기까지 했다. 벌써 세 번이나 그녀는 그에게 새 애인을 소개했지만 누구와도 끝난 것 같지는 않았다.

떤의 어머니는 이미 눈부시게 아름다운 새로운 여자를 봐 두었다. 지금 좋아들 하는 유행인 홍콩식 얼굴. 무척 여러 번 그는 아가씨를 길에서 잘못 알아봤다. 곱슬곱슬한 머리카락, 빚어 놓은 듯 곧은 코, 귀엽고 생기 있는 입술, 얼굴 반은 가리는 값비싼 안경. 신기한 것이 이런 얼굴형을 갖고 있는 아주머니, 아가씨들은 걷는 모양, 말하는 방법이 얼추 비슷하다. 떤은 그녀와 길거리를 나다닐 때마다 그다지 떨림이 없다. 그녀는 외제, 가지각색의 빛이 나는 상가, 레스토랑, 무도장의 상품이다. 그녀는 사람들이 고달프게 오랜 시간을 살아온 후에 갈망하는 것들을 충분히 다 내보여주었다. 그녀는 깨어있고, 단순하며, 쉽게 감동하고 아이처럼 빨리 잊어버렸다. 아마도 그 역시 그런 여자가 필요한지 모른다.

그가 오는 것을 보면 그녀는 통상 벌떡 일어나 두서없이 웃으며 말했다. 영화관에서 그녀는 부스럭부스럭 해바라기씨를 까먹고 태연히 발밑으로 껍질을 버렸다. 그리고 손을 떤에게 내밀었다. 손바닥을 통해서, 그녀는 보잘 것 없는 그녀의 인생 전부를, 그녀의 스물한 살에 비해 너무나 나이가 많은 서른두 살의 남자에게 넘겨주고 싶어 했다.

그러나 그런 날들이면, 떤은 오히려 항 씨 생각이 났다. 그냥 가 보지 뭐. 그녀와 그다지 친하게 지내지 않았으니 이번이 그가 그녀의 집에 처음으로 가는 것이다. 알고 보니 그녀는 시내 골이 울리게 시끄러운 시장통에, 이전에는 한 중류 가정의 둥지였고, 혁명이 일어나서 너무나 많은 사람들의 육중함으로 쪼개지고 휘어져버린 오래된 빌라 이층에 혼자 살고 있었다. 창문 아래는 공용 수도가 있었다. 저쪽은 장물시장이었다.

그녀의 다섯 평짜리 방은 시장통의 엄청난 언어 봉투 사이에 있었다. 그녀는 창문을 닫았고, 정신없는 소리들은 모두 밖으로 쫓아내졌다. 떤은 방안을 관찰했다. 모든 것들이 정돈되어 있고, 포근했으며, 기꺼이 누군가를 맞이할 것 같아 보였다. 불쌍한 향수 냄새가 커튼에서, 책장에서, 식탁포에서, 그리고…… 그녀의 머릿결에서도 퍼져 나왔다. 그가 왜 짜증스럽게 느꼈는지 모를 일이다. 그는 마치그녀가 그를 맞이하고자 기다렸던 것처럼 느껴졌다. 과학자에게, 심지어는 여성이, 그렇게 분수 넘는 포근함이 필요했던 것일까? 떤의 집 근처에 군속 화가가 한 명 있다. 그 자식은 혼자 사는데, 시골에 사는 아내와 애들과는 떨어져서 지낸다. 현재 방 하나를 가지고 있는 그 자식의 배치는 꽃사슴 무리에 덫을 놓는 늙은 여우 같은 사냥꾼과 비슷했다. 비너스상, 공간에 시원한 그늘을 만드는 방구석에서 뻗어 나온 생나무 가지, 자수 놓인 시트를 깔아 논 침대……

수많은 멀쩡한 꽃사슴들이 덫에 걸렸다. 떤은 그 자식의 방이 너무나 싫었다. 그리고 이상하게도, 그가 이곳에 왔을 때 그 느낌이 다시 나타났다.

애초부터 항 씨의 두 눈은 놀람과 반가움으로 밝게 빛났다. 들어와 약간 고개를 숙여 그녀에게 인사를 했을 때, 떤은 그렇게 느꼈다. 떤은 쿠션이 있는 의자에 앉아, 팔을 걸치고 부드러운 천에 닿았을 때 당황했다. 모든 것이 편리했지 그의 집처럼 절룩거리지 않았다. 떤은 질문을 하고, 그녀는 말을 했다. 그녀가 뭔가를 말하면, 그는 다시 뭔가를 질문했다. 전반적으로 떤은 편하지 않았다. 맞은 편 벽에는 고전적인 분위기에 따라 그린 그림이 있었다. 짙푸른 색으로 변하고 있는 숲 한가운데 다리, 개천의 물은 약간 보라빛 도는 푸른 색이었다.

그림을 감상하고선, 떤은 그녀가 측은하게 걱정되었다. 사십에 가까운 여자의 광활한 고독. 떤은 전쟁의 피해자인 여자들을 생각했다. 그들의 남자친구들은 이미 죽었다. 그들은 어깨 위에 나이를 지고, 날이 갈수록 잃어가는 안색으로 지쳐있었다. 새로운 세대는 자라고, 축제날의 풍선뭉치처럼 그들의 삶을 스쳐갔다. 이때 문장이나 그 일에 대해서 언급하면, 총을 한 번도 잡아 본 적이 없는 성공한 젊은이들도 점차 느낌이 전해 왔다. 떤은 물었다.

"전에 전쟁터에 계셨습니까?"

"왜 그렇게 물어요?"

"아, 제 생각엔 비슷한 연배들이 다들 다녀오셔서……"

"내가 뭘 하러 가요?"

떤은 그녀의 역으로 말하는 방식이 이상하게 여겨졌다. 이 나라에서는, 아무도 그렇게 말하지 않는다. 그녀는 그를 진정시켰다. "아버지와 두 오빠 모두 서부고원 전쟁터에서 죽었어요. 이제 됐나요?" 그녀는 물었다. 떤은 끄덕였다. "공부만 했어요. 외국에서 대학을 다니고 학부 다음과정 사 년을 더 공부했지요. 그 무모한 것에 머리를 내던지고, 역시 어둡고, 무모하며, 진실 되지 않은 것들의 피해자가 되었죠. 여자는 총에 대한 이야기, 이런저런 연구주제로 인생을 다 보내서는 안 되요." 그 점을 가벼운 숨결처럼 그녀가 떤에게 얘기했다. 떤은 그녀가 갑자기 조용해졌다고 느꼈고, 그 침묵은 그를 경각시켰다. 떤은 돌아가려고 그녀에게 인사를 했다.

그리고 그는 아마도 그에게서 그녀가 필요한 것, 그녀가 너무 많은 감정과 그녀를 두렵게 하는 허전함 때문에 옆에 누군가가 필요하다는 것을 이해했기 때문에 일이 생기도록 물어 보았다. 그의 추측이 맞았는지는 알 수 없지만 그 점은 떤을 약간 속상하게 했다. 특별나진 않아도 떤에게도 삶이 있는데 그녀에게 어떻게 젊음을 따라 잡자고 뒤를 돌아볼 충분한 힘이 있겠는가?

떤은 그녀를 침묵의 시간에서 벗어나게 잡아끌기 위해 다시 물었다.

"아직도 제가 필요하십니까?"

"아니오, 힘들게 해서 미안해요…… 전문적인 것에 대한 일이었는데, 내가 이미 해결했어요."

떤은 그녀를 피할 방법을 찾았다. 그러나 며칠 지나지 않아 그는 그렇게 생각하는 것이 기우라는 것을 알았다. 그녀가 그를 피했다. 혹은 피할 수 없으면, 그녀는 차갑게 고개를 숙이며 인사했다. 그녀의 냉정한 모습이 때로는 떤을 짜증나게 했다. 분명히 세상물정 뻔한 나이 든 여자이다. 짜증을 내고 보면 말이 안 된다. 확실히 뭔가가 그녀를 가게 잡아끌었고 그녀는 더 이상 그에게 신경 쓰지도 않았다.

떤은 계속해서 곱슬머리 아가씨와 어울렸고 바스락바스락하는 해바라기씨 소리를 들었으며, 양 볼 위 태국 향수냄새, 프랑스 샴푸 냄새를 맡았고, 때로는 부드러운 가죽으로 만든 너무나 예쁜 일제 핸드백도 들어주었다. 그녀가 그의 목에 맨살의 팔을 감으면, 자그마한 손목에 찬 스위스제 시계가 목덜미를 눌러서 떤을 간지럽게 했다. 그녀의 말소리는 수선스럽고 수준이 낮았다. 전체적으로, 즐거웠던 처음하고는 다르고 요즘 그녀는 그에게 지겨운 느낌을 자주 주었다. 떤은 다시 전처와 이혼 후 덤덤했던 상태로 돌아갔고 매일 매일 그렇게 느릿느릿 살았다.

요즘 연구원 내에는 무척 많은 세미나 같은 것이 열리고, 세미나마다 떤은 항 씨를 보았다. 대부분의 세미나는 무익했지만 재미로 가 봤다. 그런 때면, 그는 자주 항 씨를 관찰했다. 그녀는 가벼운 말

한마디라도 필요한 것처럼 슬퍼 보였고, 그녀는 울 것만 같았다.

어느 오후, 연구원의 차가 한 소도시에서 있는 실험과제 몇 건을 검사하러 몇몇 간부를 데려갔다. 차에는 이미 사람이 많았고 떤은 한숨 잘 수 있는 마지막줄 좌석을 찾았다. 밤 10시에 바로 현장으로 나가야 한다고 들었다. 떤이 머리를 기대고, 눈을 감은 지 몇 분이 되자 누군가가 옆자리에 앉았다. 떤이 건너보니, 항 씨다. 지금에야 그녀가 그를 본 듯하다. 그리고 그녀는 바로 일어서서, 앞쪽에 남은 좌석이 있는지 보았다. 차 바퀴가 움직이기 시작했고, 떤은 그녀의 손을 잡아 당겨, 그녀에게 옆에 앉으라는 신호를 보냈다. 떤은 물었다.

"제가 못 뵌 지 2주나 되었습니다. 이리 오래 어디로 사라지셨던 겁니까?"

그녀는 편하게 앉을 자리를 고쳐 놓고서 가볍게 웃었다.

"내가 뭣하러 사라져요? 어디로 사라질 수나 있어요?"

차는 도시를 벗어났다. 하늘이 벌써 어두워졌다. 늦가을 조금 쌀쌀했다.

불현듯 이유 없는 슬픔이 영혼에 밀려들었고, 그건 이해하기 어렵게 다가왔으며, 필요가 없는데도 막아낼 수 있는 방도가 없었다. 이따금 연구자들이 '지나친 사치'라고 부르는 순간들 역시 있었다. 옆의 여인은 두 손을 모으고, 눈은 창밖을 보고 있었다. 갑자기 나이 차도 없어지고, 사람들이 꺼려하는 구속도 남아 있지 않고, 그녀는 그의 눈앞에 작은 여인이었다. 떤은 그녀의 어깨에 팔을 걸쳤다. 그녀는 놀라지 않았고 얼굴이 붉어져 밀어 내지도 않았으며, 그녀는 가만히 두었다 잠시 뒤 그녀는 그의 팔을 살살 밑으로 내려놓았다. 한참을 있다, 옛날부터 마음이 통한 듯, 떤은 말했다.

"말해 봐요. 왜 그렇게 힘들게 살고 있어요?"

"내가 뭐가 힘들다는 거예요? 그만 됐어요, 나는 이걸 말하고 싶은데……"

그리고선 그녀는 그에게 이야기를 해 주었다. 부릉부릉 거리는 차 소리 사이에서 그녀의 소리는 고작 두 사람을 위해서만 충분했다……. 알고 보니 그녀에게도 젊은 시절이 있었고, 사랑도 있었다. 그때 그녀는 고등학교까지 마쳤고, 검정 실크바지를 입고, 머리카락은 양 갈래로 길게 땋아 내리고, 굽이 높은 구두를 신었다. 전쟁 때 북쪽 아가씨들 사이에서 보편적으로 유행했던 것들이다. 인적이 드문 가을 한낮에 두 호수 사이에 있는 꼬 응으* 거리에서, 그녀가 어머니에게 빌린 통녓(統一)자전거 체인이 빠져버렸다. 그녀가 뻘뻘 땀을 흘리며 기를 써 봐도 끼워 넣을 수가 없었다. "내가 아가씨를 도와도 되겠습니까?"

낯선 목소리, 그녀가 늘 듣던 얕고 가느다란 사내의 목소리가 아니었다. 이건 음색이 풍부한, 나지막한 목소리, 미천한 곳에서 만들어진 것이 아니다. 그녀는 고개를 들어올렸다. 유럽사람, 젊은 얼굴,

---

* 하노이 호떠이(西湖)와 호쭉바익(白竹湖) 사이에 있는 타인 니엔(青年)거리의 옛 이름-역자주

갈색 눈, 열여섯 먹은 그녀의 심장을 죄이게 아플 정도로 잘생겼다.

"내가 아가씨를 도와줄 수 있소!" 그는 말을 하고는 바로 구부려 앉았다. 손이 단단하고, 능숙했다. 불과 3분 만에 자전거를 다 고쳤다.

"고맙습니다!"

"별 걸요." 그들은 말을 하며 서로를 보았다. 모든 번거로움이 다 물러갔다. 단지 그들 둘만 남았다.

"어느 나라 사람인데, 어쩜 베트남 어를 그렇게 잘 하세요?"

"나는 루이라고 합니다. 나는 프랑스 사람이고 여기서 베트남 어를 공부합니다."

"저는 마이에요." 그는 어릴 적 어머니가 불렀던 이름을 말하고 그에게 손을 내밀었다.

"마이, 마이" 그는 되풀이 말하고 웃었다. 그런 '사람'의 웃음이 다 있었다. 그녀는 여태껏 그렇게 사람을 동요하게 만드는 웃음이 아름다운 남자를 본 적이 없었다. 그들은 신기하게 서로를 쳐다보았다. 상대방에게서 오랫동안 자신이 찾던 것을 발견한 것처럼……

"아가씨는 너무 아름다워요. 내가 다시 만날 수 있게 해 줘요. 여기서 어느 날이든 이번 주에."

"안 돼요!" 그녀는 갑자기 큰소리로 말했다. "안 되는 일이에요!"

"왜 안 되죠?"

흰 와이셔츠, 녹색 바지, 군인 신발을 신은 한 남자가 자전거를 타고 지나갔다. 다시 자전거를 탔다. 사나운 두 눈이 그녀의 얼굴을 뚫어지게 쳐다보았다. 그녀는 오싹해지고, 닭살이 돋았다. 사람들은 아직도 말한다. 이 나라에서, 외국인하고 말하는 것은, 무슨 말을 하는지 알 필요도 없이, 추적당하고, 잡혀 간다고…… '아니, 그럴 리가 없어!' 그녀가 세게 고개를 저어 청년은 뭐가 뭔지 전혀 알 수가 없었다. 아마도 그는 동양 소녀의 수줍음에 무례를 범했을까 염려하는 듯하다. 그는 자전거를 타고 따라 가고 싶어 했다. 그녀는 사납게 손을 내저으며 자전거를 타고 빠르게 내달렸다. 이상한 청년이 그녀를 따라 쳐다보았다. 그녀는 자전거를 타고 사람이 많은 길을 지나갔다. 누군가 자신을 따라오는 느낌이 들었다. 그녀가 빨리 달리면 남자도 빨리 달렸다. 천천히 달리면 남자도 천천히 자전거로 달렸다. 그는 사람이 드문 길로 꺾어 건넜다. 여전히 누군가 자전거를 타고 따라온다. 그녀는 자전거를 세우고, 이동 좌판에서 빵 하나를 샀다. 한 남자가 역시 나무 아래 자전거를 멈추고 담배에 불을 붙였다. 그녀가 자전거에 오르자, 남자는 따라왔다. 그녀의 심장이 터질 듯 뛰었다. 그녀는 떨면서 밥상에 앉았다. 그녀의 어머니가 걱정스레 '왜 그러니?'라고 물었다. 그녀는 속삭였다. "뭔지는 모르는 게 저를 너무 두렵게 해요."

밤에 잠을 자며 그녀는 꿈에서 관자놀이를 짓누르는 불덩이 같은 두 눈을 보았고, 너무 뜨거워서 소리를 질렀다. 시장에 가도, 줄을 서서 쌀을 사도, 도서관에 들어가 책을 읽어도…… 언제나 따라다니는 사람들이 있었다. 서로 다른 수많은 얼굴들인데, 새카맣게 검은 색이라는 것, 소름 돋게 무섭게 쳐다본다는 것은 비슷했다. 그리고 그 청년, 그는 그녀를 찾아 시내를 온통 다 다니다시피 했다. 그는 자전거를 타고, 제일 인적 드문 작은 길까지도 헤집고 들어갔고, 자주 그녀와 비슷한 아가씨들을 뒤돌아 쳐다보았다.

길을 나서려면 그녀는 자신의 머리카락과 얼굴을 가리려고 논을 써야 했다. 그러던 어느 밤 책방에서, 그녀는 그와 맞부딪쳤다. 그녀는 도망칠 수 없었다. 그가 그녀의 눈앞에 있었고, 반가움에 깊게 숨을 쉬었다. "아가씨를 이제 찾았어요!" 그는 손을 들어 그녀가 도망치지 못하게 막았다. "아가씨, 부탁이에요, 1분이면 됩니다……."

그는 뭔가 감동받은 목소리로 말을 했다. 그러나 그녀는 기겁을 했다. 그는 그녀를 부축하려 손을 내밀고 싶어 하는 것 같았다. 그러나 책 진열대에 기대서 책의 제목을 보고 있는 척을 하는 흰 와이셔츠를 입은 사람을 보았을 때, 그녀는 더 이상 그가 무엇을 말하는지 들을 수가 없었다. 청년은 그녀에게 명함을 주었다.

"갖고 있다 언제든 여건이 되면 나에게 전화를 해 주십시오. 나는 당신을 무척 만나고 싶습니다."

"네, 네!"

"아가씨 뭘 그리 두려워하는 겁니까?"

"너무 무서워요. 저를 더 이상 만나려고 찾지 마세요. 저는 그럴 수 없어요."

"왜 그렇습니까?"

"모르겠어요. 그렇지만 힘들어요……" 그녀는 그런 소리를 내뱉고는 확 돌아서 갔다. 그러나 그녀는 청년이 쳐다보는 앞에서 갈 수 없었다. 그녀는 그의 눈을 바라보고, 두려움을 개의치 않으며 그를 안심시키기 위해 웃었다.

그녀는 집으로 돌아가기 위해 조그만 길에 들어섰다. 길은 한적했다. 군용차 한 대가 끽하고 다가와 그녀 옆에 브레이크를 밟았다. 흉측한 손이 그녀를 차에 올라타게 끌어 당겼다.

그녀는 소리를 질렀다. 누군가 그녀의 입을 막았다. "이 년이 맞아!" 무식한 남자의 목소리. "저 녀석한테서 뭘 받았는지 뒤져봐!" 그 사람은 갑자기 그녀가 미처 보지도 못한 프랑스 청년의 명함을 빼앗아갔다. 차가 천천히 거리를 지나갔다. 사람들은 지나갔다. 그녀는 갑작스럽게 자신이 평범한 삶에서 떨어져나간 것에 두려웠다. 그는 소리를 질렀다. "내가 뭘 했다고 그래요? 당신들은 누구에요?" 그녀는 여러 차례 물어보고, 발버둥을 치고, 운전사의 팔을 움켜쥐기도 했다. 운전사는 둘러싸 앉아 있는 사내들 무리 중에 제일 나아 보였고, 응에 안 사투리로 얘기했다. "우리들은 붉은 깃발 청년단이오. 아가씨에게 물어볼 게 있소." "그런데 왜 저를 차로 잡아가세요?" 아무도 그녀의 질문에 대답하지 않았다. 그녀는 절망으로 할퀴었다. 이미 줄이 준비되어 있었고, 그녀는 뒤로 손이 묶였다. 차는 시내 광장으로 달려가다 길을 건너는 아이들을 이끄는 여자를 위해 속도를 줄였다. 사내들은 뭔가에 대해서 논의를 하고, 명함에 대해서 소곤소곤 얘기하였다. 그러고 나서 그녀의 가방을 뒤졌다. 오후에 가방에 집어넣고선 먹는 걸 잊어버렸던 대추 몇 알을 싼 손수건을 풀었다. 이어지는 질문은,

"이 자식을 몇 번이나 만났소?"

"두 번 밖에 없어요."

"왜 자전거가 고장 난 시늉을 한 것이오?"

"아니에요, 제 자전거는 진짜 고장이 났었어요." 그녀는 아이처럼 엉엉 울었다. "왜 그러시는 거예요? 제 자전거가 진짜 고장 났었다니까요."

"거짓말 하지 마!"

눈물이 줄줄 흐르고,, 손은 묶여 있어, 그녀는 무릎으로 눈물을 훔쳤다.

"만나 나눈 얘기는?"

"아무것도 없어요. 일상적인 얘기만 했어요."

"반복해 봐!"

그녀는 생생하게 기억하기 때문에 그녀와 프랑스 청년이 서로 얘기했던 것을 글자로 적어냈다. 일상적이지만 그들이 서로에게 간직했던 모든 것을 지니고 있는 말들. 그녀는 했던 말을 반복했지만 프랑스 청년의 눈빛, 그리고 그녀의 심장이 뛰는 소리를 그들이 알 수 있게 설명할 수 없었다. 이어지는 질문들은 그녀의 가족과 부모님에 대한 것이었다. 사내들은 그녀가 전쟁터에 있는 아버지와 두

오빠에 대해 말할 때 서로를 바라보았다.

그 후 일주일 구의 유치장이었다. 창녀들, 행상들, 신분증을 가지고 있지 않은 기차역에 있던 사람들. 사람들은 상황이 더 위급하게 보이도록 그녀를 밤중에 세 번 불러냈다. 세 번 모두 그녀는 사나운 남자들 무리 사이에서 이름, 연령을 반복해 말하고, 차에서 이미 했던 말을 반복해 말했다. 그러고선 사람들은 '외국인과 부적절한 관계'라는 내용의 문서를 작성했다. 그녀는 서명을 해야 했다. '그 청년'에게 어떠한 징조도 계속해서 있어서는 안 되고, 그녀는 알려야 한다는 약속을 해야만 했다. 그녀는 구 공안 정문을 걸어 나갔고, 그 순간부터, 그녀는 젊음을 잃어버리고, 자신감, 가벼운 천진함을 상실해 버렸다. 그녀는 자주 깜짝 놀라고, 갑자기 부르는 사람이 있으면 손발을 부들부들 떨었다. 몇 달 동안이나 어떤 군용차를 봐도 두려워서 길에 나가지를 못했다. 그녀는 어떠한 외국인 얼굴을 보더라도 두려웠다.

밤에 그녀는 혼자 잘 수 없었다. 어머니가 3교대를 가시면 그녀는 깨어 어머니 오시기를 기다렸다. 그러나 정말 이상하게도, 그녀 삶 속 첫 사람인 청년의 생각에 이를 때면, 그 두려움에 섞여, 염려가 되고, 그렇게 아팠던 적이 없었던 것처럼 아프다. 그녀는 그가 아직도 자전거를 타고, 거리를 지나면서, 그녀를 찾아다니는 것을 안다. 한 번은 그녀가 그를 만날 뻔 했었다. 그는 외국인 전용 가게 앞에서 어떤 남자와 함께 차 안에 앉아 있었다. 그는 그녀를 보지 못

했다. 그리고 그녀는 울었다. 사랑하는 사람을 위한, 어린 눈물방울을.

"사랑이란, 단지 그 정도의 만남이 필요하고, 그리고 그 정도의 말이 필요할 뿐이지, 뭐가 많이 필요하겠어요, 그렇지요?"

그녀는 쳐다보지도 않고 그 질문을 떤에게 던졌다. 떤은 걱정하며

"혹시 루이가 간첩, 아니면 유사한 뭔가가 있었나 봐요."

"아니에요. 우리 어머니가 공안에 높은 자리에 있는 아는 사람을 통해서 자세히 알아보았어요. 루이는 평범한 학생이었어요. 전혀 해가 없는."

"어떻게 외국에 가서 공부를 하게 된 겁니까?"

"일 년 후에, 나의 아버지와 두 오빠 모두 전사통지가 왔어요. 우리 큰오빠는 '영웅'이라는 칭호를 받았어요. 그것 덕분에 내가 공부를 할 수 있었어요. 그러나 외국에서 공부할 때도, 나는 감시를 당한 것 같아요. 나는 그렇게 느꼈어요, 맞는지는 모르지만?"

"괴상한 이야기입니다!"

"괴상하지 않아요. 젊었을 때 나는 달리 생각했어요. 지금 내가 생각하면 우리같이 가난한 나라에서 외국인은 보통 그렇게 과대평가가 됩니다. 그들은 황제잖아요."

그녀는 씁쓸하게 웃으며 말을 덧붙였다.

"그들은 나를 할머니로 변화시켰어요, 그 날부터. 20년 넘게, 나는 늙은이였어요. 나는 열정을 다 잃어버렸어요. 나는 끊임없이 두

려워했습니다."

"자기 자신 때문이네요, 너무 예민한 것은, 좋지 않습니다."

"아마도 나 때문일 거예요."

"지금도 두렵습니까?"

"아니오, 이 나이에 이르면, 여자는 모든 걸 다 갖추어, 대개 편안하게 잠을 자요. 내가 더 이상 뭘 더 두려워하겠어요. 두려워할 것이 남아있지 않네요."

날이 어두워졌다. 떤은 그녀가 더 작아진 것처럼 느껴졌다. 그녀가 그렇게 말은 하지만, 그녀는 열정적으로 사랑을 한다. 생소한 청년을 사랑한 것을 보라. 그녀는 떤의 어께에 머리를 기대고 말을 뱉었다.

"지겨워요!" 떤은 그녀의 손을 잡았다. 부들부들 떠는, 젊고, 갈구하고 있지 그녀의 말처럼 절망하지 않은 손. 그가 차를 가득 채운 어둠 속에서 그녀의 어깨를 안으려 하자 그녀는 살며시 그를 밀어냈다. "아니에요, 더 이상 필요 없어요. 이전에 나는 당신이 필요했어요. 당신은 내 주위에 사는 사람들 중에서 내가 낯설게 느끼지 않는 유일한 사람이에요. 내가 불렀지만, 당신은 오지 않았어요. 지금은 되었어요."

떤은 곧 결혼해 아내가 될 아가씨와 계속해서 어울리고 계속해서 질렸다. 그녀와 결혼을 하면 그는 길거리, 무도장, 화려하고 사치스러운 식당의 색채를 그대로 안고 가정으로 들어가게 될 것이다.

그 처자의 얼굴로도 그는 모든 걸 다 가졌다. 삶을 사랑하는 마음, 삶에 발을 들여놓은 날부터 바로 사랑을 잃어버린 사람에 대해 그가 가지고 있는 감정을 제외하고는. 그 남자들은 단지 비정상적인 관계를 막으려는 정상적인 공무를 시행하는 것 일 수도 있다. 그들이 어린 한 사람의 영혼을 죽여 버렸다는 것을 알 리가 없다.

요즘 항 씨는 갈수록 자신을 더 감췄다. 연구원의 각종 회의에도 거의 출석하지 않았다. 그녀는 산업용 제습기 연구과제의 책임자이다. 떤은 사무실에도 가보고 집에도 가 봤지만 그녀를 볼 수 없었다. 떤은 애가 타고 걱정이 되면서도 깜짝 놀랐다. 전처에 대해서도, 곧 처가 될 여자에 대해서도 걱정이 된다는 느낌을 가졌던 적이 없었다.

살이 에이는 어느 날 밤, 떤은 자전거를 타고 그녀가 있은 곳을 찾기 위해 시내 전부를 뒤졌다. 떤의 걱정이 빗나간 게 아니었다. 그녀는 이미 어머니와 사망한 영웅의 아내인 손 위 올케와 남쪽에서 살려고 짐들을 다 싸 놓았다. 집은 휑했다. 고전적인 분위기로 그린 그림 역시 포장되어 나무 의자 위에 놓여 있었다. 그녀는 무릎까지 닿는 목이 높은 울 치마를 입고 있었다. 그녀는 정말 소녀 같았다. 떤은 그녀를 안고 떨고 있는 전신을 느꼈다.

"왜 가려는 거요?"

"당신에게서 도망가는 거예요."

"그게 그렇게 필요하단 말이오?"

"필요해요. 나는 가야만 해요. 나는 더 이상 여기에서 살 수가 없어요."

겨울밤은 길고, 살이 에이게 추웠다. 두 사람은 잠시도 눈을 붙이지 못했다. 그녀는 아이처럼 열정적이었지만 어리숙했다. 여자의 순결한 신체가 남자를 무섭게 감동시켰다. 그는 가슴을 도려내듯 그녀가 안타까웠다.

저 밖은 겨울밤이다. 역의 기차는 기적을 울렸다. 며칠만 더 지나면, 떤은 그녀와 영영 멀어진다. 그는 이 시간이 지나면 두 사람이 다시는 만나지 못하리라는 것을 알았다.

계절 끝에 내린 비

8월 말, 세 명의 기술자로 구성된 우리 팀은 1년 전에 우리가 만들었던 설계도대로 마지막 단계 시공을 했는지 감리하기 위해 공사현장에 가는 임무를 맡았다. 계절은 가을로 들어섰는데도 날씨는 여전히 더웠다. 아스팔트 길이 번질번질했다. 나무들은 햇볕 때문에 생기 없이 허옇게 변했다. 이런 날에는 아무도 자기 자신을 통제할 수가 없다. 신경질이 나고, 열을 받다가 갑자기 지긋지긋해진다. 뚜언은 꾸벅꾸벅 졸았다. 그리고 나의 친한 여자 친구인 미는 차창을 내다보았다. 미의 부드러운 피부에 해로운 더위를 뚜렷히 볼 수 있었다. 그런데 그녀는 상관하지 않는 것처럼 보였다. 그녀는 화장도 하지 않았다. 지치고, 힘없는 모습은, 무슨 일이 생겨도 다 상관없다는 것 같았다. 나는 크게 물었다.

"왜? 무슨 일 있어?"

"그저 그래, 별일 없어요!"

그녀는 말했고 계속해서 이야기하고 싶지 않아 보였다. 심기가 불편해 보였는데, 날이 더워서만은 아닌 것 같았다. 미는 뛰어난 기술자이고, 건설현장 설계 재주가 있는 덕분에 꽤 많은 돈을 벌었으며, 자식을 사랑했다. 자식 이야기를 자주 했고, 진정한 아내였다. 그러나 그런 것들이 있을 때부터, 그녀는 처지고, 개성과 미모가 사라져 버렸다. 언제나 분주하고, 털털했다. 나는 너무 화가 났지만 어떻게 하겠는가?

차가 도시에서 멀어질수록, 나는 미가 변하기 시작했다고 느꼈다. 우울한 모습은 사라지고, 그 대신 초조한 긴장감이 보였다. 나는 신경을 많이 쓰지 않았다. 너무 더워 나는 언제 눈을 감고 잠이 들었는지도 몰랐다.

공사현장에 도착하니, 사장은 일일이 직원들과 악수를 했고, 기운을 돋는 말들을 했다. 나는 시공에 문제가 생긴 것 같다는 이야기를 들었기에 사장에게 우리가 해야 할 앞으로 닥칠 어려움에 대해서 말을 했다. 사장은 웃으며, 어깨를 두드렸다. "그냥 안심하게, 기술자!" 내가 되돌아 왔을 때, 팀 전체가 어딜 갔는지 사라졌다. 나는 남자 두 명에게 배치되어 준비된 방으로 돌아왔다. 뚜언은 막 샤워를 마치고, 이를 보이며 웃었다.

"우선 씻어, 오자마자 일에 뛰어들다니, 너무 피곤해."

"동감이야. 사장이 말도 안 되는 소리를 많이 하니까 내가 한마디 해야 했어."

나는 샤워를 하러 갔다. 물이 정말 시원했다. 물은 강에서 끌어왔다. 정수시설을 거치지 않았기 때문에 기계기름 냄새, 물이끼 냄새가 났다. 샤워를 마치고 나는 발코니에 나가 섰다. 시원한 바람이 강에서 불어오기 시작했다. 편안한 공기는 이 구역에 아직 꽤 많이 남아 있는 나무들 덕분이다. 저쪽 발코니에도 청년들이 방금 나와 시원한 바람을 쐬었다. 그들은 우리가 도착한 후 몇 분 있다 교대 차량에서 쏟아져 내려 왔다. 누군가 손을 흔들며 불렀다.

"득 아니야? 나 빈이야!"

"빈이라고? 우아, 자네 어디 있다 오는 거야?"

우리는 함께 마당으로 뛰어 나왔고, 함께 손을 들어 올리고, 함께 웃었다. 빈은 악수에 감정을 나타내었다.

"뜻밖인걸, 자네를 여기서 만나다니?"

"응, 나도 생각도 못 했지."

우리는 B 공사현장에서 두 달간 함께 일을 한 친구다. 2년 전에 일하고, 맥주를 마시고, 이야기를 나누고, 춤을 추러 다니기까지 했다. 그때부터 연락을 하지는 않았지만, 서로를 잘 알고 있었다.

"여긴 뭐 마실 데가 있을까?"

빈은 물으며 주변을 둘러보았다. 우리가 있는 곳을 지나가던 한 남자가, 손을 들어 강가 나무들 방향을 가리켰다.

"저기 가게가 있는데, 하노이 못지않아요."

"고맙습니다! 우리 가자."

빈은 남쪽 사내들의 전형적인 멋진 모습을 하고 있다. 그는 원조 사이공 사람이다. 여자들은 그의 어떠한 몸동작 하나도 빼놓지 않는다. 그들은 눈빛으로, 웃음으로, 목소리로 그를 에워싼다. 그런데도 그는 전혀 흐트러지지 않았고, 정신이 약해지는 징조 하나도 없다. 그 점은 그의 열정적인 두 눈, 탄탄하고 강인한 신체에서 확연히 볼 수가 있다. 나는 물었다.

"자네는 여기에 무슨 일로 온 거야?"

"전기 공사, 예전에도 그랬었잖아."

우리 둘은 술집에 이르렀다. 견고하게 벽돌로 지은 집이었다. 두 줄의 탁자와 의자는 물과 담뱃재로 지저분했다. 가게는 사람들로 꽉 찼다. 메뉴판에는 맥주, 레몬주스, 아이스커피라고 적혀 있었다. 두 사내가 기를 쓰고 앉을 자리를 찾고 있는데 청아한 여자의 목소리가 울렸다.

"득, 이리로 와요."

두 사람은 사람들을 헤치고 다가갔다. 알고 보니 청아한 목소리는 미의 것이었다. 이상하기도 하지……. 미는 우리가 여기에서 알게 된 남자들로 가득한 자리에 앉아 있었는데, 다들 술이 올랐다. 그들 앞에 놓인 맥주잔에서 거품이 났다. 매번, 술을 마시는 자리마다, 멀쩡한 얼굴로 있는 것은 오직 한 사람, 미뿐이었다. 그녀는 술독에 빠져있는 사람들로 정신없는 사이에 앉아, 다른 사람이 취한 것을 쳐다보며, 홀로 단절되어 있는 것을 좋아한다. 여러 번 그녀는 나에게 다른 사람이 자신을 잃어버리는 것을 볼 때의 팽팽한 느낌을 이야기 했었다.

그녀는 우리가 가까이 가자 일어섰다. 그녀는 정말 생기 있게 웃었다.

"멀리서 두 사람을 봤어요. 이런 시대에 이렇게 당황한 남자들을 보게 되다니 정말 신기하네요. 어느 행성에서 떨어진 사람들 같지, 이 고통스러운 세상에 사는 사람들 같지 않아요."

그녀는 깔깔 웃었다. 나는 그녀의 손을 잡아 당겼다.

"저쪽으로 가자고. 이렇게 시끄러운데 여기에 어떻게 앉아 있어?"

우리는 가게 밖에 있는 탁자를 찾았다. 의자를 정리하는 동안, 나는 빈과 미를 보았다. 이상한 시선, 이 세상에서 그처럼 그를 놀라게 한 것이 지금껏 없었다는 것 같았다. 미는 삐걱거리는 의자 위에 편하게 앉았다.

"득에게 이런 친구가 있었는데 난 알지도 못하고 있었네요……."

나는 두 사람을 서로 소개했다. 그 둘 사이에 재빠르고, 당황스러운 뭔가가 일어나고 있었다. 두 사람은 정말 빠르게 서로를 쳐다보았다. 가게 안에서 미를 부르는 소리가 들렸다. 미가 거기에다 지갑을 두고 왔다. 그녀는 지갑을 가지러 뛰어 갔다. 빈이 멍해 졌다.

"이야, 어디에 이렇게 예쁜 여자가 있었어!"

나는 깜짝 놀랐다.

"예뻐? 뭐가 예뻐?"

"너무나 아름다워! 자네는 안 보이나?"

빈이 하는 소리를 듣고 나는 맥주를 마시는 무리들 쪽으로 고개를 들고 쳐다봤다. 두 사내가 뭔가를 주저리주저리 했다. 지갑을 꼭 쥐고 있는 한 사내가 돌려주려고 하지 않는 것이, 미가 그들과 앉아 있다 가기를 바라는 모양이다.

"자네 저 머리카락, 긴 목덜미, 어깨 좀 보라고……. 저런 사람이 어디에 있나. 저 여자 정말 순수해 보이는 걸."

그의 남부 억양이 낮아졌다. 미는 손에 지갑을 쥔 손을 흔들며 우리들 쪽으로 오고 있었다. 왼쪽 가슴 옆으로 흰 줄이 두 개가 그려져 있는 셔츠는 그녀의 몸을 햇빛 쪽으로 몸을 내미는 나무순처럼 만들었다. 뜻밖에 환하고, 행복한 얼굴이었다. 나는 재빠르게 이해했다. 저 모든 신속한 변화는 빈 때문이었다. 나는 이렇게 아름다운 여자를 본 적이 없었다. 미는 빈에게 손을 내밀어 그가 의자 세 개 중에 한 의자에 앉는 그녀를 돕도록 했다. 빈은 옆 의자에 앉았고, 나를 보지 않았다. 나는 물었다.

"두 사람 뭘 마실 거야?"

두 사람이 거의 동시에 대답했다.

"뭐든지 괜찮아, 자기 맘대로 해."

나는 카운터로 가서, 레몬주스 세 잔을 시켰다. 레몬주스를 만드는 아가씨의 손은 거칠고, 손가락이 지저분했다.

나는 더럽고 긴 손톱들을 자세히 쳐다보았고, 설탕 병 주둥이 위

커다란 파리들과 쌀겨가 덕지덕지 붙은 얼음들을 쳐다보았다. 시간이 꽤 오래 걸렸다. 나는 그들이 이야기를 하는 것을 보았다. 내가 갔을 때, 미가 일어나서 주스를 받았다. 그녀는 혼란스러움, 불안감이 사라졌다. 어린 소녀처럼 사랑스럽게 보였다. 우리들은 레몬주스를 마시면서 곧 있을 축구 경기에 대해서, 공사현장에 대해서 그리고 미에 대해서 이야기를 나눴다. 나는 두서너가지 미가 아이를 키울 때 털털했던 것에 대해서 이야기를 했다. 빈은 믿기지 않는 모양이었다. 그는 미와 눈으로 이야기를 하였다. 그리고 나는 주변을 둘러보았다. 이 자연스러운 녹지대는 강가까지 퍼져 있었다. 지금은 모든 게 시원하다. 저 강 건너편 공사현장은 철제, 콘크리트 자재 그리고 크레인이 있다. 이쪽은 근로자들의 숙소 구역이어서, 모든 것이 부족하긴 하지만 하노이 모습을 많이 가지고 있다. 공사현장의 배운 사람들은 모두 다 하노이 사람들이다. 우리처럼 계약에 따라 온 손님들도 역시 하노이에서 내려 온 사람들이다. 그래서 모든 게 견딜 만하다.

우리는 오래 앉아 있었다. 가게 안 사람들도 몇 남지 않았다. 빈은 뭔가를 말하면서 미를 보느라 떨어지지를 못 한다. 그리고 미는 나를 본다. 긴장하고, 사정을 하는 듯한 시선. 나는 그 시선을 이해한다. 나는 급히 주스를 마시고 일어섰다. 빈도 벌떡 일어났다.

"어디를 가려고, 득?"

"앉아서 놀아. 나는 사장을 만나서 내일 일에 대해서 논의를 해야 해."

"급할 거 없어요, 득!"

미는 작게 말을 하고, 얼굴이 붉어졌다. 그녀는 내가 아는 수많은 여자들처럼 진짜처럼 거짓말을 하지 못한다. 그것이 내가 그녀에게서 가장 좋아하는 점이다. 나는 말했다.

"급하지. 그냥 앉아 놀면서 빈에게 하노이 이야기나 들려 줘."

빈은 내 눈을 똑바로 보았다. 우리들은 일어서서, 서로의 눈을 잠시 바라보았다. 그의 얼굴에서 슬픔 기색이 살짝 스쳐 갔다……. 그을리고, 잘생긴 얼굴, 평범하게 잘생긴 얼굴이 아니다. 어떤 여자라도 그 옆에서 살면 편안함을 느낄 수 있는 얼굴이다. 저 똑똑한 미는 그것을 잘 파악하고 잠시 닻을 내리고 싶어 한다.

나는 강가를 걸었다. 두 사람이 나를 쳐다보고 있는 것을 느꼈고, 뭔가 쳐다볼 것으로 두었다. 두 사람 모두 숨이 막혔다. 언뜻, 미의 남편이 생각났다. 그러고 나선 혀를 찼다. '에잇, 참, 다른 사람들 일인데, 어떻게 다 신경을 써?'

사장과 대략 한 시간이 넘도록 일 이야기를 했다. 알고 보니 전에 사장은 군부대의 대령이었다. 우리는 전쟁 때 이야기를 했다. 사장은 고개를 저으며 스무 살이 된 아들에 대해서 불평을 했다.

"아이는 침울해 한다네. 스무 살인데 어떻게 침울할 수가 있는가?"

헤어지면서, 사장은 나에게 555담배 한 갑을 주었고, 계약을 할 때 없었던 말도 안 되는 강제적인 내용들에 우리가 매이게 되지 않기를 바랐다.

그 후에는 정처 없이 다녔다. 식당에 갔더니 손님들은 몇 남지 않았다. 팀의 식탁 위에 나와 미의 밥이 남겨져 있었다. 줄 콩 볶음, 배춧국 한 그릇. 밥 한 솥 가득. 덩치 좋은 식당 아주머니가 의자를 돌려놓고, 식탁 위에다 의자를 거꾸로 올려놓고, 바닥을 닦았다. 아주머니는 일하면서 나에게 기다리는 사람이 있으면 그냥 기다리고, 먹고 나서는 쥐가 헤집지 않도록 저쪽 나무 찬장에 넣어만 두면, 내일 아침 아주머니가 치울 거라고 했다.

나는 앉아서 기다리면서, 사장실에서 막 빌려온 신문과 잡지 더미를 끌어당겨다 보았다. 신문마다 곧 이탈리아서 있을 축구 대회에 대한 사진이 실렸다. 나는 마라도나의 사진을 보았다. 왜 그런지 알 수 없지만 나는 최정상에 서 있는 이 사람을 보면, 지구 전체가 이 사람을 보고 있는 와중에도 걱정스럽다. 정상에서 균형을 유지하고 있어야 한다면 좋을 게 없을 텐데, 모든 사람들이 자기들의 뜻에 따라 그에게 그렇게 서 있으라고 강요한다. 나라면, 나는 사라져 버리고, 도망쳐 버리거나 정상에 올라섰을 때 큰소리를 내는 것을 멈추었을 것이다. 어떤 사람도 영원히 정상에 있을 수가 없고, 영원히 위대할 수는 없다.

신문 더미를 다 읽고서, 시계를 보니 열 시나 되었다. 내가 빈과 미와 헤어진 때가 오후 네 시였다. 내가 지방 잡지에 인쇄되어 있는 삐쩍 마르고 생기 없는 얼굴을 한 이름 없는 한 소녀의 사진을 유심히 보고 있는데 미가 내 뒤로 다가 왔다. 나는 정말 엄한 시선으로 그녀를 보고 싶었다. 그러나 그녀를 보자마자 나는 그럴 수 없다는 것을 알았다. 미의 표정에는 시원한 바람, 밤안개와 달빛으로 가득 넘쳤다. 행복으로 그녀는 평소와 같이 숨을 쉴 수 없었다. 그녀는 살포시 자리에 앉았다. 그녀는 다른 물체에서 전기를 빨아들인 물체였고, 그녀는 빛을 발했고, 계속해서 빛을 내며, 갈수록 더 환해져 사람을 놀라게 했다. 오늘까지 4년을 함께 일했고 친한 친구였는데도, 나는 이제서야 그녀가 이렇게 매력 있고 사랑스럽다는 것을 발견했다. 그녀는 탁자 표면을 통해서 나를 보았다. 입으로는 웃고 있는데 보고 있는 시선은 어디론가 가 있다. 말하는 목소리도 다르고, 새로운 음색으로 가득하다.

"식사하세요!"

"기다렸어. 혼자 무슨 밥을 먹어?"

"저는 배가 고프지 않아요. 지금부터 저는 몇 달은 굶을 수 있어요."

"그럴 거라고 느끼는 거뿐이야."

"아니에요, 정말로 그래요…… 이봐요, 제가 생각해 봤는데요. 오랫동안 저는 사는 게 사는 것 같지 않았어요. 자기는 이해할 수 없을 거예요."

"나는 다 이해하지. 누구나 다 그래."

"제가 제 남편 이야기를 한 번 해 볼까요, 들어 볼래요?"

"아니. 이야기 하지 마."

"저도 그렇게 생각해요. 말할 필요도 없어요. 그렇지만, 계속 이렇게 산다면 저는 죽어버리고 말거라고요."

"죽지 않아. 아무렇지 않게 될 거야. 며칠 뒤면 돌아가고 모든 게 제자리로 갈 테니까."

나는 밥을 먹었다. 맛있다고 생각했는데 지금에야 배가 고팠기 때문이었다. 미는 내가 먹는 것을 유심히 보았지만 나는 분명히 안다, 그녀는 아무 것도 보이지 않는다.

"그 사람에게는 아내와 네 살 된 아들이 있어요."

"누구? 빈? 응, 이야기 했었어."

"저는 그 사람 아내에게 질투가 나요."

"질투 하지 마. 아무도 좋을 사람이 없어."

미는 멋쩍게 웃었고, 내가 하는 말을 알아듣는 듯 했다. 그녀는 자주 나에게 사소하고, 자잘한 일들을 이야기했고, 언제나 그런 사소하고 자질구레한 것들 속에서 발버둥을 쳤다. 나는 자주 그녀에게 짧게 충고를 했고, 이따금 무뚝뚝하게 대했지만 그게 그녀가 평상심을 되찾는데 도움이 되는 듯 했었다. 지금도 그렇다. 나는 말했다.

"됐어, 돌아가 잠이나 청해. 내일은 공사 현장에 올라가 봐야 하니까."

"저는 잠이 안 와요."

"그냥 100까지 세어 보고, 다시 처음부터 다시 시작해."

"아니요. 그렇게 단순한 일이 아니에요. 그래도 내일 아침에 현장에는 갈 수 있으니 걱정 말아요."

그녀는 탁자 위의 잡지와 신문 더미를 바라보았다. 나이 사십도 채 되지 않은 신임 대통령의 사진이 있었다. 뛰어난 재주가 무척 많다고 들었다. 보기 드문 미남이다. 보기에도 비범하지 않음을 알 수 있고, 지구 반대편 큰 나라의 눈부신 별이다. 미는 그를 무척 오랫동안 응시하였다.

"저는 이런 사람들을 이해할 수가 없어요! 그들이 우리와 뭐가 다르죠? 그들은 너무 아득해요. 이런 사람들의 아내, 애인이 된다면 어떨까요? 평범하지 않고, 남다르고, 특별해야 하겠죠. 그렇겠죠."

"아마 다 그저 그럴 거야."

"다 그저 그렇다는 게 어떻다는 거예요? 행복해야죠, 진정으로 행복. 그 사람은 한 여자를 사랑할 줄 알 테니까. 가슴으로 우러나는 사랑. 진정한 사랑."

"그 사람은 시간도 없어. 나는 그렇다고 맹세 해. 그 사람은 대통령 일도 해야 하잖아."

"그 사람이 우리나라가 어디에 있는 지 알기나 할까요?"

"아마 알겠지!"

"됐어요, 저는 방으로 갈래요."

그녀의 한숨 소리에 이어 탄식이 흘러 나왔다. "아, 어쩌지!" 나는 모른 척 하고 내 방으로 돌아 왔다. 뚜언은 벌써 자고 있었다. 내 커피 한 잔이 탁자 위에 놓여 있었다. 커피에서도 기름 냄새가 났다.

나는 일찍 일어나는 습관이 있다. 8월의 안개 사이로 모든 것이 희뿌연 것이, 햇빛이 쨍쨍 눈부신 하루가 되겠다는 징표가 되었다. 나는 비누, 칫솔을 쥐고 강으로 나가 잠시 수영을 하려고 했다. 생각도 못했던 빈 역시 이미 강에 나와 있었다. 그는 바위 위에 앉아서, 발아래 돌멩이를 집어 물로 던졌다. 근심이 있는 것처럼 보였다. 나는 빈을 부르고 농담 한마디를 건넸다. 그는 고개를 들었고 나는 웃던 것을 멈춰야 했다. 나는 그에게 반영된 미의 환한 모습을 볼 수 있을 거라 생각했었다. 그런데 아니었다. 그는 무척 우울했다. 나는 그와 B현장에서 살았었다. 그는 여자들과 즐겁게, 장난을 치면서, 여자들에게 희망을 갖게 했었고, 다시 그 여자들의 희망을 부수었지만, 아무도 그에게 화를 내지 않았다. 그는 그렇게 계속 농락해가며, 끊이지 않는 재미로 삶이 가볍게 지나가리라 여겼었다. 처음으로 나는 남자의 슬픈 모습을 보았다. 그것은 아득히 깊어서, 바닥을 측정할 수 없었다. 그는 몸을 기울여 바지 주머니 속 담뱃갑을 꺼내 나에게 내밀었다.

"잠 깨게 한 대 피워!"

담배에 불을 붙이고서 나는 물었다.

"어때?"

그 말은 무수한 의미를 가지고 있지만 또한 아무 뜻이 없을 수도 있다. 그는 살짝 미소를 지었다. 우리는 함께 강으로 들어가, 함께 강 건너 편으로 헤엄쳐 갔다가 다시 헤엄쳐 왔다. 강 수면에는 기름띠가 있었고, 기름 냄새가 무척 견디기 힘들었다. 수영을 하고 나니 찝찝했다. 아마도 기름 냄새 때문에 생긴 느낌인 듯하다. 나는 옷을 입으며 투덜거렸다.

"더러워! 이 강 예전에는 깨끗했는데."

"응, 공장이 많으니 강물이 바로 나빠지지."

나는 그 말에 이어 빈이 속내를 터놓기를 기다렸다. 그러나 빈은 아무 것도 이야기하지 않았고, 강에서 올라와서는 더 우울해 보였다. 나는 내가 저렇게 슬플 정도로 사랑을 했던 적이 있었는지 기억할 수가 없었다. 아니, 나는 그가 지금하고 있는 사랑 같은 사랑을 해 본 적이 없다. 억세게 운이 좋아야 사랑도 하는 거지, 어디 쉽기나 하던가. 우리 둘은 정처 없이 걸었다. 저쪽 길에 커피 가게가 있다. 둘이서 음료 두 잔을 마셨다. 기계기름 냄새가 여전한데다 부엌의 연기마저 더해 졌다. 나는 빈에게 말했다.

"오늘 우리들은 무척 바빠."

"우리도 그럴 거야. 할 일이 있으니, 기분 좋지."

우리는 악수를 했다. 그는 그의 숙소 쪽으로 꺾어 들어갔다. 무슨 생각에서인지 나를 부르고서 달려 왔다. 아까부터 이걸 이야기하고 싶어 했던 모양이다.

"저기, 자네 어떻게 생각하나? 내가 너무 나쁜 걸까?"

"자네 미친 짓 말게!"

"내 인생이 어떻게 될까, 만일 그녀와 살지 못 한다면?"

나는 그의 손을 잡았다. 나는 모든 것이 이렇게 심각해질 거라고는 미처 생각하지 못했었다. 나는 아직도 이런 일이 보통 재미나게 장난치는 거라 생각하고 있었다. 나는 그의 손을 통해서 심각성을 느꼈고 그가 침착해지기를 바랐다. 그가 말했다.

"나는 그녀를 사랑하네. 그녀를 일찍부터 만났어야 했는데, 그래야 좋았을 것을."

"별거 아닌 일 가지고 그래. 그런데 이 정도가 되면 떨어져야지!"

"왜 그래야 해?"

"서로 사랑하니까, 간단한 거라고!"

빈은 웃었다. 그는 나를 이해했다. 귀한 것은 아껴야 한다. 현실의 삶, 그건 바위도 깰 수 있는 큰 충격이다.

그는 내 어깨 너머로 강 건너편을 보았다. 해가 그 쪽에서 올라왔다. 안개는 햇볕을 피해, 강가 패인 곳에 모여 있었다. 그는 보고 있으나 아무것도 보이지 않았다. 미와 무척 닮은 시선.

그날 하루 온종일, 우리 팀은 현장에서 시공한 것을 감리했다. 모든 것이 햇볕에 말랐고, 햇빛과 먼지 때문에 정신도 아둔해지고 희뿌옇다. 이따금 나는 노란색 안전모 테 아래 가려진 미의 얼굴을 보았다. 한 떨기 꽃처럼 싱그럽고, 포근하고 시원한 것을 떠오르게 하는 얼굴. 그녀의 아름다움은 잊기 어렵고, 주변 분위기와 조금도 어울리지 않았다. 그녀는 자신만의 세계에서, 서풍*, 시멘트 먼지와 매캐한 기계기름 사이에서 일을 하고 살았다.

오후가 되어, 씻고 나서 밥을 먹으려 하니, 나와 뚜언만 식탁에 앉아 있었다. 다음 날, 그리고 일주일 내내 현장에서 모두 미는 그렇게 사라졌다. 나는 그들이 어디에 있는지 안다. 현장 위쪽으로, 강가를 따라 오백 미터쯤이면 뛰어나게 아름다운 어린 소나무 숲이 있다. 솔잎은 먼지를 전부 걸러 내었다. 공기는 맑았다, 천지가 개벽했을 때처럼. 나는 여전히 친구들의 연애질을 상상하는 나쁜 버릇이 있다. 그러나 빈에게는, 나는 정중하게 그에 대한 생각을 했다. 그는 이전부터 늘 나에게 그런 느낌을 주었고, 그의 이번 사랑도 그렇다.

매일 나는 한밤중까지 밥상 옆에서, 시간을 때우려고 신문을 읽으며, 미를 기다리려고 했다. 매일 미는 매우 늦었고, 밤안개와 시원한 바람으로 흘러 넘쳤다. 그리고 행복과 가벼움으로 돌아와서, 몇 마디 말 후에는 걱정스러워하고, 불안해했다. 첫째 날처럼…… 나는 빈에게서도 그런 날들을 분명히 느꼈다. 그는 즐거움을 잃어버렸다. 그는 큰 절망에 빠진 사람처럼 우수에 차 슬퍼했다. 하루는, 그가 나와 아침에 강가에 앉아 있었다. 그는 내 손을 꼭 쥐고, 한숨을 길게 쉬었다. 그의 전신이 아파했다. 나는 잘 안다, 이런 일 이후에, 여자들은 그를 잊을 수 있다. 여자들은 보통 그러하다. 그러나

---

* 무더운 바람-역자주

그는, 절대 아니다. 나는 그들이 서로 알게 된 것이 안타깝게 생각되었다.

그 주 토요일 오후, 모든 일이 끝났다. 현장에서는 대규모로 전문가들을 맞이하였다. 강당에는 전구를 설치하고 꽃 장식을 했고, 사교춤을 추었다. 나는 거의 강당 뒤 끝 쪽의 의자에 뚜언과 시골에서 공사현장으로 이제 막 올라온 여자 둘과 앉았다. 두 여자는 무척 숫기가 없었다. 한 여자는 늘 웃는 입을 가렸다. 두 사람 모두 까맸는데, 립스틱과 분가루를 덕지덕지 발라, 너무 답답해 보인다. 몸에 걸친 옷들은 전부 다 태국에서 온 시장 제품이다. 향수 냄새는 숨 막히고, 팔찌는 번쩍번쩍 했다. 뚜언은 그들의 환심을 사고 있었다. 그리고 나는 미를 기다리느라 애가 탔다. 오후 3시부터 지금까지, 미는 빈과 함께 어디론가 사라졌다. 마지막 날이니 분명 둘 모두에게 무거울 것이다.

한가운데서, 청년들은 춤을 추기 시작했다. 시끄러운 음악이 귀를 곧장 파고들었다. 드럼을 치는 사람은 몸을 흔들흔들, 숱 많은 머리를 흔들고, 눈을 감았다. 헐렁헐렁한 바지를 입은 아가씨들, 치마를 입은 몇 명 아가씨들, 분명 통역원들이 덩치 큰 유럽 사람들과 춤을 추는 것이다. 서양 사람들을 빼고 나머지는 춤에 감흥이 없이, 단지 어떻게든 음악에 맞추려고만 하니, 나무토막처럼 딱딱해 보인다. 게다가 주변 분위기가 어수선해서 무도장 같지 않았다. 내가 지루해지기 시작하니까 미가 나타나 앞문에서 들어 왔다. 그녀는 타박타박, 고개를 올리고 걸었다. 지금에야 나는 그녀가 실제로는 키가 크고, 몸매가 아주 아름답게 균형이 잡힌, 여왕의 용모를 갖춘 여자라는 것을 느꼈다. 매일 내 옆에서 일하는데, 그녀는 단조롭고 힘겨운 일상 때문에 눈코 뜰 새 없이 바쁘고, 울적하고, 심드렁했다…….

미는 춤추는 커플들을 지나갔다. 금발의 청년이 그녀를 따라 보았다. 그는 어떤 여자와 춤을 추고 있었지만 매번 한 바퀴를 돌 때마다, 그는 무도회장에서 가장 아름다운 여자 쪽을 보았다. 맞다, 지금 미는 너무 아름답다. 더 젊은 여자들은 그녀와 비길 수가 없다. 그녀는 내 옆에 앉아, 손을 탁자 위에 놓았다. 손이 부들부들 떨렸다. 내가 손을 보는 것을 느끼고, 미는 밑으로 내려놓았고, 염치없이 웃었다. 금발의 청년이 우리 탁자 쪽으로 다가 왔다. 그는 미에게 춤을 청했다. 미는 영어로 춤을 출 줄 모른다고 대답했다. 그는 호기심 어리게 미를 북방 사람의 푸른 눈으로 쳐다보며, 혹시 이 여자가 정말로 그러는 건지 거짓말을 하는 건지 자문하고 있었다. 미는 얼이 나가 있었다. 그러나 그때, 빈이 두 친구와 들어왔다. 미가 나와 앉아 있는 것을 보고, 빈은 기뻐하며 다가 왔다. 미는 벌떡 일어나, 손을 금발의 청년에게 내밀고 두 사람은 홀로 나가 춤을 추었다.

싸웠군. 나는 그렇게 생각했다. 모든 사랑이라는 것이 다 그렇다. 토라지고, 삐치고, 중요하다고 상상하는 것을 중요시 한다. 그때가 아름답고 거기에서 멈추어야 한다. 그것을 넘어가면 계속할 아무

것도 남지 않는다.

빈은 내게 담배를 내밀었다. 시골 여자는 빈을 칼처럼 날카롭게 힐끗 보았다. 저 여자는 입을 가리고 수줍게 웃었다. 두 여자 모두 빈이 옆에 앉으니 활짝 피었다. 그 와중에, 빈은 우울하게 담배를 빨아 들였다. 나는 빈에게 물었다.

"왜? 무슨 일이 있는 게 맞지?"

"문제는 바로 둘 다 어떻게 해야 좋을지 모른다는 거야."

"아무 짓도 하지 마. 내가 이미 자네에게 충고했지 않나. 아무 것도 하면 안 돼."

"그렇지만 장난이 아니라고, 지나가는 바람이 아냐. 나는 그러길 바라지 않네."

그는 강경하게 보였다. 그런 중에 미는 낯선 남자와 함께 부드러운 음악 속에 스쳐 지나갔다.

다음 날 우리는 현장에 올라가지 않았다. 나는 미를 쉬게 했고, 미는 바로 사라졌다. 나와 뚜언이 몇 가지 남은 일을 해치웠다. 우리들은 오후가 되어서야 시원하게 돌아가려고 길을 나섰다. 낮에는 너무 사납게 덥기 때문이다.

미는 차에 먼저 올랐다. 빈은 나무 아래 서 있었다. 그는 나의 손을 꽉 잡았다.

"언제 자네는 사이공에 가는 가?"

"다음 주 화요일. 급한 일도 있어서……."

그는 강한 손을 가지고 있었다. 모든 감정을 악수 속에 실어 보냈다. 빈은 차 안을 보았다.

"핸드백을 잊었어, 미. 거기 기다려, 내가 가져다줄게."

나는 여자의 핼쑥한 얼굴을 볼 수가 없었다. 그녀의 양 입술은 꽉 닫혀, 피가 없는 것처럼 창백해졌다. 곱슬곱슬한 머리카락, 귀 근처에, 마른 소나무 잎 하나가 붙어 있었다……. 미는 차 한쪽 구석에 앉았다. 나는 반대편 구석에 앉았다. 함께 뒷좌석에 앉았다. 오토바이 타는 것을 좋아하고, 라틴 아메리카의 열정적인 춤을 좋아하고, 장난을 좋아하고 빨리 잊어버리는 뚜언은 앞 의자에 운전사와 함께 앉았다. 어제 밤 녀석은 통역 아가씨를 꼬시느라 깨어 있었다. 지금 녀석은 잠을 잔다. 운전사는 집중해서 길을 본다.

나는 미가 진정하도록 그녀의 손을 잡았다. 차디찬 손이 떨었다. 그녀의 눈은 말라 있었다.

차는 공사현장의 바리게이트를 지났고, 이 나라 읍내 어디와 똑같은 읍내를 지나, 논 사이 국도를 내달렸다. 운전기사는 작은 카세트를 가지고 있었다. 그는 무슨 테이프인가를 틀었다. 흐느적거리는 목소리는 짜증나게 했다. 나는 노래를 부르는 여자가 눈을 지그시 감고, 뒤로 고개를 젖히며, 나락에 빠져, 불쌍하게 한들한들하는 얼굴을 떠올렸다. 해가 거의 졌다. 나는 조용히 있으려고 했다. 이런 때 무슨 말을 해야 할 것인가? 잠시 뒤, 미는 정신이 바짝 든 듯,

"몇 시나 됐어요?"

"한 여섯 시나 조금 더 지났을 거야."

"저는 제 아들에게 가야겠어요. 어머, 이번 주 내내 저는 그 아이를 잊고 있었어요. 정말 못살아. 옛날부터 지금까지 그랬던 적이 없었어요. 저 못됐죠."

"괜찮아. 그런 일은 아무렇지도 않아."

"아무렇지 않은 게 아니죠. 앞으로 저는 애를 데리고 다닐 거예요. 그이가 얘를 데리고 오랬어요."

"어디를 가?"

"어디든 다 괜찮아요. 그이가 어디든 둘이 살 수 있는 곳이라면 어디라도 좋대요. 그의 부모가 태국에 사신대요. 저희는 거기로 도망갈 거예요."

"거기로 갔다가 어디로 가려고?"

"나중에 생각해 보죠."

"내 생각엔, 그 생각은 집어 치우는 게 좋아. 달나라에 가든, 화성에 가든 벗어날 수가 없다고. 사람이라는 게 그렇다니까. 시간이 지나도, 지금 같은 심정에서 벗어나지 못 할 거야. 나는 그렇게 믿어."

"제가 빈하고 살아도요?"

"누구랑 살아도 다 마찬가지야……."

미는 오랫동안 침묵했다. 잠시 후 나는 울먹이는 그녀를 보았다.

"그러나 저는 죽을 거 같아요. 계속 이렇게, 그냥 계속, 그러면 아무 것도 아니잖아요. 매일 저는 조금씩, 조금씩…… 닮아가는 것을 느껴요. 저는 아둔해지고, 멈춰져, 부엌 귀퉁이 주변이나 왔다 갔다 하면서 못생겨지고, 비참해지고, 아이를 윽박지르고, 이웃들과 말싸움에, 악바리처럼 한 푼 한 푼 세세하게 따져야 하고……. 십 년 후면, 저는 마흔 살 먹은 늙은 아줌마가 되어, 아무도 절 알아보지 못할 거예요."

"안심해. 십 년은 너무나 길어. 많은 일을 할 수 있을 거야."

"그이는 저를 일깨웠어요. 그이도 그렇다고 그랬어요. 그는 사랑이 뭐라는 것을 알게 해 주었다고 제게 고마워했어요. 저는 그를 너무나 사랑해요, 그랬던 적이 없어요."

"시집 갈 때도, 그렇게 사랑해 본 적이 없었다고 말하지 않았었어?"

"맞아요!"

"그렇다니까. 그럼 살게 되었다고 기뻐해야지, 그렇지? 살아 있다는 것으로도 최고야, 별 탈도 없고, 밤에는 침대에 누워 편안한 잠을 자고, 굶지 않고, 걱정 없고."

"전쟁을 겪으셨으니까 그렇게 말하시는 거예요."

"아마 그럴지도."

"전 늘 총알이 빗발치는 속에서 총을 잡고 있던 남자들을 보면 존경스러워요. 세상에, 그때 무슨 생각을 했어요?"

"아무 생각도 나지 않아. 그때는 달려가야 할 목표가 있으니까. 눈앞에 목표가 있을 때는 사람들은 똑같아. 많은 생각을 하지 않는다고.”

“어쩜, 요즘 말씀하시는 게 노인들 같아요. 빈씨는 그렇지 않아요. 그는 득보다 좀 더 걱정이 많아요.”

“그래?”

“득한테 제일 싫은 게, 너무 자신만만하다는 거예요. 어떻게 사람이 자신 있을 수 있어요, 모든 게 이렇게 꼬여있는데…….”

“발버둥 쳐봤자, 아무 소용이 없다고, 이 친구야!”

그 후로 우리는 조용히 있었고 차는 어두운 밤으로 들어섰다. 테이프에서 노래하는 여자는 여전했는데, 계속 노래를 하는데도 그치질 않았다. 어쩌면 사람들은 그리 무의미한 일들에 집착하는 걸까? 내 사랑, 눈물, 외로운 인생…… 목 메이게 우는 소리인데 조금도 힘들지 않다. 미가 웃음을 터뜨렸다.

“징그럽네, 무슨 노래가 이리 이상하대요? 나도 저 사람들 같았으면 좋겠네. 잘 먹고, 잘 입고, 무사태평하니……”

“넌 뭐 다른 줄 알아?”

“저도 그러게 되도록 할 거에요. 저기, 어디든 먼 데로 가려면 아마 돈이 많이 있어야 하겠죠.”

“엄청 많아야지.”

“반드시 저는 가야 해요.”

“가서는 안 돼.”

“자기가 어떻게 이해를 하겠어요?”

"왜 아니야? 나라면 절대 그런 미친 짓을 하지 않지."

"저런…… 얼마나 더 가야 집에 도착하죠?"

"한 시간쯤 더 가면."

"전 잘래요……. 자기랑 이야기하니 맞장구가 쳐지지를 않아요!"

다음 날 아침, 나는 일찍 출근했다. 사장이 우리 팀의 설계 도안이 승인되었다고 알렸다. 회사는 300만 동을 받았다. 우리 팀에 100만 동을 포상할 예정이다. 너무 기쁜 소식이다. 나는 뚜언과 미가 오기를 기다렸다 소식을 알리고 사장에게 지난 현장에서 일한 것에 대한 보고를 하려고 했다. 아침 10시까지 기다리니, 사장이 회의를 해야 한다고 팀 전체 오후에 오라고 약속을 했다. 사장은 미가 애 때문에 바쁜 게 아닌지 아직 오지 않았다고 했다. 사장이 말했다.

"미는 정말 열심이야. 그런 아내라야 아내고, 그런 엄마라야 엄마지. 나는 아직 그런 여자를 보지 못 했어."

나는 아무 말도 하지 않았다. 뚜언도 가 버리고, 2시에 오기로 약속했다. 나는 책상에 앉아 신문, 편지 더미를 가져다 읽었다. 나는 사무실로 들어와 구석에 있는 책상에 앉는 미의 발소리를 들었지만 고개를 들지 않았다. 사실 나는 두려웠다. 여자의 고통이란 뭔가 내가 이해할 수 없는 것이다. 그게 진짜인지도 모르겠다.

미는 무슨 종이인가를 펴고, 뭔가를 썼다. 침묵을 견딜 수 없다는 듯, 그녀는 이야기를 시작했다. 여느 때처럼, 언제나 그러하듯이, 그녀는 우리에게 그녀의 연립주택 이야기를 들려주었다. 진정한 쥐

소굴, 거기 사람들은 쥐를 호랑이처럼 무서워하는데 쥐가 많기도 하거니와 크고, 늙었으면서도 사납기 때문이다. 사람도 쥐 같아서 조그마한 공간이라고 있을라치면 기어들어 와서는 소굴을 만든다……. 언제나 시끌시끌한 완행기차 같은. 그런 지역에 산다는 건, 마치 사람들의 '정제된' 모든 것들이 집중되어 있는 것과 같다.

"이봐요, 득. 어제 밤 집에서 정말 웃기는 일이 있었어요. 웃겨서 눈물이 다 나왔다니까요."

"말해 봐."

"정화조에다 똥을 퍼내려고 구멍을 냈어요. 언제나 막혀서, 밖으로 흘러넘치거든요. 사람들이 똥 퍼내는 구멍 닫는 걸 잊어버린 거예요. 밤에 불이 없어서, 손님으로 온 어떤 남자가 더듬거리며 내려가다 구덩이에 빠졌는데, 몸이 거의 다 들어갔어요."

"계속 이야기해 봐!"

"그 남자가 소리를 지르는 게 소가 울부짖는 것 같았어요. 계속 끌어 당겨서 남자가 겨우 올라오긴 했어요. 물 할래 부족하잖아요. 그래서 하수구에다 그 남자를 집어넣고 대충 씻겨 놓았어요. 그리고 집집마다 남자에게 물 한 동이씩 줘서 씻겼어요. 밤에, 그 남자는 열이 펄펄 올라서, 응급실에 데려가야 했어요."

"왜 열이 나?"

"무서우니까 그렇죠. 제가 그랬더라면 분명 죽었을 거예요."

나는 미의 얼굴을 보았다. 그녀는 눈을 크게 떴다. 지난 주 아픈

상처가 더 이상 새겨져 있지 않았다. 이것이 내 눈앞에 여전히 펼쳐진 표정이다. 삶의 근심들을 피할 수 없어 고되고, 지치고, 피곤하고, 화가 난.

그녀는 '대공작' 이야기로 넘어갔다. 한 지독한 놈팡이가 농촌에서 가족 전체를 끌고 하노이로 올라 와, 8평방미터 방구석으로 기어들어 왔다. 그는 8평방미터를 3층으로 다락을 만들었다. 각 층은 앉아 있을 수만 있었다. 결국 더 만들 수 없어서, 천정을 뚫고 기어 올라갔는데, 천정은 공동의 것이고 수많은 가정들의 것이기 때문이다. 그는 거기에 불을 켜고, 귀신처럼 밤새 내내 왔다 갔다 했다. 하루는 천정이 무너져, 어떤 부부의 옷장 위로 떨어지기도 했다. 사람들은 그에게 사정을 하기도 하고, 그에게 욕을 하기도 했다. 그는 귀를 바꿔 내밀어 가면서 귀가 들리지 않는 체 했다. 그는 길에 나가서, 뭉툭해진 빗자루를 주어 오고, 뜯겨진 냄비 받침을 가지고 왔다. 그는 모든 것을 주워 가지고 와서, 연립주택 내에 자리를 잡았다. 이 구석에다는 고장난 타이어를 놓고, 저 구석에다는 마른 나무 뿌리를 놓았다. 오래 되어서 곰팡이가 피고, 악취가 풍기고, 쥐, 바퀴벌레가 들끓으며 소굴을 만들었다. 그러나 아무도 건들 수 없었다. '동 인민위원회, 시 인민위원회에서 감히 건들 수 있나 보라고!' 그는 마당 가운데서 자신 있게 선포하였다. 수백 명이나 되는 지역 주민들이 두려워 침묵했다. 그는 그 어두운 8평방미터 안에 살면서도, 자신의 광대한 농장과 성에 사는 공작처럼 전적으로 만족해했다. 그는 딸, 아들 결혼식, 아버지 생신잔치를 누구나 밖으로 나올 때는 새우찜처럼 시뻘게져 나올 정도로 더운 3층 다락방에서 신나게 치뤘다. 하루는 바깥 날씨가 39도니까 집 안은 더 더울 텐데, 그는 다 벗고 앉아서 생선 대가리에 술을 마시며, 다리를 떨면서 라디오를 들었다. 라디오는 언제나 볼륨을 최대로 해 놓는다. 그는 미에게, 그 동네 심약한 사람들에게는 악몽이다. 매일 그에 대한 이야기가 있고 매일 우리는 웃게 된다. 미는 이야기했다.

"어제 '대공작'께서 어디서 천 조각을 얻어 왔어요. 집에 돌아와서는 마누라를 꾀어서 팔았어요. 부부가 실랑이를 하면서 흥정을 했어요."

"다음은 어떻게 됐어?"

"그 남자 마누라가 기어이 5백 동을 깎았어요. 남자가 마누라 머리채를 잡고 '3층'에서 내던졌어요. 마누라가 머리를 의자 귀퉁이에 부딪쳐서 병원에 가서 관자놀이 쪽에 세 바늘을 꿰매야 했어요. 남자는 마누라를 병원에 눕혀 놓고, 집으로 와서는 온 천정을 산책 했어요. 남자는 다른 사람의 전선을 "건드리다, 전기에 감전됐어요."

"죽었어?"

"아니요! 하늘이 벌을 내려도 놈팡이는 죽지 않더라고요!"

"그렇담 놈팡이의 이야기는 아직 길겠군."

"어떻게 끝날 수 있겠어요. 계속 이야기해 드릴게요."

"얼씨구나! 놈팡이의 이야기가 보약이로구나. 웃고 나니까 기분이 좋아지는 게."

"제가 대학 철학교수에 대해서 이야기를 한 적이 있었나요, 애들이 '자벌레'라고 부른다고?"

"몇 번 이야기해 준 적이 있지."

"그 사람은 대학 졸업장이 세 개가 있어요. 하나는 국내에서, 두 개는 유럽에서."

"너무 많다."

"어제 그 사람이 열쇠공의 자전거 타이어에다 구멍을 내고 있다 현장에서 잡혔는데, 두 집이 쓰레기통 놓을 자리를 두고 분쟁이 있었거든요. 그 사람은 그 열쇠공에게 화가 났었는데 말을 안 했었어요. 그 사람은 누군가에게 화가 나도 말을 안 하고 있어요. 그는 살펴보다 밤에 사람들의 자전거 타이어에다 바늘로 구멍을 내요. 한 번은 애들 똥까지 어떤 아주머니의 공심채* 바구니에 부어 버렸는데, 그 아주머니가 그 사람 입에다 똥을 쳐 넣었어요. 오늘은 그 남자가 열쇠공의 두 아들에게 가인** 작대기로 맞았어요. 두 집 모두 지금까지도 공안 파출소에 앉아 있어요. 그 사람은 손버릇이 나빠서, 자잘한 것을 자주 훔쳐요. 어느 날은 그가 달걀 바구니를 훔쳤는

---

* 물시금치, 물나팔꽃 등으로도 불리는 북베트남에서 반찬으로 자주 먹는 채소-역자주

** 나무 막대 끝 양쪽으로 광주리를 매달아 짐을 넣고 어깨로 지는 베트남 지게-역자주

데, 애들에게 잡혔어요. 그런데도 그 사람은 대학 졸업장이 세 개나 있잖아요. 그 사람은 대학 졸업장이 없는 사람을 무시해요."

우리 둘 다 웃느라 눈물이 나왔다. 미는 말했다.

"분명이 이전에 그 사람도 그렇게 형편없지는 않았을 거예요. 그는 닳아가고 있어요, 스스로 갈아 내고 몸에다 더러운 것을 바르고 있어요. 저 역시 그래요. 가끔 저는 저 자신이 너무 못났다고 생각돼요."

"아니, 자기는 그렇게 될 수가 없어."

"피할 수가 없어요, 득. 온종일 저는 '대공작'이 죽으라고 저주를 해요. 그 사람은 하늘이 벌을 내려도 죽지 않는 사람이에요. 그 사람은 시골에서 태어났고, 어릴 적부터 생활력이 강해서 건강이 초인간적이어요. 그는 커다란 덩치와 동종 같은 말소리로 모든 사람들을 압도해요. 그렇지만 저는 그 사람을 저주해요. 그 사람 집은 너무 제 집에 붙어 있어요. 그는 파리, 모기 같아서 아무도 피할 수가 없어요. 이 땅에서 어떻게 파리, 모기를 피할 수 있겠어요?"

"사실 피하기 힘들지!"

"그리고 저 역시도 다른 사람을 괴롭히는 파리, 모기잖아요."

"아니야!"

"저는 빈에게 편지를 쓸 거예요. 그이에게 그만 두자고, 아내와 이혼할 생각 말라고."

"맞아, 조금도 그러면 안 돼, 평범하게 계속 살아야 해."

"저는 더 이상 아무것도 할 수가 없어요. 모든 게 다 끝나버렸어요."

"미!"

"아니에요, 저를 그냥 울게 두세요. 오늘 아침 일어나서 모기장 속에서 누워 있는데, 누군가 부르는 무슨 노래인가를 들었어요, 익숙한 노래인데 제가 누군가와 들었는지 도대체 기억이 나지를 않았어요. 저는 펑펑 울었어요. 시집을 온 후로 8년 만에, 저는 그렇게 다시 울어 봤어요. 저는 아침 내내 비참한 심정이었어요. 일을 하러 오면서, 저는 자전거를 타면서 울었어요. 눈물로 가는 길도 흐릿해 보였어요. 기차 건널목에서 사람들이 우글우글 기차가 지나가기를 기다렸어요. 저는 여전히 울었고, 아무도 제게 신경을 쓰는 사람이 없다고 생각을 했었죠. 뜻밖에 오토바이를 타고 가던 두 남자가 봤어요. 뒤에 앉은 남자가 제 얼굴을 보고 이를 보이며 웃었어요. 그 사람이 뭐라고 했는지 아세요?"

"몰라!"

"그 사람이 '아가씨, 어제 몇 번을 찍었는데 그렇게 애통하게 실패를 한 거야. 그만, 울음을 그치고 이번 판에 졌으면 다음 판을 생각해야지.' 제가 조용하니까, 그 남자는 진지하고, 정성을 기울이는 듯 보였어요. 그 사람이 말하길, '오늘은 74를 찍어야 해. 아가씨가 불쌍해 보여서 74라고 말해 주는 거라고. 74를 골라, 내 말 들어.'

기차가 지나고, 그 사람들은 무척 붐비는 사람들 흐름을 빠져 나가더니 휙 가 버렸어요. 제 생각에 그때 제 얼굴이 복권을 하는 사람 비슷했나 봐요. 그때 저는 빈을 생각했어요. 저는 그를 떠올리고, 다시는 더 이상 지난 며칠간처럼 살 수 없을 거라고 생각했어요.

"됐어, 커피나 마시러 가자."

"가요! 다시는 이 이야기를 하지 마세요."

"그래야지!"

"그렇지만 아, 바로 지난주 일인데도 지금 그를 생각하면, 저는 모든 일이 너무나 오래 지나가 버린 것 같아요."

"자기는 그냥 그걸 지나간 꿈처럼 여기면 되는 거야!"

"아니면 복권에 당첨되었던 거든가, 맞죠?"

"다 같은 거라고……."

미는 여전히 울먹인다. 그러나 점차 나아지는 모습이다. 아마도 그러고선 잊어버릴 것이다.

그 후로 우리들은 거리로 나갔다. 오늘 날씨도 여전히 무지막지하게 무덥다. 이 분위기는 내게 모든 것이 정말 쉽게 익숙해지지 않는다는 것을 느끼게 했다. 내 옆에 가는 여자는 얼마 전에 사치스럽고 엄청나게 무익한 시간들에 빠져 있었다. 그 시간들이 어디 모든 사람들에게 필요하던가? 지금, 모든 눈물방울들은 사람들이 복권을 망쳤을 때나 흘린다. 그런데 그녀는 사랑 때문에, 일상의 평범함 때문에, 어딘가에 있는 바람 때문에 운다.

양끝

연말, 미국 출장이 있어 티엔은 과학자 대표단을 따라 뉴올리언스로 가 열대식물 종자에 대한 세미나에 참석하였다. 대학 캠퍼스는 숲처럼 울창했다. 수많은 작은 길이 화단으로 나가는 길을 나누었다. 티엔은 바지 주머니에 손을 넣고 누가 무슨 소리를 하는지도 모르게 왁자지껄한 사람들 사이를 걸었다. 만에서 올라오는 안개로 도시가 떠다니는 것 같았고, 가는 길을 따라 수없이 심어져 있는 장미나무에서 나는 향기로 가득한 바람 속에 환상적인 느낌이 들었다. 티엔은 작은 골목에 있는 자기 집이 물이 올라올 때 침수를 피해야 한다는 것이 떠올랐다. 까이 강의 물이 높이 올라왔던 시기에 앉아서 논문을 썼다. 날씨는 뚜껑 덮은 볶음 냄비 같았다. 물을 마시는 족족 셔츠가 방금 빤 것처럼 흠뻑 젖게 땀이 흘렀다. 난리통의 시장 같은 오토바이 연기로 시커먼 도로. 그러나 지금은 만일 그런 냄새, 그런 더위가 없었다면 자신이 있을 수 없다고 생각된다. 때때로 이렇게 먼 데까지 왔는데 만일 지진이나 해일이 두 대륙을 갈라 놓는다면 어떻게 집에 돌아갈까? 다시 생각하니 자신이 머리가 굳어버린 나이라고 여겨졌다. 베트남 젊은이들이 미국에 많이 와 있다. 재들은 백인, 황인, 흑인 사이를 청바지에 이상한 신발을 신고 잡다한 것들을 넣은 배낭을 지고 여기저기 싸돌아다니니 어떤 녀석이 어제 노상에서 쭈그리고 앉아 쌀국수를 먹으며, 먹다 말고 파리를 쫓아내고 고추가 든 식초병에서 파리를 건져냈다는 것을 알아보겠는가.

그날 밤 교류가 있었다. 미국 국적의 베트남 청년들이 몇 명씩 팀을 이루어 왔다. 쌍으로 왔다. 대다수는 혼자 왔다. 퇴근 후 그들은 뉴올리언즈에서 가장 큰 대학교에 왔다. 티엔은 회의장이 이미 가득 찬 것을 보았다. 회의장 밖 역시 신이 났다. 멀리서 '베트콩들은 꺼져라, 누가 여기 와서 남는 밥에 국 찌꺼기를 먹으라고 했냐!' 하는 소리가 들렸다. 분명 그것은 티엔의 열 명이 넘는 과학자 대표단들에게 하는 소리일 것이다. 그러나 자기 일은 자기가 해야 한다. 좋아하는 사람은 회의장에 들어갔다. 좋아하지 않는 사람은 밖에서 구호를 외친다. 신나게.

쉬는 시간이다. 베트남 교포 청년 그룹이 가벼운 간식을 준비했다. 각자 오이와 토마토를 가득 넣은 빵 하나를 손에 들고 왔다 갔다 한다. 웅성웅성 이야기를 한다. 티엔은 자기보다 한 열 살쯤 어려 보이는, 대학 캠퍼스를 총총 걸어 다니는 젊은이들처럼 혹은 큰 강가에서 바다로 나가는 미시시피 강 하구 강가의 사람들처럼 과도하게 실용적이지 않고, 집에서 강의실에 온 듯 단정한 차림의 남자에게 신경이 쓰였다. 티엔은 구레나룻이 거뭇거뭇한 네모난 턱을 신경 써서 보았다. 콧날은 섰고 콧등은 주저앉았다. 특히 두꺼운 큰 귀. 얼굴 전체가 무척 낯이 익었다. 잠시 생각을 하고 티엔은 불현듯 외쳤다. '어쩜 화안 외삼촌하고 저렇게 닮았지?' 화안은 티엔 어머니의 막내 동생으로 지금은 국내 건축 분야에서 유명하다. 티엔은 남자에게 가까이 다가갔다. 음료 캔을 한 손에 쥐고. 한 손은 악수를 하고. 이 사람의 이름은 푹이다. 한대 과수 교배 전공의 농업공학을 공부했다. 푹은 이쪽의 모든 사람처럼 많은 일로 바쁘다. 농업 과학자 대표단이 왔다는 이야기를 듣고 놀러 왔다. 어릴 때 미국에 왔음에도 고향이 너무나 그립단다……. 그 그리움은 본능이고, 모든 민족…… 모든 사람의 피 속에 있다. 티엔은 물을 마시고 잠시 머뭇거리다 물었다. "푹은 분명 고향이 북쪽이지?"

"네. 제 부모님은 북쪽 사람인데 1953, 54년쯤 남쪽으로 왔어요. 그쯤…… 아, 56년에 남으로 오셨어요. 기억나네요. 크메르 루트를 지나서요. 75년에는 미국으로 건너 왔고요."

"내가 묻는 게 불편하다면 지나쳐 버리게."

"네, 괜찮습니다……!"

"부모님께서 쭈어 마을 사람 아닌가?"

푹은 의아하게 티엔을 보았다. 생긋 웃는다. "저희 부모님께서 아마 그 지역 어딘가에 사신 것 같아요. 두 분이 가끔 쭈어 마을 이름을 말씀하시는 걸 들었어요. 그러나 제가 자세하게 묻지 않았었죠. 나이 드신 분들 이야기에 저희 젊은이들이 별로 관심을 두지 않으니까요. 그런데 왜 그러세요?"

"응. 그냥 물어봤어." 티엔은 푹이 나이 드신 분들의 이야기에 신경을 쓰지 않는 것에 조금 불만스러웠다. 고국의 젊은이들과 똑같다. 무슨 이렇게 이상한 시대가 있는지?

밤이 깊어 갈수록 더 즐거워졌다. 더 이상 국내에 있는 사람, 해외에 있는 사람 거리낌이 없었다. 누구나 그들 뒤에는 무서운 과거, 끈질긴 적개심……이 있다는 것을 알고 있음에도 수많은 이야기를 털어놓았다. 밤은 깊어 갔다. 대학 캠퍼스는 뜨문뜨문 밝은 곳이 몇 군데 있었다. 지식의 꿈을 이루기 위해 열심히 공부하는 사람들을 위한 이상적인 곳. 확실한 지식. 3, 4년을 어영부영하는 게 아니라. 대학을 벗어나면 괄시받는 지식인이라고 씁쓸하게 느끼고, 심지어 지금 이 나이에 대학 졸업장 세 개와 커다란 박사 학위 두 개를 주머니에 집어넣었지만 감히 말도 못하고 창피하다. 학위난에 누가 예외이겠는가?

이렇게 밑도 끝도 없는 생각을 하면서 화안 외삼촌과 닮은 사내, 푹은 완전히 잊었다. 티엔은 일을 끝마쳤다. 일하면서 분위기와 사람들에 익숙해졌다. 모든 일이 손쉽게 느껴졌다. 생각했던 것처럼 전혀 심각하지 않았다. 어느 오후는 열대 수목을 연구하는 학생과의 만남이 있었다. 산 조스에 있는 서점에서. 샌프란시스코에서 한 시간 정도 더 간다. 서점은 큰 사거리 가까이에 있다. 미국에 있는 모든 1, 2층 건물처럼, 밖에서 보기에는 평범해 보이지만 안으로 들어가면 끝없이 넓다. 책은 철제 책꽂이에 꽉 차게 진열되었다. 책 숲 가운데에 커피숍이 있다. 프랑스식으로 커피를 타는 것에 익숙한 하노이 카페처럼 진한 커피 향. 따뜻한 서점은 지난 세기의 행복한 사람들처럼 사람들을 무슨 책이라도 사고 싶게 하고, 커피 한 잔을 찾아 천천히 음미하고 싶게 한다. 느린 것도 행복을 만들어 낸다.

옆의 벽난로에는 서점의 동판이 있다. 1743년. 동판을 응시하면서 생각하니 어쩜 사람들이 이리 오랫동안 간직할 수 있었을까. 한 시절의 추억. 과학적 성취의 거센 변동 가운데에서. 바로 그때, 티엔은 푹이 티엔의 어머니 쪽 친척들과 살짝 닮은 머리카락이 새하얀 노인과 오는 것을 보았다. 노인은 아직 빠릿빠릿하게 걷고, 혈색이 좋았다. 티엔 옆으로 걸어와 그의 손을 꼭 잡았다. "반의 아들이로구나. 소개하지 않아도 내 너를 알아보겠다."

티엔은 우물쭈물 인사치레를 하려고 했다. 머릿속에 언뜻 두 모자가 시골에 갔을 때 유일하게 한 번 어머니가 언급했던 친척 아저씨 이름이 떠올랐다. 티엔은 소리쳤다. "코이 아저씨!"

"내가 코이 아저씨란다, 얘야!" 남자는 티엔의 두껍고 큰 귀를 오랫동안 응시하다 돌아서 푹을 보았다. 이렇게 비슷하니 어디다 섞어 놓아도 바로 찾아내겠다. 돌연, 남자는 무거운 뭔가에서 벗어났다는 듯 한숨을 쉬었다. 아저씨는 티엔의 어깨를 두드렸다. 무척 주저주저하다 물어보는 듯했다.

"어떠니, 얘야? 네 엄마 반은 요즘도 옛날처럼 씩씩하니?"

미국에 머무는 내내 여러 번 티엔은 코이 아저씨를 만났다. 스무 명도 넘는 대가족이다. 대부분 안정적인 일을 하고 있었다. 이제 막 성장한 젊은 세대들은 편하게 미국에서의 삶을 즐기지 어른들처럼 그다지 고향에 많이 집착하지 않는다. 그러나 일흔이 넘은 티엔의 코이 아저씨는 자손들이 학교에 가고 일터에 가면 적적했다. 부부는 꽃나무 몇 이랑을 심은 정원을 가꾸었고 울타리 주변의 잔디도 깎았다. 바로 한적한 순간에 노인들은 발밑의 땅에 남의 나라의 향이 있다는 것을 느낀다. 그 느낌은 아마도 진짜일 것이다. 티엔이 약속 없이 집에 가면 두 부부가 풍경을 매단 발코니에 앉아 있는 것을 보았다. 아저씨는 찻잔을 손에 쥐고 꾸벅꾸벅 고개를 숙이고 있었다. 아주머니는 울타리 너머 농구를 하는 흑인 아이들 몇 명을 쳐다보고 있었다.

딱 한 번 유일하게 코이 아저씨가 어머니 반이 아직도 씩씩하냐고 물었다. 그 뒤로는 말실수로 내뱉는 말처럼 티엔이 이 문제에 대해서 물으면 그는 피하고, 마지못해 웃었다. "오래된 이야기일 뿐이니 더는 말하지 말자, 얘야!"

귀국해서 며칠 후 티엔은 비행기를 타고 중부로 가서 부모님을 뵈었다. 어머니를 보고 티엔은 문득 옛날엔 아마 어머니도 기품이 있었을 거란 생각이 들었다. 한때 기품이 있었다. 저 긴 목, 가늘고 긴 눈썹, 기다란 각선미……. 티엔은 어머니를 그렇게 여겼던 적이 없었다. 티엔은 어머니와 코이 아저씨 사이에 무슨 일이 있었는지를 물었다. "어머니는 아저씨한테도 씩씩했어요? 그렇게 오래되었는데 왜 아직도 미워하세요? 무슨 일인지 이야기 좀 해 주세요?"

반 여사는 늙어 흐릿해진 두 눈을 들어 물을 짜낸 걸레처럼 말랐을 때 낳은 아들을 보았다. 그 얘를 강가에서 낳았다. 건기에는 발에 달라붙는 수정 같은 모래사장을 건너갈 수 있었다. 물이 차오르는 계절이면 온 집안 식구들은 보따리를 싸고 촌장을 기다리며 한 시간을 소리 질러야 대피할 수 있었다. 티엔을 낳은 시절은 꽤 평안했다. 사회주의를 건설하고 있었다. 도시 젊은이들은 무리지어 서쪽으로 올라갔다. 농촌의 청년들은 쟁기를 버리고 근무복으로 입고 여기저기 건설하러 갔다. 철로를 길게 늘였다. 마을은 평안했다. 모든 것들이 푸 러이*의, 빈 띤댐 사건**의 원한으로 남쪽으로 향했다. 요즘 애들은 서로들 '지난 이야기', '옛날 옛적 이야기'라고 한다. 반

---

* 1958년 말 베트남 남부 빈 즈엉성 푸 러이 형무소에서 있었던 베트남 제1공화국에 의한 수감 정치범들을 독살하려다 발각된 사건-역자주

** 1955년 1월 중부 꽝남 성에서 음력설을 앞두고 풀어주겠다던 38명의 정치범들을 빈 찐댐에서 살해하고, 얼굴을 확인할 수 없게 귀, 코 등 신체 일부분을 훼손하고 수장했던 사건-역자주

여사는 화가 나지는 않지만, 마음이 아프다. 반 여사는 가난한 동네 가운데 커다란 대궐 같은 집을 가진 부모님이 계신 고향을 다시는 찾지 않았다. 그때, 코이 오빠는 흰 정장에 흰 모자, 백구두를 신었다. 성(省)*에 있다 돌아올 때마다 오빠는 그렇게 갖춰 입었다. 오빠는 성에서 하숙하며 학교에 다니고 있었다. 코이의 아버지와 반의 아버지는 항렬이 그다지 멀지 않은 친척이다. 여름에 하노이 청년들이 놀러 왔다. 성에서 공부하는 청년들도 돌아왔다. 열 명이 넘는 청년들로 들썩였다. 아가씨들은 보통 아오자이로 멋을 냈다. 원피스를 입은 아가씨도 있었다. 청년들은 반바지를 즐겨 입었다. 코이 아저씨 집 정원에는 오백 미터나 되는 차밭이 있을 정도로 넓었다. 울타리 건너편이 반의 집이었다. 친척 남매를 아무도 신경 쓰지 않았다. 그들 사이는 애매했고 혈육지간도 정으로 애매했다. 시골은 사람이 적었다. 한낮. 차를 따는 사람들도 점심을 먹느라 쉬고 있다. 반은 휘파람 소리를 들었다. 처자는 발코니에서 쉬고 있는 아버지가 보지 못하도록 고개를 숙이면서 방에서 나갔다. 흰 실크 옷이 정원으로 사라졌다. 청년의 손이 소녀의 통통한 팔을 잡아당겼다. 그들의 일이란 남매의 일이다. 그렇지만 말 뒤에는 어렴풋이 주체할 수 없는 심장이 뛰는 소리가 있었다.

"너 공부는 다 했니?"

---

* 베트남의 행정단위. 우리의 도(道) 단위에 해당한다.-역자주

"네, 다 했어요. 다음 주에 끄 오빠가 와서 프랑스 어를 검사할 거예요. 걱정이 많이 돼요."

"걱정 마. 이리 줘 봐, 내가 봐 줄게. 한 번 읽어 봐."

"아이, 됐어요. 듣고서 저번 날처럼 웃으려고요."

"그냥 읽어봐. 익혀야지. 끄 형님이 꿀밤을 자주 먹이는 것도 싸지……!"

그들의 머리 위에는 달콤한 열매가 달린 오래된 짜이나무가 있었다. 그들은 나무 의자를 둔 긴 방공호 옆에 앉았다. 요즘 비행기 소리가 자주 들린다. 프랑스? 일본? 아니면 미국의 비행기? 변하고 있는 시절이 젊은이에게 나아갈 길을 선택하도록 하기 시작했다.

도시에서는 혁명이 은밀하게 시작되고 있었다. 시골에서는 아직 꿈속처럼 조용했다. 혁명이 일어났다. 그리고는 항전이 있었다. 온 집이 어수선했다. 임시 점령지 지역 주민들이 피난을 왔다. 여러 지역으로 공부하러 갔던 학생들도 돌아왔다. 코이는 반의 부모님 댁에 자주 건너왔다. 여러 차례 조용히 서서 뭔가 무척 달라진 친척 여동생을 보았다. 오빠에게서 멀어지고 있는 것 같았다. 정원에서 두 남매가 서로에게 자주 했던 이야기들에서 멀어지고 있다. 어느 날 아침 코이는 반이 간부 싹꼿*을 메고 있는 것을 보고 깜짝 놀랐다. "오빠, 제가 저희 집에 있는 간부 언니들과 비슷한가요?" 반

---

* 전쟁 때 장교나 간부들이 허리춤 아래 메었던 작은 가방-역자주

은 벌써 언젠가 코이가 정원에서 흰 셔츠, 파란 치마를 입고 나타난 반을 보았을 때 마음을 추스를 수 없을 정도로 아름다워져 있었다. 도시 신식 여학생의 발랄한 옷차림이었다. 지금은, 싹꾸, 고무 샌들, 긴 머리카락을 땋아서 뒤로 올렸다. 코이는 너무 화가 났다. "너 뭐 하는 거야?" 반이 천진난만할수록 코이는 더 마음이 아팠다. "저는 언니들처럼 운동을 위해 따라다녀요. 너무 재미있어요, 오빠!" "반!" 코이는 고함을 치는 것 같았다. "니가 무슨 일을 해낸다고?"

시대는 같은 소리를 내고 있다. 아직도 반대 방향으로 내는 소리가 있다. 그믐 달밤. 두 남매는 차밭의 친숙한 긴 의자에 앉았다. 코이는 오랫동안 자신이 아껴왔던 뭔가를 곧 잃게 되리라는 것을 느꼈다. 멀어질 수 없을 거라는 것을 알면서도. 혼인할 수도 없다. 대답을 받을 수 없지만 누가 마음을 막을 수 있겠는가? 달은 밝지만, 날은 추웠다. 1953년 겨울. 날씨가 흐리지 않는데 어디서인가에서 천둥소리가 여러 번 들렸다. 한 나라의 앞에 기나긴 길을 예견하듯.

"왜 너 그러는 거니, 반? 가족을 버린다는 데 서명을 하고. 네가 여자 장군, 여자 대위라도 하겠다는 거야?"

"서명하지 않으면 사람들이 저를 단체에 끼워주지 않는다고요. 제가 서명을 하는 건 그냥 서명일 뿐이지 여전히 저의 부모님 형제자매죠……."

"어떻게 앞으로 너의 부모형제가 되냐고? 네가 그들을 버렸는데. 그 부모형제가 무슨 일이라도 당하면 어떻게 네가 그들을 보호해 줄 거야?"

"아무도 더는 다른 사람들을 보호해 줄 수가 없어요, 오빠. 단체에서 말하는 것이니 저는 따랐을 뿐이에요." "그만해, 반. 큰일은 힘 있는 사람들이 하는 거야. 우리는 공부만 하면 돼. 우리의 미래는 다른 데 있어. 얘야……."

"조국이 위험에 처했는데 오빠는 어찌 자기의 미래에 관해서 이야기를 해요?"

반은 그 말을 끝내고 일어나서 친척 오빠에게서 멀어졌다. 코이는 필사적이었다. "그러지 마, 얘야. 부모님께 점령지를 버리고 나와 하노이로 가겠다는 허락을 받자. 우리 부모님께서도 가실 거야. 내가 어떻게 그분들을 버릴 수 있겠니. 가자. 바로 준비하면 돼."

"아뇨. 저는 단체를 따르는 길을 택했어요." 코이는 일어나서 조용히 밝은 두 눈을 보았다. 그만. 네 맘대로 해. 그러나 가족들을 버려서는 안 돼. 어디 단체에서 너보고 그렇게 하라든."

"네. 아무도 억지로 안 그래요. 그렇지만 저희 부모님은 부자예요. 저는 노동자들의 사람이 되기로 선택했고요. 저를 막지 마세요. 제 인생은 제가 정해요……."

봇물이 터지듯, 견딜 수 없다는 듯, 절망하듯, 코이는 달려들어 친척 여동생을 꽉 껴안았다. 그의 눈은 눈물범벅이 되었다. 굳은 소녀의 몸이 확 밀쳐냈다. 코이처럼 건장한 사람이 밀려 났다. 그는 방공호 가장자리 흙무더기에 납작 넘어졌다. 반은 소리쳤다.

"그 봐요! 오빠는 정말 쁘띠 부르주아에요. 재수 없어!"

코이는 아직 일어서지 않았다. 뒤로 팔을 기대고 앉아 달빛 아래 환상적인 나무들 속으로 희미하게 사라지는 반의 그림자를 보았다. 코이 가족이 점령지에 갔을 때, 반은 여성 선전단을 따라다니고 있었다. 다시는 만나지 않았다. 그렇게 40년도 더 흘렀다. 티엔과 푹이 미국 땅에서 만날 때까지.

그냥 그렇게 미련함과 어리석음과 함께 흘러갔다. 소공녀는 아오자이, 원피스를 버리고, 간부 싹꿋을 메고 덤불을 넘어 운동하러 다녔다. 사람들에게 외아들을 전쟁으로 보내라고 권하고 자식을 잃은 여자의 어깨를 안고 함께 울었다. "그만, 언니. 아이는 사랑하는 남부를 위해서였잖아요." 진짜로 남부 동포가 철조망 울타리 안에서 신음하고 있는 걸로 믿었다. 진짜로 배불리 먹는 사람이 없다고 믿었다. 온 천지가 고문하는 곳, 감옥이었다.

분단선 다리 건너편에, 코이는 부모님과 사이공에 정착했다. 모든 수단을 다 동원해서 군대에 가지 않았다. 화려한 도시의 상아탑으로 입성했다. 보이지 않게 은폐되었다. 그리고선 사람들이 하는 모든 이야기를 다 믿었다. 심지어는 배운 거 없는 사람들이 베트콩 7명이 파파야 가지에 매달렸다고 퍼뜨려도 반신반의했다. 뭐든지 흠뻑 빠져 오랫동안 스며들었다. 전쟁의 어느 쪽이든 정말 뛰어난 선전부대들이 있다. 이쪽을 저쪽에서 정말 멀리 밀어내기 위해. 코이 가족은 사이공 북쪽 한 프엉*에 이주 온 북쪽 사람들과 함께 살았다. 코이 집 이웃도 북부 사람들이었다. 북쪽에 살 때, 그 집 식구들은 모두 논게를 잡고 어망을 치는 일을 했었다. 아들은 커서 군대에 가더니 장교가 되었다. 녀석은 선생질하는 코이를 깔봤다. 녀석은 미국 원조 물품을 팔더니 몇 년 뒤에는 큰 집을 지었다. 몇 년 뒤에는 자동차를 타고 다녔다. 대로변 세 곳에 가게를 냈다. 북쪽에 있을 때 민물게를 더듬거리던 여자는 이제 기름기가 돌아 운전사도 두고, 요리사도 두었다. 베트콩의 병사가 처음으로 숲에서 시내로 왔을 때, 생선을 변기에 넣고 씻으며 대야라고 여겼다. 생선이 변기 물에 휩쓸려가자, 코이 이웃은 흘겨보며, "세상에! 베트콩이 뭔가 했더니 이런 산사람 떼거지라니 누가 좋아해? 들어오게 했더니 집을 더럽히고!" 사람을 쓰레기처럼 무시하는 놈들은 모두 천한 출신이다. 그처럼 근본을 부정하려고 맘을 먹는다.

코이는 처자식을 데리고 1975년에 바다를 건넜다. 베트콩의 탱크가 시내로 들어오는 것을 보았을 때 두려운 느낌을 기억한다. 베트콩 7명이 매달려도 파파야 가지가 부러지지 않더라고 머리에 주입된 일반인들 같지는 않았지만, 코이는 그들이 강한 것을 느끼고 경악했다. 그들은 한 정권을 부러뜨렸다. 떠나갈 때, 평상시에는 귀하게 여겼던 것들이 집 마루에 널브러져 있었다. 사진들. 재산 보유

---

* 행정단위. 우리의 동(洞)과 비슷한 개념-역자주

문서…… 더는 필요가 없다……. 만들다 만 코이 큰딸의 아오자이가 재봉틀 위에 있었다……. 친척 여동생, 한때 꿈속의 연인이 그립고, 더더욱 미웠다. 아마도 그녀 역시 코이 딸내미의 아오자이가 완성되지 못하는데 일조를 했을 것이다…….

모든 일이 밝혀졌을 때, 티엔은 숨을 헐떡였다. 모든 일이 가벼워졌다. 베트남 가족들. 각종 '주의(主義)' 사이 참호 가장자리. 여자는 늙어 버렸다. 남자는 피곤하다. 젊은 사람들은 전쟁으로 죽었다. "됐어요, 어머니. 어머니 일은 무척 개인적이잖아요. 어머니께서 얼마나 오랫동안 답답함을 가지고 계셨어요. 자식들에게는 아무것도 알려주시지도 않고. 제가 코이 아저씨를 못 만났더라면 이 하늘만 아는 사랑을 어떻게 알았겠어요?"

티엔은 농담을 했다. 그러나 어머니는 웃지 않았다. 1955년* 티엔의 외조부모님이 돌아가셨다. 대궐 같은 집, 전답은 수백 조각으로 잘려 분할되었다. 자식들은 물을 뒤집어쓴 흰 개미집처럼 뿔뿔이 흩어졌다. 1957년에 어머니는 냐짱 사람 아버지를 만나 집결했다. 부유한 출신인 아버지 역시 가족, 친조부모를 버리고 항전하러 갔다. 티엔이 이제 막 두 살배기가 되었을 때 벌써 동생이 있었다. 그리고도 졸망졸망한 아이들이 뒤를 이었다. 언제나 어머니는 회의가 있었다. 초가 흙집이 미처 따뜻해지기도 전에 아이들을 몰고 다

---

* 1954년 베트남에서는 토지개혁이 있었고, 이때 많은 지주들이 재산을 몰수당하고 반동으로 몰려 처형당했다.-역자주

른 지역으로 갔다. 낯선 땅에 도착했다. 계속 그렇게 운동을 건설하려 돌고 돌았다. 티엔의 동생 년, 아이는 한 녀석은 두 살, 한 녀석은 한 살이었고 대나무 요람에서 서로를 돌봤다. 미국의 포탄이 한 차례 마을을 훑고 갔다. 대포가 '쿵' 하고 바다에 한 발, '쾅' 하고 마당 한가운데에 한 발, 커다란 구덩이를 파 놓았다. 흙이 비처럼 요람 위로 쏟아졌다. 언니가 동생을 몸으로 가렸다. 너무나 영리하다. 두 살을 넘긴 머리로 동생을 가려줄 줄 알았고. 어머니는 회의를 하고 있었다. 아버지도 무슨 이유에서인지 집에 얼굴을 비치는 날이 적었다. 티엔의 두 동생은 죽지 않았지만 큰동생은 오랫동안 경기를 일으켰다. 지금도 이따금 귀가 먹먹하다.

75년 말. 코이 가족은 태평양 저쪽으로 건너갔다. 반은 자식들을 남편 고향에 데려다 놓았다. 친할머니의 머리카락은 새하얗다. 아흔 살이나 되었는데 시선이 간사하고, 거지 떼 같은 옷차림의 아이들 사이에 빼빼 마르고 서투른 북쪽 출신의 며느리를 이상하게 훑어 보았다. 친할머니는 이주해 온 사이공 중심가에 약국을 가지고 있는 항 다오* 사람인 큰며느리에게 익숙해져 있었다. 머리끝부터 발끝까지 부유한 티가 흐른다. 가끔 며느리는 시어머니를 찾아뵈러 전투 지역의 위험을 불사하고 사이공에서 냐 짱까지 운전을 했다.

---

* 베트남의 수도 하노이 중심가에 있는 상가 거리. 예로부터 하노이 여성은 살림을 잘 하고, 항 다오 사람들은 능수능란한 것으로 유명하다.-역자주

며느리는 붙임성 있게 대문 밖에서부터 '네, 네' 거렸다. 원조 항 다오 여성의 능숙함이다. 차의 트렁크 안에는 인삼, 녹용, 동서양의 보약, 고급 과자가 들어있다. 친할머니는 이미 익숙해져 있었다. "며느리라는 게 저래야지 네가 어디 며느리냐?" 그때부터 친할머니는 큰아버지의 아이를 '우리 편'이라고 불렀다. 북에서 온 티엔과 동생들은 '걔네 편'이다. 아흔 살의 생각이 아홉 살짜리 같은 건 늘 있는 일이다.

그런데도 어머니는 여전히 씩씩했다. 경박한 시내 한가운데 회의에 가고 일을 가도 어머니는 논 라*를 눌러 썼고, 플라스틱 샌들에 칼라 달린 간부 옷을 입고, 검은 바지에 배급표로 물건을 샀다. 1975년** 이후 여러 해, 솜씨 있게 지키지 못했던 모든 것들이 확 무너져 절망감이 흘러 넘쳤다. 포탄들은 여전히 북쪽 남쪽에서 터졌다. 어머니는 아직도 한결같은 믿음으로 모든 일이 그래야 한다고 생각했다. 은퇴하고 월급을 받아 닭 한 마리를 살 때가 되어서야, 어머니는 비로소 점차 정신을 차렸다. 아마도 그 안에는 아직 옳지 않은 것도 있는 것 같았다. 모든 일이 그러는 게 아니었다. 어머니는 이미 너무 많은 것을 놓쳤다.

---

* 종려나무로 만든 삿갓모양의 모자. 주로 베트남 시골 여성들이 쓴다.-역자주

** 1975년에 베트남은 남북이 공산통일이 되었다.-역자주

일 년이 흘렀다. 푹은 하노이로 돌아와서 바로 티엔을 찾았다. 푹은 뜻밖의 선물을 가지고 왔다. 손바닥만한 크기의 흑백사진 속에, 흰옷을 입은 한 소녀가 천진난만하게 웃고 있었다. 흰 셔츠 흰 바지를 입은 두 청년이 양쪽에 서 있었다. 사진은 정원에서 찍은 것이다. 집의 사진기로. 오른쪽 청년이 호리호리한 코이 아저씨다. 조금 작은 청년은 끄 아저씨다. 티엔의 끄 아저씨는 B에 갔다가 68년에 전사하였다. 티엔은 사진을 응시하고, 옛날, 추억의 흑백에 감동했다. 푹은 푹의 아버지 코이 아저씨가 가슴주머니에 가지고 있던 것이라 했다. 아저씨는 세 사람이 사진을 찍으면 일이 안 된다고 이별이라고 말했다.* 두 사람은 바지 주머니에 손을 넣고 옛 거리를 정처 없이 걸었다. 함께 서서 조용히 일층 집 기와지붕을 쳐다보았다. 수백 년 된 기와지붕. 아주 아름다웠다. 푹은 말했다. "언젠가 고향집 모양이 어땠는지 여쭤보고 그려서 어른들이 찾아갈 수 있게 지어 놓시다."

티엔은 웃었다. "사람들은 많은 꿈을 꾸지만 이루지 못해. 집을 지어 놓고 두 분이 어떻게 서로를 보겠어. 그만, 자네나 꿈꾸게. 나는 논의하고 싶지 않아. 우선은 어떻게 두 분이 자존심 상하지 않게 서로 만날 수 있게 하는 거라고. 이 사람이 저 사람에게 토라져 있으니까."

---

* 베트남에서는 세 사람이 사진을 찍는 것을 불길하다고 금기시한다.-역자주

"맞아요……."

폭은 멈춰서 구운 옥수수 두 개를 사 티엔에게 하나를 건네어 주었다. 그리고 두 사람은 시클로, 오토바이 사이, 보도블록 위에 가득 늘어 논 군것질 파는 가인 사이를 끝도 없이 걸어갔다. 저녁이 가까워지자 폭이 말했다. "집에 가서 아주머니를 찾아뵙시다. 이 사진을 보여 드리고 코이 씨가 옛날을 잊어버리지 않고 있다는 걸 느끼시라고. 그리고 우리가 두 분을 모시고 쭈어 마을에 찾아 가 봅시다."

"우리 집 땅이 더는 남아 있지도 않은데 돌아가 봐?"

"상관없어요. 놀러 가는 거뿐인데. 두 분은 만나셔야 해요. 두 분 모두 늙으셨잖아요. 곧 하늘나라로 가실 거라고요. 설마 서로 토라져서 다음 생까지 가시겠어요?"

하늘 중턱

얘야, 지금도 아비는 잠을 자면 꿈에 다랑논이 보이는구나!

석회암 지대 산간 지역의 한낮의 날씨는 햇볕이 등에 뜨거운 프라이팬을 쏟는 것 같아. 갈대처럼 마르고 허리가 굽은 13살 먹은 소년은 얼굴의 땀을 닦았지. 하늘 중턱을 올려다보았단다. 열여덟 층의 첫 번째 다랑논을 다 올라왔어. 조금만 더 가면 두 번째 다랑논이야. 열두 번째 층에 올라와 몇 분을 쉬었어. 정오의 해 아래 벌렁 누워 땀을 닦고 나서 가죽만 남은 빈 배를 웅크렸지. 계속해서 아홉 층을 더 올라갔어. 그리고 산허리를 기어올랐고. 오후가 다 되어서야 귀틀집 몇 개가 있는 곳에 도착했단다. 소년이 - 아비였다 - 집배원 가방을 열고, 남은 힘이 없어 헉헉 숨을 내쉬었어. 그렇지만 그 사람을 보자 웃을 수 있었단다. 훌쩍한 키에, 말끔한 옷자림, 헐렁헐렁하게 재단한 갈색 옷이 그분을 정말 멋지게 보이게 했고, 인민지, 문예지를 정말 뜻밖의 것을 맞이하는 듯 반겨주었단다. 몇 달에 한 번씩 시내에서 편지가 온단다. 그는 신문을 급하게 보지 않고서 뒤돌아 말했지.

"닭죽 괜찮지!"

남자는 도시 사람처럼 세련되어 보이는 아내를 불러, "얘한테 닭죽 한 그릇 갖다 줘요." 여기 닭은 수매하는 식으로 팔면서 기르는 게 아니란다. 어쩌다 닭으로 죽을 끓였어. 이 시절의 산간 지방 사람들은 아래처럼 서로 깐깐하지 않았어. 산 아래에서는 눈과 귀 모두 바쁘게 두었지.

소년이 - 아비였다. - 편지를 건넸고, 착한 부부가 왜 하늘 중턱에 올라와서 산사람들 사이에서 사는지, 물어보려다 버릇없어 보일까 봐 그냥 조용히 죽을 먹었어. 찰밥을 먹을 때도 있었고 - 제일 형편없는 게 삶은 고구마였어. 편지 배달하는 일도 나쁘지만은 않았단다. 눈을 감고 잠을 잘 때만 왜 내 인생이 계속 다랑논을 오르락내리락 거리는 일에 매달리려는 것인지 생각을 했다. 평생 이렇게 살아야 하나?

편지 배달하는 소년이 15살이 되었을 때, 남자는 지기를 본 듯 소년을 보았어. 저 아래 개천이 콸콸 우체국으로 돌아가는 길을 막아 남자는 소년을 하룻밤 머물게 잡아두었어. 부부는 긴 B*에 총을 들고 간 두 아들을 언급했다. 그러고는 남자가 입을 열어, 편지 배달을

---

* 7지역으로 나뉘었던 베트남 전장 중에서 가장 치열했던 곳-역자주

하는 소년이 남자의 인생을 조금 알게 되었지. 말을 많이 한 것도 아니었어. 그냥 남자는 생각에 잠겨 있다가 자기 자신에게 말하듯, 하늘 중턱으로 올라와 살게 된 이야기를 했어. "무슨 죄를 지어서 온 건 아니야." 그 시절 도시는 텅 비어 있었고, 남자는 작은 골목에 살던 재봉사였어. 교수가 그의 가게에 와서 프랑스식으로 양복을 맞춰 달라 부탁을 했대. 그는 이런 식이 좋다고 했대. 교수는 학식 있고 동서고금을 통달한 분위기를 풍겼는데 무척 슬퍼 보였어. 옷을 맞추러왔는데 계속 의자에 앉아서 깊이 있는 이야기를 했어. "나 같은 재봉사는 재봉틀이나 밟을 줄 아니 손님 이야기를 잘 들어줬지. 그는 센 강변에서 자주 들렀던 서점들에 대해서 이야기를 하고, 파리의 이른 아침 자주 그의 팔짱을 끼고 다녔던 날씬한 팔의, 금발의 프랑스 아가씨, 에펠 탑이 언제나 보일지 둘 다 몰라 서로 마주보며 웃었다는 이야기를 했어. 그의 청춘을 그 도시에 놓고 - 이제 그는 꿈처럼 여겼어. 며칠 뒤 교수는 옷을 찾으러 왔고, 나는 보통의 손님들처럼 대했어. 그러고 나니까 낯선 사람들 몇 명이 집에 와서 기웃거렸지. 이후 '소지역' 소환장이 왔고, 우리 식구들이 신경제* 이전 대상에 포함되었다고 통보했지. 그때는 대상자로 분류되면 가야만 했어. 이후에 알게 된 것이 무언가에 연루가 되었다는 거였지.

---

* 1961년~1998년에 있었던 경제 낙후 지역 건설을 위한 이주정책으로 고원지대로 사람들을 이주시켜 식량작물과 경제성 높은 작물을 심었다.-역자주

그 교수가 신망을 잃고 있었어. 사건이 있었어. 그때는 그랬다고. 우리 식구들 모두 이고 지고 이리로 올라왔어. 나는 재봉 일을 그만두었고. 재봉질 때문에 내가 엮였다는 생각이 들어. 더는 하고 싶지 않더라고. 우리 부부는 개간하고 벼를 심었어. 다랑논을 만들었지. 여기에 산도 있고, 숲도 있고, 호수도 있으니까 살 수 있었지. 사람들이 아래 사람들처럼 정신없이 떠밀지도 않고 서로 인정도 있고, 의심도 하지 않으니까."

편지 배달 소년은 - 아비였다. - 남자가 그렇게 말을 하니 그런 줄만 알았어. 다시 계단식 논을 기어가 남자에게 인민지, 문예지를 가져다줄 날이 오기만을 기다렸다. 신문들은 남자를 아래 세상과 연결하는 끈이었다. 캄캄한 밤 집구석에서 부엌 불만 타고 있었어. 석회암 산악 지역 쌀쌀한 안개는 사람들을 불 곁으로 가까이 다가오게 했어…… 아비는 멀리서 남자가 사는 것을 보았고, 서서히 형편을 받아들였으며, 내가 아직 형편이 나쁘지만은 않다고 생각했다. 얘야, 아직 듣고 있는 거지? 언젠가 아비와 네가 고향에 돌아가면, 아무도 남아있지 않더라도 네가 고향의 정취를 알 수 있을 거야.

그 지역은 논에 물이 끝도 한도 없지만 마실 물은 부족해. 모든 게 연못 속에 있어. 물을 두레박에 퍼 올려 마실 수 있게 맑게 물을 가라앉히고. 연못 아래 물은 목욕하고 빨래하고, 손발을 씻고, 쌀을 헹구고 푸성귀를 씻고. 물을 퍼 올려 가라앉히면 먹을 수 있어……. 그렇게 먹고 되풀이하며 사는 거야. 밤에는 누워 논에서 펄떡이는 물고기 소리를 들으며. 물집 잡힌 어머니 발은 일 년 내내 물에 발이 불어 동여매고 있어야 했지. 그래도 살 수 있었어. 어느 날 논 밖에 아버지, 어머니가 나가 계시던 날까지는. 폭풍우였어. 눈 깜짝할 새, 외로이 서 있는 나무 아래 사람들 무리로 벼락이 내려쳤어. 모두 죽었는데, 그중엔 아버지, 어머니도 계셨지. 친척들은 초가집을 팔아 몇 푼 마련해 노잣돈 삼아 산간 지역 읍내로 아들을 데려다 놨어. 현 우체국에서 일하는 먼 친척 한 사람이 몇 푼 받고 아이를 받아 주었지. 현 북쪽에서 편지 배달을 하던 상이군인을 대신해서 고아 아이가 우대를 받았어. 그렇게 아비가 편지를 배달하느냐 하늘 중턱에 올라가고, 산기슭에도 내려가고, 산간마을, 산속 농장, 먼 계곡에도 가게 된 거야. 발바닥은 벗겨졌어. 살가죽은 물소 가죽처럼 새까매지고. 등이 굽었는데 왜 굽어졌는지는 이해가 안 돼. 다랑논 때문이 아닐까 싶어. 미국이 북쪽을 공격했을 때, 비행기가 산 아래에서는 윙윙거렸는데, 여기서는 폭탄이 저 멀리서 터지는 소리나 들었어. 계속 그렇게 편지 배달하는 일이나 열심히 했지. 남부 전쟁 - 북부 전쟁. 인민지, 문예지도 꾸준히 하늘 중턱으로 올라갔어. 네가 태어났을 때, 부부는 열 마리나 되는 닭이 들어있는 닭장을 주셨어…… 계속 그렇게, 얘아. 아비는 누구의 편지도 절대 잃어버리지 않았어…….

아마도 그래서 우리 두 자매는 자주 아버지를 보면 눈물이 글썽이나 보다. 아버지의 체구는 자그마하고, 시커먼데, 두 눈만은 우리가 아버지에게 절대 거짓말을 못하게 한다. 아버지 눈은 아직도 밝다. 조금은 들어 올린 똑바른 시선. 아마도 자주 다랑논을 올라서 그런가 보다.

산골 읍내 전체가 금광이 생겨 시끌벅적했다. 사람들은 흐르는 물처럼 돈을 벌었다. 누구나 주머니가 두둑했다. 복권 바람, 도박 바람이 산 아래에서 우르르 몰려와 깨끗이 쓸어갔다. 사람들은 부유했다가 가난해졌다. 다시 부유해졌다가 가난해졌다. 우리 두 자매는 서로 아버지를 본받아, 계속 고개를 들고 살자고 이야기를 했다……. 도시에서 대학을 다닐 때, 나를 빠르고 좋은 길이라고 유혹하는 사람도 있었다. 듣자 하니 읍내 지금 제일 부자라는 누구네 집 자식들은 몽땅 마약에 중독되어 누워 자빠져 있다고 했다. 사람들은 평생 편지를 배달하던 우리 아버지를, 공부를 마치고 읍내로 다시 돌아온 우리가 있다고 시기하기 시작했다……. 나는 읍내 우체국에 가서 일을 부탁했다. 아버지가 걱정스레 나를 쳐다보았다. "편지 배달이라면 그만 두렴, 얘야! 제발 다른 일을 해." 나는 무슨 일을 해야 할지 모르겠다. 그러나 속으로 언젠가 저 위에 올라 재봉사 부부를 찾아 뵙고 싶다. 그들이 가까운 데로 내려왔다는 이야기를 들었다. 아주 늙으셨다고 한다. 아버지 말씀이 그 남자가 있어서 편지 배달이 그다지 나쁘지 않았다고 한다.

시멘트 마을

나는 동생이 친, 집에서 온 전보를 받았다. 전보에 적혀있기를 "할머니 맛이 갔음. 냄새 남. 즉시 돌아올 것!" 아마 우체국 직원은 머리를 굴려야 했을 것이다. 그런데 나는, 조이* 녀석의 누나인 나** 는, 이렇게 이해했다. '할머니 병환, 돌아가셨음, 즉시 돌아올 것!' 나는 얼이 나가서 '할머니'를 불렀다. 그러고선 황급히 터미널로 가서 그녀가 교생으로 있는 곳인 산간지역 초등학교에서 성으로 버스를 타고 내려가서 하노이로 가는 기차를 타고, 다시 동해 쪽으로 내려가는 기차에 올랐다.

나는 스물한 살로, 달처럼 예쁜 얼굴에, 비단 같이 긴 머리카락,

---

* 열대과일인 water apple을 이름으로 시었는데 베트남에서는 학식이 있는 집에서는 뜻이 좋은 한자어의 이름을 지어주는 반면 농촌에서는 아이들 이름을 주변에서 쉽게 볼 수 있는 사물을 아이들의 이름으로 짓는 경우가 많다.-역자주

** 열대과일인 sugar apple을 이름으로 사용-역자주

큰 키에 날씬한 몸매, 허리가 60센치미터이다. 만일 태어날 때 홍역으로 절룩거리는 다리가 아니라면, 나의 어머니는 성에서 유명한 아가씨로 만들려고 했었을 것이다. 나는 선생 일을 택했고, 사범학교를 마치고는 초등학교에서 가르치게 될 것이다. 편안하기도 하고 강인하지 못한 체질에도 적합했다. 나란 이름도 할머니가 지어준 것이다. 할머니는 도시에서 지금 고향으로 온 피난민이고, 마을 선생인 나의 할아버지에게 시집을 와서 바로 정착하고 살았다. 할머니는 아버지에게 물려받은 가풍을 지키며 살았다. 할머니는 지역 여자들에게 베트남 약*을 지어주는 일을 했다. 할머니는 아글라이아 꽃에 재운 차 마시기, 겨울 자몽 꽃을 넣고 찐 사탕수수를 좋아했고, 면포, 비단 입는 것을 좋아하셨다. 나의 동생은, 할머니가 아프기 시작할 때부터 할머니를 18세기 골동품이라고 불렀다. 할머니를 상대하지 않았다. 나의 동생은, 집에서 부르는 이름이 조이였는데, 스스로 타인 홍(聖雄)이라고 바꾸고, 열아홉 살에는 하루에 담배 세 갑을 피웠으며, 가라오케에서 노래를 부를 때 계집애들이 옆에 앉아 문지르고 주무르는 것을 좋아했다. 나의 동생은 미래가 없이 단지 '현재무위' 하고, '아무 쓸데없는' 교훈을 들이 대는 옛것들은 개의치 않았다. 나는 길거리에 나도는 의미들처럼 건방진 동생을 보는 것

---

* 베트남 전통방식으로 약초로 약을 지어주는 것을 말하고 남약이라 한다. 이와 비교되는 중국식으로 약을 짓는 것을 북약을 짓는다고 한다.-역자주

이 힘들었지만 어떻게 하겠는가. 나의 집에는 다섯 명이 있다. 부모님, 할머니, 나의 남매. 탕 오빠까지 여섯 명으로 칠 수 있지만 나는 집에 조이가 있으니 오빠가 침범당하는 것을 원치 않았다. 오빠는 부모 없는 고아로, 어머니의 먼 친척인데, 어머니가 데리고 와서 어릴 때부터 키웠다. 오빠는 커서, 학교에 다녔고 집안일을 장정처럼 했다. 뭐든 다 했다. 오빠가 군대에 갈 때까지, 나는 오빠를 식구들 명단에 올리는 것이 싫었다. 오빠는 전혀 다르니, 오빠를 조이 녀석 옆에 세워 둘 수는 없다.

나가 옷가방을 메고 산으로 실습을 가던 날, 탕 오빠는 나를 역까지 데려다 주었다. 나는 오후에 오빠 옆에 서서, 밤기차를 기다렸고 자신의 약간 절룩거리는 다리 때문에 자신이 불쌍하였다. 버릇없는 조이 녀석은 한 번도 나를 이름으로 부르지 않았다. 녀석은 나를 '원조 쉼표'라고 불렀다. 탕 오빠는 무척 화를 냈다. 할머니도 그러했다. 할머니는 가여운 일을 비웃는 오만한 손주의 소리를 들을 때마다 가슴 아파했다. 할머니, 탕 오빠가 있어야 가족인데. 지금은 어쩌지?

역 마당에서, 나는 마중 나온 아버지를 보았다. 요즘 아버지는 빨간 넥타이, 가슴에 수가 놓인 윗도리, 갈수록 요란한 옷차림이다. 아버지 팔 위의 검은 완장으로 집에 장례가 있음을 알 수 있었다. 아버지는 벌써 시내 사람들처럼 번쩍거리는 오토바이를 샀다. 검은 완장을 보고 나는 할머니께서 이미 돌아가셨다는 것을 믿을 수 있었다. 나는 아버지가 가까이 다가오자 울음을 터뜨렸다. "아버지, 할머니가 어떻게 되신 거예요?"

"어제 모셨다. 왜 이리 늦게 왔니?"

"전보 받고 바로 온 거예요."

"조이 녀석. 망할 자식. 누나에게 바로 전보를 치라고 말했더니. 분명 가게에 들러 죽치고 앉아 있었던 게야. 버릇없는 자식!"

나는 마른 침을 삼켰다. 그런 일을 조이에게 맡기다니.

나는 가만히 아버지 뒷좌석에 앉았다. 마을로 돌아오는 길에는 백단나무를 많이 심었고, 나무 줄을 따라 논두렁이 똑바로 있다. 몇 개 두엄더미 옆에 가라오케 두 집이 서 있다. 물소 똥이 문 앞에 널려 있다. 청바지를 입은 어중간한 녀석들 몇 명이, 갈라터진 손발로 어깨동무를 하고 가게 앞에 서 있었다. 그 놈들은 나를 따라 쳐다보며 찬사를 내뱉었다. 끈적끈적하고 추잡한 찬사들.

나의 집은 마을 가장자리에 있고, 마을 거리 부분으로, 여기에는 숙소, 인민 위원회, 중심지의 자잘한 것들이 다 있다. 듣기로 지금은 마을 남자들과 읍내 남자들이 오면 안마를 해 주는 곳도 있다고 했다. 성에 있는 가게들을 따라 배우느라 집들이 경쟁을 한다. 나의 부모도 바인쯩* 같이 네모난 상자갑을 지었고, 위에는 아랍사람들 마냥 뾰족한 탑이 있다. 커다란 집은 옛날 집에다 할머니가 채소를 길러 가지고 나가 팔던 푸성귀 밭을 더한 땅을 차지하고 있다. 읍내

---

* 베트남 음력 설에 먹는 네모난 모양의 떡-역자주

거리처럼 집안 모든 것들이 어수선하게 경쟁을 하고 있었다. 상자갑 외관을 보면 눈마저 딱딱해지는 것 같다. 부모가 서쪽 벽에 가깝게 할머니 침대를 놓았을 때, 할머니는 나에게 신음을 하며 말했다. "어디든 다 시멘트야. 할머니가 침대에 누우면 허리가 두드려 맞은 것처럼 쑤셔."

나 어머니는 쏘아보며, "쓰잘 데 없는 소리. 평생 진흙탕을 뒹구는 논게 같이."

지금 할머니께서 돌아가셨으니 분명 집은 더 신나서 바뀔 것이다.

나 아버지는 마을 거리를 빙 돌아갔다. 가는 길은 아직도 볏짚이 널려 있다. 마을 사람들은 온통 길에 볏짚을 말리느라 오토바이도 개의치 않고, 가라오케 음악도 개의치 않고, 각각 집안 부엌까지 넘치는 도시의 향미도 개의치 않는다. 탕 오빠는 나를 대문에 서서 기다렸고, 오빠가 편 손에는 기름이 가득하다. 나는 이런 일이 있으면 부모님이 모든 일을 오빠에게 맡긴다는 것을 알고 있다. 조용한 오빠의 시선에는 슬픔이 차 있었다. 나는 이를 보이고 윙크를 하면서 집에 초상 중이라 조심하는 척 하는 조이 녀석을 보면서, 할머니 생각에 가슴이 아팠다. 나 어머니는 오늘 치마를 휘날리지 않고 검정 바지를 입었고, 나를 잡아당기고선 훌쩍이더니 옆으로 돌아 상복 팔에다가 코를 풀었다. 나 어머니의 코는 말라 있었다. 나는 어머니를 사랑하지만 할머니를 사랑하는 만큼은 아니다. 아버지의 슬픈 척 하는 모습, 어머니의 빚에서 벗어났다는 모습, 로이의 상관없다는 모습은 나를, 잠깐 동안 파도 위를 가는 것처럼 휘청이게 했다. 저기 서 있는 탕 오빠가 없다면 나는 나의 절뚝거리는 발에 목발이 필요하다고 생각했을 것이다. 할머니께서 살아 계실 때, 나는 이렇게 허전한 느낌이 들지 않았다. 탕 오빠가 나를 부축해 주고 싶은 지 가까이 왔다. 오빠는 어머니의 먼 친척이니, 친할머니와는 아무런 상관이 없다. 그러나 오빠의 눈은 울어서 빨갛다. 오빠의 창백한 피부는 장사처럼 커다란 몸집과는 어울리지 않았다. 오빠는 나가 할머니의 제단에 향을 피우는 것을 도와주었다. 두 사람은 할머니의 사진을 보면서 생각했다. 집안이 이렇게 끝장났다.

조이 녀석은 나를 따라 부엌으로 왔다. "원조 쉼표는 무슨 검은 선물이라도 가지고 왔어? 가는 날 부탁했잖아?"

나는 여기서 말하는 검은 선물이 아편이라는 것을 알고 있다. 나는 산골에 살고 만일 그것을 가지고 오지 않았다면 '멍청한 게 오래가면 주변 사람들도 힘들게 한다!'는 말이 따라다닐 것이다.

과연 조이 녀석은 누나에게 멍청하다고 욕을 했다. 그리고선 결국은 달랜다. "다시 올라가거든, 여기 돈을 줄 테니까 1킬로그램을 사. 팔 데가 있어. 이윤은 둘로 나누고."

탕 오빠는 조용히 앉아서 석유곤로를 고쳤다. 조이 녀석은 할머니에게 곧 올리려던 제사밥 쟁반 위 조* 한 움큼, 찰밥 한 움큼을 쥐

---

*　고기를 곱게 갈아 바나나 잎으로 싸서 쪄낸 베트남식 햄-역자주

더니 두 가지 전부를 목을 젖히고 한 번에 입에다 집어넣는다. 뱀이 쥐를 삼키듯 씹어 삼키고, 녀석은 제사밥 쟁반 앞에 서서 손을 올려 군인식 거수경례를 한다. 나는 새 조 접시와 새 찰밥 접시로 제사밥 상을 바꿔 놓았다.

"왜 너는 누나에게 그렇게 늦게 전보를 보냈어?"

"일찍 와서 뭘 하려고? 상복 입고 묘지를 뒹구는 게 힘들지 않아? 나한테 고마워해야지."

"너 그래 가지고 어떻게 살아가려고 그래?"

"이 집 늙은 형처럼, 늙은 누나처럼 살지. 늙은 형은 요즘 시내에 애인이 있어서, 밤새 나가 있고. 할머니가 조용히 누웠어도 알고 있지만 어디 말할 수 있었어야지. 늙은 누나는 구제 치마가 옷장 하나야, 올라가서 보라고. 옷장을 열면 곰팡이가 날리고 코가 막혀, 똥통처럼 냄새가 나. 밤마다 차려 입고, 나가고. 들떠 싸돌아다니는데, 할머니도 세상을 하직하셨으니 더 좋을 대로 사방팔방 휘날리며 다니겠지."

"너는 일을 안 하면 뭘 가지고 먹고 살아?"

"늙은 형 주머니 훔치며 살지. 요즘 크게 한탕 했잖아, 성의 높은 사람들 몇 놈들하고 공용부지 거래 몇 건에 달라붙어서, 돈이 물처럼 들어 와, 성에다 별도로 계좌를 만들었다고 들었어. 내가 상세하게 알고 있지, 내 눈을 속일 수 없어."

"어머니는?"

"늙은 누나는 가림막이 있어, 밀수품을 떼다가 말로 세금은 때우고, 좋겠지? 나한테 돈을 주지 않을 수가 없지. 다이너마이트로 이 집구석을 부셔버리고 바다 건너 홍콩으로 가 난민이나 되야지. 쉼표나 발도 느리고 머리까지 할머니가 전해 준 도덕으로 넘치니까 바다로 나갈 간담이 없는 거야, 이 타인 홍은 어디든지 나올 데가 있으니 막힐 것이 없지?"

"됐다. 더 이상 얘기하지 말자!"

"원조 쉼표가 더 지키고 있는 것도 낭비야. 절름발이지만 허리도 가늘고 탱탱한 가슴이 아직 값이 나가잖아. 성에 올라가서 첫 경험으로 금붙이를 받아 밑천 삼아서 계속 올라가는 거야."

나가 미처 고개를 올리지도 못했는데, 무협영화를 보는 것처럼, 조이 녀석이 문을 넘어 날아가 머리를 마당 시멘트 바닥에 막았다. 탕 오빠는 고치고 있던 석유곤로를 조이 녀석 등에 바로 던져 명중시켰다.

나 어머니는 집에 불이 난 것처럼 고함을 질렀다.

"집에 늙은이 초상이 났는데, 애들 초상까지 치룰 생각인 거야? 저 배은망덕한 탕 녀석, 너 니가 무슨 짓을 한다고 생각하는 거야?"

나 아버지는 소매를 걷어 올리고, 부엌칼을 잡았다. 문상을 왔던 사람들이 몰려와서 설득하고, 시장통처럼 시끄러웠다. 탕 오빠는 문 가운데 서서,

"이모부, 이모 들으세요. 제가 감옥에 가더라도 저 자식 주둥이를

뭉개버릴 거예요. 저 자식은 마귀지 사람이 아니라구요."

나는 조이 녀석 쪽으로 달려가지 않았다. 나는 불을 내뿜는 부모님과 오빠를 서서 막았다. 나는 오빠를 마당의 배추 꽃대 같이 연약한 몸으로 가렸다. 그러나 조이 녀석은 노려보며 일어섰다. 녀석의 얼굴은 피로 새빨갛다. 어디서든, 피는 분위기를 시멘트처럼 얼어붙게 한다. 조이 녀석은 소매로 피를 닦았고, 휘청휘청, 쇠약해 보였다. 나는 조이 녀석 같은 놈들을 보고 싶었다, 인간성이라곤 남아 있지 않은 마귀가 피를 쏟아야 하고, 쇠약해져야 한다면 어떻게 보일까?

조이 녀석은 탕 오빠의 얼굴을 가리키며,

"생각이 있으면 나가. 난 '군인의 힘'은 없어. 그렇지만 도둑을 무는 이빨은 있다고. 내가 얼굴을 보일 필요가 없이, 시기를 골라 처치할 거라고. 알겠어?

그만 비켜, 엄마는 더 이상 지껄이지 마. 나는 아직 죽지 않는다고, 살아서 원수를 갚아야지. 붕대나 이리 내!"

할머니가 돌아가신지 이제 3일이나. 할머니가 아직 살아 계실 때는, 밤에 아버지는 시간에 맞춰 돌아와야 했다. 어머니도 밥을 먹으면서 공손히 해야 했다. '어머니 드세요', 공손하게 대하고서도 눈을 흘기고, 할머니 역시 아시면서 모르는 척 하셨다. 조이 녀석이 오토바이를 팔아 돈을 가지고 가라오케에 노래하러 갔어도 남들 모르게 가야 했고, 집에 와서도 입을 다물고 있었는데 녀석은 녀석의 말이 전혀 정상적이지 않다는 것을 알고 있기 때문이었다. 밭이 남아 있지 않으니 할머니는 채소에 물을 줄 수 없었고, 할머니는 세심하게 약을 만드셨다. 하루는 할머니께서 약을 광주리에 말리시는데, 조이 녀석이 광주리 가운데다 마른 쇠똥 한 덩어리를 넣었어도, 할머니는 단지 말씀만 하셨다. "저 녀석 병은 고치기가 힘들어, 세상이 고쳐줄 거야." 탕 오빠가 군대에 갈 때, 할머니는 말씀하셨다. "군대에 가는 것이 좋단다, 얘야. 다른 곳이 혼란스럽다 해도 군대에서는 사람들이 두려움을 안단다. 사람들이 두려움을 알아야 모든 일이 질서정연하지."

나가 사범학교에 가 공부를 했던 것도 할머니께서 말씀하셔서였다. "그 분야에 때가 가득 묻었다고 하더라. 그렇지만 아직은 괜찮아, 그게 네 적성에 맞을 거다.

할머니는 한 곳에 앉아 계셨지만 모든 일을 다 아셨다. 이후로 할머니는 부모님과 말씀을 적게 하셨다. 특히, 아버지가 땅을 팔아 돈을 벌어 오고, 읍내 거리 날라리처럼 멋을 내고, 어머니가 장사를 하러 가고, 밤에는 구제 치마를 입고, 눈을 시퍼렇게 칠하고 시내에서 도박을 할 때. 할머니는 고개를 저으며 혀를 차셨다. 불쌍한 할머니. 지저분한 인생이 흰머리를 덮쳤고, 도리를 무시하고 횡행했다. 할머니에게 나 이외에, 탕 오빠 이외에 누가 있었겠는가.

지금 탕 오빠는 옷가지 몇 개를 마저 챙기고 있다. 조이 녀석은 침대 위에 누워 있다. 어머니는 의자에 다리를 벌리고 앉아, "내가 등에 저것들을 전부 짊어지고 평생을 사는 마소지. 재가 머리통이

굵어졌다고 대들고. 오늘 이 집에서 젊은 애 초상이 났다면 내가 집을 다 부숴 버리고 나갔어."

"그만요, 어머니, 재는 아무렇지도 않잖아요."

"너는 절름발이지만 황소처럼 고집불통이잖아. 내가 얼마나 여러 번 말을 했니, 찢어진 걸레 같은 직업은 때려치우고 읍내에 가서 가게를 보라고 했는데 너는 듣질 않잖아. 너는 '늙어빠진 세대'의 몇 푼 안 되는 이치에 물들었어, 산으로 숲으로 올라가서 모기에나 물려라. 아프다고 비실비실해서 돌아 와서 나를 힘들게 하지나 마. 맷돌 지는 거나 좋아하는 당나귀야.

탕 오빠는 배낭을 메고 마당으로 나가, 시멘트 상자를 뒤돌아보았다. 나의 아버지는 화가 누그러졌다. 아버지와 어머니 모두 다른 쪽을 돌아보았다. 이 세상에 조카였으며 집안일을 하던 탕 오빠가 없는 것처럼, 수년 간 이 집에서 마소 같이 일하던 오빠가 가는데 인사 한 마디가 없다.

"제 생각에는 잘했어요. 오빠가 조이 녀석에게 그렇게 한 대 때린 것도 약과에요."

"그렇게 안하면 오빠가 그런 상황에서 어떻게 하겠니?"

아, 할머니! 두 남매는 함께 외치고 함께 뒤돌아보았다. 마을 오른쪽으로 시멘트화가 되고 있어 논 사이에 솟아난 넓은 흙더미가 있었다. 오래 전부터 여기에는 전부 목면(木棉)* 나무가 자라고 있었다. 소문에 목면나무에는 귀신이 많아서 칼과 도끼가 목면나무 숲을 건들지 않았다고 했다. 나무를 심은 공이 있는 신의 사당이 흙더미 사이에 있고, 조그맣게 이끼에 덮여 있는데, 언제나 향이 있고, 꽃 사발이 있었다. 목면나무 꽃이 피는 계절이면, 논 사이에 불이 난 듯 흙더미 지역이 밝았고, 복받침을 억눌러야 하는 것처럼 나의 심장을 뛰게 만들 정도로 아름다웠다. 그때 나는 아직 어렸다. 할머니와 손녀는 자주 손을 잡고 씨를 받으려고 쑥갓을 심은 논두렁을 따라 걸었고, 꽃들은 노랗게 환했다. 할머니의 머리카락은 노란색과 빨간색 사이 흰 구름 같았다. 할머니는 향을 피우고 작은 사당 앞에서 고개를 숙이고 나는 어슬렁거리며 떨어진 목면 꽃을 주었다. 둥지를 튼 새들이 짹짹거리며 날아올랐다. 작은 흙무더기는 마을을 시멘트 덩어리로 바꿔나가고 있는 석회모래를 나르는 트럭의 시끄러운 소리로 가득한 세계 한 가운데 언제나 신비로웠다. 최근 일 년간 사람들은 목면나무 흙더미를 공략하기 시작했다. 나뭇가지를 잘라 땔감으로 삼는 건 다반사였다. 재물을 찾으려고 땅 밑을 파헤쳐 놓기까지 했다. 혁명 때 피난민들이 여기로 와서 금은보화인가를 거기다 숨겨놨다고 한다. 그게 어디서 나온 소문인지는 모르겠으나 마을 전체를 미치게 만들었다. 꾸옹 녀석네 집 식구들 모두가 재물

---

* Bombox ceiba 홍면(紅棉)이라고도 불림. 진한 주홍색 꽃이 피고 잎이 나옴.-역자주

을 파냈다고 서로 의심을 하다 다 죽었다고 했다. 꾸옹 녀석은 휘발유를 뿌려 집을 몽땅 다 태운 다음 도망쳤다. 조이 녀석마냥 말한 것처럼, 아마 홍콩으로 도망가서 난민신청을 할 모양이었는데, 가던 중에 바다에서 죽었다. 사람들이 그렇게 알려왔다.

"아, 할머니!" 두 오빠와 동생은 여전히 목면나무 둔턱 쪽을 바라보며 서 있었다. 탕 오빠가 말했다. "지난 달 외국인들이 저쪽 땅에 말뚝을 박았어, 목면나무 둔덕 전체에!"

"왜 그 사람들이 이쪽에다 다 말뚝을 박고도 저쪽에까지 그럴까?"

"돈이잖아. 오토바이 조립 공장을 만든다더라. 오토바이로 맘껏 다니는 거지. 할머니는 목면나무 숲을 아까워 하셨어. 하루는 할머니께서 오빠에게 말씀하셨지. '할미가 목면나무들을 따라갈 것 같구나.' 그러시더니 할머니께서 진짜 가셨어."

밤기차는 아직 30분이 더 있어야 온다. 두 남매는 역 마당에 서 있다. 처음으로 나는 탕 오빠가 불안해 보였다. 나가 철로 가까이에 놓은 시멘트 의자 위에 앉아 있는 동안 오빠는 배낭을 메고 왔다 갔다 했다. 나는 울고 싶었다. 할머니도 안 계시고, 탕 오빠와 멀어지니, 나는 절룩절룩 거리는 발로 어떻게 바둥거리고 살 것인가.

"너 일하는 곳은 어때?"

"평온한 것 같지는 않아요. 금을 캐는 사람들이 몰려오고 있다는 생각이 들어요."

"응. 그렇다면 전쟁터와 다를 게 없겠구나. 게다가 거기 아이들이 더 이상 공부도 전혀 하지 않겠지."

"저는 어머니를 위해 돌아와 가게를 봐 주지 않을 거예요."

"돌아와 가게를 봐주지 마. 너는 그냥 가르치러 가. 그러면 내가 생각해 볼게."

"오빠가 무슨 생각을 할 수가 있어요? 오빠는 입대하고, 곧 섬으로 갈 건데.

"오빠는 2년 동안 가. 그렇지만 오빠가 편지를 쓸 거고, 휴가도 받을 거야. 오빠는 집으로 가지는 않을 거야. 할머니가 돌아가셨으니."

"지금 전쟁이지 뭐가 달라요. 밖에 나가는 것도 저는 무서운데, 조이 녀석 무서운 것처럼."

"걱정하지 마."

탕 오빠는 그렇게 말했다. 오빠가 있는 한 무서워할 것이 없다고 말하는 것 같았다. 나는 기차가 왔을 때 오빠의 손을 잡았다. 조금은 우울하고. 조금은 희망적인. 나는 기댈 곳이 있다고 이해가 되었다.

다음 날 나 역시 옷 가방을 가지고 학교로 돌아갔다. 손가방 속에서, 불구 아가씨는 남겨진 몇 줄의 글을 발견 하였다. 탕 오빠의 첫 약속의 글, 편지 글들.

조이 녀석은 이미 일어나 앉았다. 녀석은 편지를 빼앗아 갔다. "장거리 대공포를 쏴야 닿을 수 있는 친척 남매. 새끼를 낳으면 쉼표겠고, 그러나 봐. 이 집 늙은 형 늙은 누나도 먼 친척이어서 쉼표를 낳았던 걸 거야, 안 그래?"

나는 속상해서 친동생의 뻔뻔한 얼굴을 보았다. 지금은 돌연 조이 녀석처럼 인간성이라곤 없는 것 같은 애들이 많아졌다. 그러나 짐승 같다고 말할 수나 있는 것일까? 짐승이 그렇게 사악하던가?

"너 정신이 나갔구나, 인생은 아직도 길어, 동생아!"

"누님, 내가 무슨 내 인생이라는 게 필요하겠어? 큰 어른도 돌아가셨는데, 나 때문에 애달파 할 사람도 남아 있지 않다고. 늙은 형 늙은 누나는 돈 때문에 애달파 할 뿐이야.

"적어도 누나가 남아 있잖아!"

나는 조용히 말했고 눈물이 쏟아져 나올 것 같다. 알고 보니 조이도 감정이 있다.

나는 할머니께 향을 올리고, 절을 하고는 떠났다. 목면나무 둔덕도 머지않아 시멘트화가 될 것이다. 그때 오토바이 흐름들이 여기에서 만들어 질 것이다, 시끄럽게 닥치는 대로. 할머니께서는 저 세상에서 편안하실 수 있을까?

놀이

I

아직 며칠 더 있어야 문이 닫힐 것이다. 두 지역이 나뉜다. 300일*이 끝난다. 홍 강 삼각주 지역, 연해 지역은 여전히 가느냐 머무르느냐 갈팡질팡했다. 공산당에 원한이 있는 사람. 적과 친구 사이 경계에 있는, 공도 있고 죄도 있어서 이 땅이 공산당의 손에 넘어 갔을 때 태도를 어떻게 해야 할 지 전혀 알 수 없는 사람. 이쪽 편에 있든 저쪽 편에 있든 똑같이 게을러 빠져서 평생을 기대어 살았던 사람은 지금 가면 돈을 준다고 하니 보따리를 싼다. 모두 배에 탔다. 잡다한 일들을 해결하기 위한 300일은 거의 다 지나갔다. 이런 이유,

---

* 1954년 제네바 협정에 따라 북위 17도선을 경계로 베트남을 남북으로 나누고 300일의 유예기간을 두고 민간인들은 자유의사로 남북 거주 이전을 선택 할 수 있었다. 1956년 7월 총선거로 통일 문제를 결정하기로 했지만 이후 남부 베트남 정권은 제네바 협정에 조인을 한 당사자가 아니라는 명분으로 북부정권의 총선거 제안이 왔을 때 거절하고 단독으로 선거를 치루었다.-역자주

저런 이유로 떠나가는 사람들 흐름을 헤쳐 가며 한때의 기대감으로 가득 찬 젊은이들도 있었다. 그들은 이 땅을 버리고 떠나가는 사람들을 달래며 붙잡았다. 기회주의자들은 비웃으며 말하기를 땅이 가벼워지게 떼로 가버리라지, 붙잡기는! 그러나 그 양쪽 모두에서 사람들을 붙잡는 속임수 속에 붙잡기도 하고 밀어내기도 하는 방법이 준비되어 있다는 것을 아는 사람이 몇 명이나 되겠는가. 어느 시절이나 다 마찬가지이다. 늘 배배 꼬인, 평범하지 않은 생각만을 하는 머리가 있다……. 평범하지 않은 일들을…….

비도 오지 않고 햇볕도 나지 않는 어느 날, 선착장 쪽으로 중립선이 기다리고 있는데, 애를 밴 여자가 낑낑대며 울면서, 밑으로 거꾸로 돌아있는 아이의 머리가 있는 위치인 배를 문지르며, "불쌍한 내 자식. 배 위에서 낳을 수도 있겠네. 이미 날이 되었으니 말야!" 기술자 같은 남편은 대대로 내려오는 연장을 손에 들고 찡그리며 "배에 타서 낳는다고 누가 죽기라도 해. 남아있으면 죽는다고!" 여자는 피곤해서 입을 뒤틀며 투덜거렸다. "내가 양놈들을 따라간다고, 도적들을 따라간다고 무서워하겠어요. 장사 하는 데 어디라면 어때요!" "제길, 입 좀 닥쳐, 부탁 좀 하자고." 기술자는 행색에서 분명 무언가에 엮여서 떠난다는 결심을 했다는 것이 느껴졌다. "칼로 목을 벤다 해도 간다!……" 머뭇거리며 따져봤다가 배를 잇는 부교에 발을 내딛었다. 배는 기적을 울렸다. 울려 퍼지는 소리가 혼을 부르는 울부짖는 소리 같았다. 아내는 소름이 끼쳤다. 게다가 옛 것을 고집스럽게 붙잡는 버릇을 가진 사람인지라 수천 년 동안 조상들이 그러했듯이 감히 변화에 맞서는 일이 거의 없었다. 이번에는 배 속에서 아이가 발길질을 해서 더 아팠다. 그만 질끈 눈을 감고 발을 내딛는 거야.

짐 가방, 궤짝, 일 층, 이 층, 복도, 발코니. 서 있는 사람, 누운 사람, 제멋대로 누운 사람으로 배는 벌써 어수선했다. 눈물도 있고, 신나게 웃는 소리도 있다. 웃는 사람은 북에 가서 식구들을 맞이했고 남쪽에 있는 솥에 넣을 것도 마련되어 있고, 햇빛과 비를 가릴 것 역시 마련되어 있어서이다. 우는 사람은 몇 개 궤짝에 재산은 넣어 두었고 저 아래에는 손을 흔드는 사람들이 수없이 많이 있기 때문이다. 앞쪽에 갈 길, 서 있을 길이 어떨지 아직 몰라서. 혼란한 수백 가지 감정. 그렇지만 단지 2년 뿐이다. 2년 뒤 북으로 갈 것인지 남으로 갈 것인지 다시 생각하자…….

그렇게 생각은 했지만, 안색은 침울하다. 피난민들은 언제나 그런 모습이 있지 않던가. 이 순간까지도 누구나 짐 가방 속에 온통 약속의 말을 쑤셔 넣었다. 바람에 날아가기 쉬운 약속의 말.

사람들을 붙잡아 놓으라는 사명을 받아 가는 젊은이는 짐 가방과 함께 나타났다. 청년은 조금 비뚤게 베레모를 썼고, 양복 윗도리는 조금 낡고, 양복바지 역시 낡았으나 깨끗했다. 사람을 보면 공직자 혹은 대학생이란 것을 알 수 있다. 청년은 아직 너무 어려서 어깨가 아직 넓어 집안 가장의 직분이란 짐을 지지 않은 듯 보였다.

외모는 편안해 보이나 표정은 맡은 임무로 가득 찼다. 청년은 눈물로 뒤범벅된 임신한 여자를 부축해 주었다.

"가방을 주세요, 들어 드릴게요."

남편은 뒤돌아, '자네야? 나보고 머물라고 했어? 내가 지금 사람들이 베어갈 목이 몇 개야. 내 마누라도 자식도 있잖아…….' 하는 것처럼 인상을 찌푸렸다.

"형님이 무슨 죄가 있으셔서 그냥 목을 베어갈까 걱정이세요? 어떤 사람이 프랑스 장교를 위해 주차장을 지키는 사람 트집을 잡는 답니까. 같은 기술자니 형님이 머물든 가시든 기술자일 테고. 어떤 정치제도에서든 집도 짓고 다리도 만들어야 하잖아요."

"됐네. 내가 이미 여기에 왔으니 자네는 우리가 가게 편히 두게. 잘 가게."

"저도 가는데요, 뭐. 제게 인사를 무엇 때문에 하세요."

"기실인즉 자네도 가는구나. 그런데 왜 며칠간 그냥 머뭇머뭇 했던 게야. 자네도 편치는 않겠구나……."

"제가 형님, 누님을 알게 됐으니 방향을 밝히는 것 뿐입니다……. 저도 가야 될 일이 있어요. 제 몸이야 가뿐하지 누가 형님처럼 낑낑대고 따라가는 사람이 있나요."

청년은 이를 보여 웃으며 놀린 다음 부부가 선실로 내려가는 것을 도와주었다. 여자가 가죽 가방에 기대 앉아 있었다. 배는 기적을 울렸다. 배가 기적을 울리기만을 기다리고 있었던 듯, 여자 뱃속의 아이는 그 애를 배고 있는 사람이 '아이쿠!'라고 소리를 지르게 한 번 발을 찼다. 발뒤꿈치가 주먹손만큼 크다. 여자는 자기 뱃살 위에 볼록한 곳을 잡고 아이와 이야기를 했다. "엄마보고 가라고?" 아이는 더 발길질을 했다, 동의를 하는 듯. '가요, 엄마!'

배는 강가를 떠났다. 곧장 남쪽으로. 밤바다는 칠흑 같았다. 사람들은 물결 없는 검은색을 바라보며, 물 위에 뜬 배의 흔들림을 느꼈다. 두둥실 두둥실 더욱더 두둥실 두둥실. 모두들 속이 살랑살랑. 고향을 버리는 게 가벼울 리 없다. 임무가 있어 가야 하는 청년 역시 마음이 썰렁하다. 밖에 항전의 길에서 녀석은 아가씨를 사귀었다. 시골 처녀였으나 평생을 한자를 이고 산 유학자 집안 출신이었다. 아가씨는 늙은 부모님, 어린 동생의 수많은 굴레로 짐을 지었다. 세 칸짜리 기와집에 두루미가 날아다니는 논. 아가씨의 가정은 파고(波高)를 어떻게 견뎌낼 건지, 아가씨에게 함께 가자고 말하니 '부모님이 계시는데 제가 어떻게 거역하겠어요?' 그렇게 말하니 다행이기도 하고 아니기도 했다. 조직에서는 청년에게 혼자 가야 한다고 했었다. 아가씨를 몇 년간 떠나야 하는 셈이다. 그리 검은 이* 그리 뽀얀 피부, 그리 긴 머리카락의 아가씨가 청년에게 충실할 수 있을까? 검은 바다의 밤은 더욱더 청년을 사적인 일로 마음 아프게 했다. 그렇지만 공적인 일은 그렇게 중요하다. 미래가 이런 사건, 저런 사건

---

* 20세기 초까지 베트남에서는 안료로 물을 들인 흑치(黑齒)가 미인의 기준이었다.-역자주

으로 가득 차 있는데 어떻게 청년이 짐을 지지 않겠는가. 청년은 트렁크만 들고 나왔다. 두 사람만 알았다. 이 순간부터 청년의 부모는 적을 따라 간 자식이 있다는 소리를 들을 판이었다. 성적으로 가득한 전체 항전마을이 적을 따라 남으로 갔다는 소리를 듣게 되었다. 청년은 몽롱하게 생각에 빠졌다. 밤바다를 보았다.

'뚜- 뚜-' 기적이 한 번 울린다. 기다렸다는 듯이, 옆 선실에서 나오는 고함을 지르는 소리에 모두 일어났다. "누가 저리 고함을 질러?" 발걸음, 질문하는 소리가 떠들썩하다. 식수실에서 점잖은 여자들 몇 명이 갔다. 군복을 입지 않은 백인 병사들이 배 갑판에 서 있었다. 막 교대를 한 선원들은 통로에 놓은 의자에서 자고 있었다. "누가 저리 징그럽게 고함을 지르는 거야?"

"산통!" 슬픔으로 몽롱하게 있던 청년은 고함을 듣고 알던 여자가 출산할 시간이 임박했음을 알았다. 청년은 배의 의무실로 뛰어들어갔다. 턱수염이 긴 백인 의사가 흰색 병원 가운을 커다란 몸에 입는 중이였다. 청년은 의사와 프랑스어로 이야기를 했다. "우리를 도와주세요……." 여자는 휠체어에 앉아 있다. 남편은 한쪽에 있었다. 얼굴이 창백했다. 청년이 오고 있는 것을 보고 여자는 비통하게 소리를 질렀다. "너 맞구나, 응옥이. 왜 내가 바로 오늘 가야 하는 거냐고. 내 자식이 배 위에서 태어나다니. 이상해, 전부 낯선 사람이야!"

"저 여기 있잖아요, 어디가 낯선 사람이에요?" 여자는 남자의 손을 잡았다. 잠시 동안 마음이 편안해졌다. 낯선 사람이라면 여자의 손을 그리 꼭 잡을 수 없다.

여자는 밤새 진통을 겪었다. 사람들이 남편, 청년을 의무실에 들어가지 못하게 했다. 이따금 고함소리, 경첩이 구부러져 꼭 닫히지 않기 때문에 계속해서 바람이 부딪치는 문짝으로 새어 나오는 고함소리이다. 두 남자는 벤치에 앉아 있었다. 담배를 피웠다. 여자의 고통스러움을 느낄 수 있었다……. 배가 육지에서 너무 멀다. 어렴풋 정신이 들었고, 청년은 바다 표면이 약간 환해지는 것을 느꼈다. 그리고 동쪽의 거대한 태양이 부채살처럼 하늘로 화려한 붉은 광선들을 내뿜었다. 대양에서의 태양은 일찍 떠오른다. 이제야 오전 네 시 반. 벌건 눈, 창백한 얼굴의 두 남자가 서로 보고 있었다. 어쩜 저렇게 오래 아프지? 남자의 머리카락마저 색이 바뀔 정도로 아팠다…….

바다 표면 위의 거대한 부채살들은 모양을 바꾸었다. 그리고 넓은 바다 위로 불차 바퀴의 화려한 붉은 부분이 솟아올랐다. 은빛 물결이 찰랑찰랑. 풍물(風物)이 야단법석이다. 생선이 큰 선박 옆을 날뛴다. 그리고 아기 소리. 우는 소리가 의무실 쪽으로 수많은 사람을 끌어 당겼다. 낳았다. 아들. 귀여운 사내아이. 너무 이상하다.

응옥이란 이름의 청년은 수면의 은빛을 보았다. 왠지 청년은 자신이 편하지 않다고 느꼈다. 이상한 징조가 있는 것처럼. 청년은 배의 의무실로 들어갔다. 침대들은 빛났다. 천의 색은 새하얗다. 육지에서

같이 따뜻한 느낌을 주었다. 아기 아빠가 응옥에게 손짓을 했다.

"자네 보기에 아이 관상이 이상한가?"

아기는 아직 눈을 뜨지 않았다. 녀석의 이마 위에, 양 눈썹 간격이 멀었고, 붉게 달군 쇠처럼 불그스레한 둥근 원 자국, 높은 온도에서 달궈 인두를 찍은 것 같았다. 둥근 원이 인상적이었는데, 왜 그런지는 모르지만 사람들에게 불안감을 주었다. 몽고반점도 아니고, 기형도 아니었다. 단순히 세 번째 눈 같이 불그스레한 둥근 원이었다. 간호사들 중 누군가 농담을 했다. "삼신할머니가 징그럽게 예쁜 동전을 주었네. 앞으로 부자가 되려는 가봐……."

"야, 야, 새빨간 행운!" 어떤 젊은 아주머니가 저녁 파티에 가는 듯 정신없이 달려갔다. 짙은 자줏빛 아오자이를 입고, 금팔찌, 옥(玉) 알반지를 끼고, 올린 머리, 한 손에서 다른 손으로 악어가죽 가방을 바꿔 쥐며, "좋은 팔자야! 좋은 팔자! 크면 부침은 있겠지만 잘 될 거예요. 일을 적게 해도 누리는 게 많을 거예요. 애한테 이름을 지어 주세요! 저 아이를 쌍*이라 부르죠. 바다 한가운데 배에서 아침에 낳았으니……"

아주머니는 밝게 웃으며 소리가 울리게 말했다. 누구나 들으면 최면에 걸린 듯, 어디든 세상에 서 있는 사람들은 눈을 모아 주목해야 했다. 사내아이의 부모는 눈물이 글썽이는 눈으로 웃었다. "감사

---

* '밝음', '아침'이라는 뜻의 베트남 어-역자주

합니다, 아주머니. 아주머니께 큰 은혜를 입었어요."

응옥이란 이름의 청년은 남자아이 이마 위에 붉은 흔적을 주의 깊게 바라보았다. 청년은 고개를 끄덕이며, "좋은 이름이에요! 그런데 가족 중에 '쌍'이란 이름을 가진 사람이 있는 것 같은데요?"

"맞아, 맞아." 아버지가 인정을 했다. "얘 할아버지 이름이 '쌍'이야."

"그럼 녀석을 '썸'[*]이라 불러요." 점잖은 아주머니는 무슨 말을 하든 맞는 말을 했다. "듣기에 '썸'은 촌스럽긴 하지만 같은 뜻이잖아요. 남부에서는 사람들이 '썸'이라고 부르기도 하니까."

주변에서 '우와!' 모든 사람이 기뻐했다. 어쨌든 한 생명이 세상에 나와 얼굴을 비쳤을 땐 반갑다. 아기가 '응애' 울었다. 신생아의 살결이 칙칙했다. 그러나 붉은 흔적은 어떤 걸로도 색을 바꿀 수가 없다. 붉은색이 더 붉어졌다……. 점잖게 다니는 아주머니는 점잖게 말을 하고, 아버지의 어깨도 젊잖게 두드렸다.

"저 아이는 귀한 상을 타고 났어요. 기괴한 상이 아니랍니다. 하늘이 아낄 거예요. 불에 집어 던져도 아무렇지 않을 거예요. 이 자국이 흐려질 때나 운이 다 할 거예요. 축하해요!"

'응옥'이란 이름의 청년도 넋을 빼앗긴 듯 아주머니의 말을 들었다. 어쩜 사람이 저렇게 점잖을까. 청년은 이후로 아주머니를 잊어

---

* '새벽'이라는 뜻의 베트남 어-역자주

버렸다. 저녁이 되어서야 청년은 문득 아주머니 생각이 났다. 찾아보니 보이지 않았다. 배 구석구석을 걸어 다녔는데 어디에서도 보이지 않았다. 그리고 그 남으로 가는 여정 내내 사람들은 이쪽저쪽에서 고급스러운 아주머니 몇 명을 보았다. 그러나 멧비둘기의 자주색 옷을 입은 아주머니, 아기의 미래를 예견하신 분은 이미 어디에서 내린 것 같았다.

바로 그날 아침, 턱수염이 있는 프랑스인 의사는 손으로 출산자가 누워 있는 곳에서 모든 사람들을 내쫓았다. 아버지는 아내를 위해서 따뜻한 물을 찾으러 가며 청년을 보았다. 두 사람 전부 서로 만족해서 웃었다. 한순간 생각하더니 남자가 물었다.

"자네는 왜 가는가?"

응옥이란 청년 역시 머뭇거렸다. 짧게 '간다' 한마디 말이지만 운명까지 담고 있다. 경계선 이쪽 끝에서 저쪽 끝으로의 공간 간격. 어느 누가 감히 말을 할 수 있겠는가. 청년은 킥킥 웃었다.

"그거야 저도 형님, 형수님처럼 가는 거죠. 별거 없어요."

아버지는 고개를 저었다. "됐네, 시절이 어수선하니. 가든지 머물든지 나름 이유가 있겠지."

II

둥둥 떠다니던 날들. 위협하는 시커먼 바다에서의 밤들. "선착장에 도착했어요!" 부부는 서로를 보고 주위를 두리번거렸다. 응옥이란 이름의 청년은 언제 배에서 내렸을까. 도대체 어디서도 보이지 않았다.

사내아이 부모는 낯선 아주머니가 지어 준 대로 썸이란 이름으로 출생신고를 하기로 결정했다. 선착장은 정신없이 붐볐다. 확성기에서 도착한 사람들 모두 서명을 하라고 소리를 쳤다. 노란색, 빨간색 플래카드. 공산을 버리고 국가로 온 사람들 환영 축제날이다. 자유세계로 오는 길에 세상에 나온 아이, 썸까지 환영을 한다.

남쪽 날씨는 햇살이 북쪽 날씨와 다르다. 습한 냄새가 없고, 무덥기가 왕겨를 발효시키는 창고 속 같다. 여기 햇살은 더 눈부시다. 더 맑다. 커다란 수목의 땅, 사람들은 뭐든지 개미처럼 작은 북쪽 땅보다는 충분히 배부른 것을 확실히 보았다. 그만, 어느 쪽에 있든 '먹고 살아야' 하지 않던가. 개의치 않고, 모든 것들이 사람들을 서로 해칠 수십 만 가지 음모를 꾸미게 하고 있지 않는가. 군* 장의 승용차가 썸 가족을 마중 나와 정착지에 데려다 주었나. 배 위에서 세상에 나온 공민. 자유세계가 아기를 환영했다. 흰 옷과 흰 정글 모자를 쓴 군장이 스피커에 이야기를 했다. 박수소리가 우렁찼다.

정착지 마을은 사이공 강가 위에 있다. 사람이 드문드문한 시 남쪽 지역이다. 1950년대에는 드문드문 한가로웠다. 썸의 부모는 이

---

* 군(郡). 베트남 대도시의 행정단위로 우리의 구(區)와 유사함.-역자주

전 선박 편으로 온 하이퐁 사람들의 이웃이 되었다. 썸의 아버지는 중심가에 있는 대형 자동차 수리소에 차량 수리 기사로 일을 했다. 어머니는 산후 조리 때문에 쉬었다. 돈은 구조 센터에서 정착자 지원으로 주었다. 새로운 땅에 적응하느라 힘들고 후회도 되었다. 여자는 시장에 가서 절구공이만한 큰 가물치를 사가지고 와 토막 내어 파인애플 없이 까인 쭈어*을 끓이며, 국 맛을 보고 이웃에게 말한다. "시라**가 없으니 국이 밋밋해요." 남자는 모기를 잡으며 마당 가운데 돗자리에 앉아 타이*** 차를 찾는다. 과일은 배부르게 먹는데, '나'****는 '망꺼우'라고 부르고, '조이'*****는 '먼'으로 부르고, '즈어'******는 '텀'이라 한다. 한때 입이 껄끄럽고 손발이 껄끄럽다가 이내 친숙해졌다. 사는 게 점차 오후 햇살처럼 편안해졌다. 2년이 휙 지나갔다. 썸 녀석은 아버지를 '아부지', 어머니를 '어무니'로 부른다. 지방 아이들처럼 사이공 억양. 10년이 더 지났지만 아무런 변화도 없었다. 옆집에는 스무 살이 넘은 아들 둘이 있었다. 한 녀석은 경찰이

---

* 설익은 과일로 신맛을 내어 생선을 넣고 끓인 국. '까인'은 '국', '쭈어'는 '시다'는 뜻의 베트남 어. 동남아 여러 국가에서 찾아볼 수 있다.-역자주

** 서양 허브의 일종, 베트남에서는 생선을 이용한 음식에 많이 쓰임. 영어로는 딜(Dill)-역자주

*** 베트남 북부 차의 명산지 타이 응우엔성(省)-역자주

**** 열대과일인 슈거애플-역자주

***** 열대과일인 워터애플-역자주

****** 파인애플-역자주

었다. 다른 자식은 지역에 숨어 있는 베트콩이었다. 하루는 서로 맞부딪쳤다. 베트콩 녀석은 '국가'* 녀석을 쏴 죽이고 파란, 빨강 두 색 깃발**을 따라 산으로 도망갔다. 어머니는 축 늘어진 시든 오이 이파리처럼 기절하고, 남편에게 말했다. "이럴 줄 알았다면 나는 북에서 살았을 거예요." 남편은 원래 장교로 월맹***과는 피를 빚져, 눈이 호랑이 눈처럼 핏줄이 섰다. "입 닥쳐! 논바닥처럼 얄팍한 머리를 가진 계집하고는. 겨를 부어서 돼지죽이나 만들 줄 알지! 뭘 안다고 세상일을 논하는 거야. 어떤 놈이 어느 편에 있는 그 편에서 끝까지 죽어야지!"

어머니는 눈이 마르고 겁에 질려 가슴을 잘라내는 듯 슬펐다. 사내들이나 저렇게 야만적인 일을 하지. 말대꾸를 해서 뭘 하겠는가?

썸 녀석은 소학교를 다녔다. 그리고 중학교. 여동생도 생겼다. 썸은 커 가면서 더 똑똑해졌다. 송곳 끝이 이마에 남긴 자국은 그렇게 붉은 것은 아무것도 없다는 듯 붉었다. 사람 피부에 도장을 찍은 것이 아니다. 립스틱 자국이다. 그 애가 아직 공기였고, 민지알이었다가 아버지 피, 어머니 피와 결성되어 임신이 되고 바다 한가운데서

---

* 남베트남 정권 베트남 공화국을 칭함. 당시 북베트남은 베트남 민주 공화국이었다.-역자주

** 베트남전 당시 베트남남부 민족 해방전선의 깃발-역자주

*** 남베트남 민족 해방전선의 약칭, 베트남 남부 공산당이 남부의 민족주의자, 각계 계층을 결합시켜 만든 반남부정권 조직-역자주

세상에 나올 때 하느님이 그 애에게 찍어준 흔적인 것이다. 하루는 썸의 아버지가 집에 와서는 옷을 갖춰 입고 식구들 모두 훼로 옮겨갈 것이란 소식을 알렸다. "왜 그래요?" 썸의 어머니는 안색이 나빠졌다. "무슨 일이길래 얼굴이 새파래지는 거예요, 여보?" 썸의 아버지가 남쪽으로 와 십수 년 만에 먹을 것 있고 친구들과 왁자지껄해도 집에 돌아와 처자식과 이야기할 때는 바람같이 가벼운 박하* 억양을 여전히 지켰다. "뭐가 있다고 그렇게 두려워하는 거요. 그 도시는 굳건한 데. 게다가 북쪽 땅에 가깝고. 전부 옛날 궁궐의 종실 사람들이라 말도 무척 예의 바르게 한다오."

"저는 이사 가는 것이 내키지 않아요, 여보!"

"응오안 외삼촌이 쓴 편지가 여기 있소. 정원이 달린 빌라. 바로 흐엉강 가. 외삼촌과 숙모가 프랑스로 건너가 집도 팔고, 정원도 판다는데 몇 푼 되지 않는 다오. 아까워해요. 만일 놀러 귀국해도 추억이 될 곳이 남잖소. 우리 부부에게 준다고 해요. 거기에 가면 동 바 시장에 응오완 외삼촌 숙모의 옷감 좌판까지 있어요. 나는 역에 일자리가 있고. 당신, 더 이상 깊이 생각하지 말아요."

썸 녀석은 그리 말하는 부모의 말을 들었다. 그 애는 뛰어 와서 집 한가운데 섰다. 18살이 된 것처럼 장정 같았다. 꽥꽥거리는 목소리가 이마 위 립스틱 자국을 더 검붉게 했다.

---

* 베트남 북부를 뜻함.-역자주

"우리 훼로 가요, 엄마! 저는 흐엉 강에서 수영하고 싶어요."

썸의 어머니는 풀이 죽어 집 옆 햇살이 눈부신 도로를 쳐다보았다. 미군의 차가 시끄럽게 쇠 철을 옮기고 있었다. 삼각주 밀림에서 싸우고 있으니, 도시 주변도 안정적이지 않다. 그만 가자. 어느 곳이든지 전쟁터다. 훼는 듣기로 아직 안정적이다…….

그러나 재난이 바로 버스에 닥쳤다. 하이 번* 고개 한가운데에서. 포탄이 차 지붕 한가운데서 터졌다. 차가 옆으로 뒤집혔다. 썸은 핏덩어리가 끈적끈적한데서 어머니와 동생을 끌어냈다. 다들 아직 살았다. 여기 아버지다! 녀석의 아버지는 다리 한 짝만 남은 몸으로 망연자실하고 있었다. 다리 한 짝은 무릎 위가 잘려 날아갔다. 아무도 미국제 수류탄인지 러시아제 수류탄인지 생각을 할 시간이 없었다. 민심은 단지 재난이 닥치면 그 사람이 지는 거다. 미국의 야전병원이 망 까**에 자리 잡고 있었다. 사고를 당한 사람들은 전부 받아 들였다. 썸의 아버지는 거기에 두 달을 머문 뒤 꿈과는 전혀 다른 조그마한 방 세 칸, 조그마한 정원의 빌라로 돌아 왔다. 옷감 좌판도 손님도 드문 동 바 시장 소상인 여자들 줄 끝에 있었다. 좌판은 일 년 치의 임대료를 다 지불했다. 그러나 옷감은 자본을 투자해 사야 한다. 남이 마련해 주는 게 어찌 다 갖춰질 수 있겠는가? 썸은 어머

---

* '해운(海雲)'이란 뜻의 베트남 중부 훼와 다낭 사이에 있는 고개-역자주

** 베트남 중부 훼 근처의 지명-역자주

니를 자전거에 태웠다. 아침 여섯 시면 두 모자는 대문을 닫고 쯔엉 띠엔 다리를 건넜고, 투언 안 바다에서 오는 아침 향기, 바람이 몸으로 파고들었다. 동 카인학교 여학생들이 흰 아오자이, 흰 모자, 검은 가죽 가방을 들고 재잘재잘 거리며 다리를 건넌다. 군복을 입은 몇 명 미군이 교각 난간 길 위에 서서 마치 사막 남자들 몇 명이 남극의 눈을 보는 듯 본다. 검은 얼굴, 흰 얼굴, 입술이 얇은 백인, 입술을 내민 흑인은 고등학교를 졸업하고 바로 기대를 하며 열대의 땅으로 왔는데, 북 치고, 불을 삼키며, 사람 고기를 먹는 원주민을 만날 것이라고 상상했지 누가 꿈처럼 아름다운 도시, 꿈처럼 예쁜 아가씨를 기대라도 했었겠는가. 입을 벌린 배에 올라 타 바다를 건너 하나님이 맡긴 일이라고 들은 사명을 다해, 이쪽 놈들과 싸워서 저쪽 놈들을 세워 놓아, 이런 의심, 저런 의심으로 침실까지 들어와 부부의 사진을 찍는 사람이 없는 세계를 보호할 만했다. 위대한 사명감이 야구하는 것에 익숙한 고등학생 어깨 몇 개에 달라붙었다. 썸 녀석은 다리를 건너는 아침마다 그 광경을 만났다. 녀석은 머릿속에 아무것도 확실한 게 없는 미군들을 호기심으로 보았다. 녀석은 중생들 무리 속의 사람이다. 돈을 벌러 시장에 가는 엄마를 태우고 가고 있는 선머슴이다. 목발로 다니는 불구의 아버지는 딸각딸각 집에서 정원에 나가 쓸고 집 바닥을 닦는 일 외에는 할 수가 없었다. 흰 아오자이*를 맞춰야 하는 여동생도 돈이 든다. 흰 아오자이가 있어야 동생이 자전거를 타고 여유롭게 쯔엉 띠엔 다리를 건너가 흑인 미군 놈들 '입 맛 다시게' 한다.

썸의 아버지는 녀석을 깨웠다. 새벽 4시 밖에 되지 않았다. "아버지 잠을 못 주무시는 거예요? 아버지 발이 아프신 거예요, 네?"

"아프지 않단다, 얘야. 그렇지만 애비가 어디서 레 러이 거리**에 있는 대감이 버려둔 빌라 경비를 보증금에 서명을 할 2천 동을 구할 수 있겠니? 2천은 너무 큰돈이야, 얘야!"

썸의 아버지는 남쪽으로 짐을 싸서 온지 14년이 된 일이 없다는 듯 북쪽 말로 말을 했다. 아버지 목소리는 무척 가볍게 느껴졌지만 아버지를 따라 하는 것은 어려웠다. 썸은 조그만 아버지가 불구의 다리를 가지고 절뚝절뚝 하는 것을 보면 마음이 아팠다. 그때부터 아침이 될 때까지 녀석은 잠을 자지 않았다. 1960년대 국가 돈 2천이 얼마나 가치가 있어서 아버지는 경비 일을 얻기 위해 보증금으로 2천에 서명을 해야 하는 걸까? '일을 해야 할 것 같다. 나에게 유익한 일이 있어야겠다.' 14살짜리 소년은 이런저런 한쪽 다리만 남은 아버지의 고독함을 깊이 생각하지 못했다. 썸은 돈만 생각했다. 2천. 녀석은 길을 달리면서, 팔에 쇠주먹을 쥐고 같은 또래들을 만

---

* 베트남 전통의상으로 알려져 있는 아오자이는 흰색이 중남부 베트남 여학생들의 교복으로 애용되었다.-역자주

** 훼 시내 주요 관공서가 모여 있는 거리-역자주

났을 때 유리하게 힘을 보탤 것이라 생각했다. 주먹에는 못 같은 뾰족한 마디가 있었고, 팔에 끼웠다. 벤 하이* 강이 막혔을 때부터 여기에서 사업을 일으킨 응에 안 출신 호이 노인의 금 가게를 목표로 삼았다. 호이 노인은 출가한 딸 두 명이 따로 같은 거리에 살고 있었다. 노인에게는 더 삐쩍 마르게 보이는 훼의 보라색 아오자이를 즐겨 입는 늙은 고양이 같이 마른 아내가 있었다. 아내는 위층에서 잠을 잔다. 호이 노인은 바로 출입구에서 잔다. 한 번은 썸은 노인이 고개를 숙이고 책상 서랍을 뒤져 나전 궤를 꺼내는 것을 보았다. 돈이 수북했다. 진짜 금이 든 금고는 노인이 위층에 두었다. 유리 진열대 안에는 북에서 가지고 온 도금 제품, 누가 진짜를 사면 노인은 위층에 올라가 금고를 열었다. 나전 궤에는 잔돈을 넣었다. 그런데 금장사하는 사람에게는 자잘한 것이 아버지를 쓸 만한 사람이 되도록 돕는데 힘이 남는다. 썸은 달걀나무**에 올라가서, 나뭇가지에서 지붕으로 떨어진 후에 고양이처럼 조용히, 녀석은 우수관에서 가게로 미끄러졌다. 녀석은 이 가게가 자기 집처럼 친숙했다. 날마다 놀러 와서 호이 노인이 장사하는 것을 보았다. 여드름이 가득한 피부에 보라색 옷을 입은 소공녀들이 반지 팔찌를 껴보며 바람처럼 가

---

* 베트남 중부에 있는 강으로 북위 17도를 가로질러 있어 베트남이 1954년 제네바협정으로 남북으로 나뉠 때 군사분계점이 되던 곳이다.-역자주

** 인도감이라고 불리기도 하는 노란 달걀모양과 노른자 맛이 나는 과일나무-역자주

볍게 이야기하는 것을 듣는 둥 마는 둥 하는 척 했다. 그랬지만 녀석은 정신이 빠져 있었고, 14세 반바지가 팽팽해진 날에 녀석은 어떤 아가씨가 부딪쳐주기만을 바라기도 했다. 녀석은 녀석의 신체가 소년 시절과 이별하고 있다는 것을 몰랐다. 녀석은 허리를 구부리고 가로등이 창살 안의 유리에 반사되어 너무 어둡지 않은 가게로 들어갔다. 계획대로 정확히 책상 서랍 아래 상자를 꺼낼 수 있었다. 바로 그때, 통통한 주인 노인의 두 손이 녀석의 목을 눌렀다. 너무 경황이 없어, 노인은 누구인지 몰랐다. 주인 역시 입을 열고 소리 한 점 낼 수가 없었다. 역시 당황하여, 썸은 오른팔을 들고 휘둘렀고, 철 듬성듬성 못이 있는 쇠주먹을 쥐고 '퍽' 호이 노인 얼굴을 명중. 한마디 외침. 육중한 몸뚱이가 푹 쓰러졌다. 녀석의 목은 구했다. 전기불이 환하게 들어왔다.

III

1967년 날씨가 좋은 날, 썸은 빈틈없는 차에 앉아 외곽 구치소 몇 군데를 다 거쳐 결국 중부에서 유명한 수형소로 가게 되었다. 수형소는 무덤처럼 조용한 길 위에 있었고, 한쪽은 축구장, 이쪽은 철판 슬러브로 덮인 건물들, 정문에서 들어오며 담 벽으로 꽉 막았다. 녀석은 아직 성년의 나이가 아니었지만 사람을 잔인하게 죽였다. 절도 살해……. 어느 시절이든 그 죄는 무겁다. 썸은 사형수 감방으로 들어갔다. 성년의 나이가 되기를 기다리다 정식으로 처리할 것이다. 녀석의 목에 미래의 사형 판결이 둘러졌다. 녀석은 단지 부모님을 사랑했을 뿐이다. 매번 딸각딸각 면회를 올 때마다, 녀석의 아버지는 누군가가 살을 다 발라낸 것 같았다. 아버지가 말을 하는데 두 쇄골이 옷걸이처럼 뚜렷하게 보인다. "왜 그렇게 힘들어야 하니, 아들아?" 녀석의 아버지는 바람같이 가벼운 북쪽 억양으로 누구의 대답도 필요 없다는 듯 묻고 또 물었다. 썸 녀석은 오이, 돼지고기, 토마토로 속을 넣은 빵을 게걸스럽게 먹었고 녀석은 훔쳐 먹는 것처럼 먹는 자리에 앉기 위해 면회만을 기다렸다. 경비병은 녀석이 먹는 것을 보고 못 본 척 했다. 수형자였지만 썸은 여전히 훤칠하게 자랐다. 이마 위의 붉은 자국은 수형소 구석에서 더욱 빛났다. 그 이상한 자국은 위협이 전문인 고집 센 녀석 몇 명들조차 조심을 하게 했다. 갑작스레 손을 움츠린 것이지 그 녀석들이 전부터 지금껏 누구를 겁냈겠는가? 감옥에서 얼마 있지 않아, 삼신할머니가 녀석의 이마에 그려준 자국은 가끔씩 색을 바꾸었다. 어떤 때는 더 연했고, 어느 때는 자주색처럼 더 짙었다. 썸의 얼굴에 더 이상 어머니와 자전거로 다리를 건너던 아침처럼 어린 죽순 같은 모습이 남아있지 않았다. 이제 감옥에 몇 달밖에 있지도 않았는데 녀석은 송곳니가 난 늑대의 얼굴을 하고 있었다. 녀석은 더 이상 젊음의 검은 빛이 나지 않는 두 눈으로 감옥 친구들을 보고, 수형소 경비병들을 보았다. 녀석은 감방의 아치형 창문을 올려다보았다. 녀석의 눈빛은 삶을 조롱하고 있었다. 한 번은 면회를 온 녀석의 어머니가 말하길 삼신할머니가 아들에게 생명을 지켜주는 도장을 이마에 찍어주었다고 했다. 단두대에 머리를 집어넣었다 하더라도 빼낼 것이라고 하였다. 녀석은 어머니 말을 듣고 그렇게 믿었다. 녀석은 아무것도 두려워하지 않았다. 몇 달 뒤 썸과 같은 감방 형사범들은 땔감을 숨겨와서 감방 한가운데에서 불을 피워 쇠 조각을 달궈 팔뚝에 불도장을 찍고 맹세를 했다. 썸은 가장 나이가 적었는데 수령으로 추대되었다. 녀석은 더욱더 이마 위 붉은 자국을 믿게 되었다.

사변(事變)이, 다른 모든 도시들처럼, 아름다운 집, 예쁜 아가씨, 강과 산이 온화한 도시에도 격렬하게 도달했다. 총이 멀리서 옥수수를 볶듯 발사되었다. 설날에 사람들이 폭죽 터뜨리는 걸 시합하듯 온통 타닥타닥. 아닌 게 아니라 설날인 것을.* 수류탄 한 발이 형무소 마당에서 터졌다. 일순간 사격. 바로 '악악' 소리가 벽 밖에서 들렸다. 녀석의 감옥 방문이 태풍 바람에 감기듯 열렸다. 검은 옷, 검은 모자를 쓴 육중한 어떤 남자가 반절은 파랗고 반절은 붉은색에 노란 별이 두 파랗고 빨간색을 잇고 있는 완장**을 왼팔에 차고 있었다. 총 끝을 땅으로 기울이고 호탕하게 웃었다. "도시는 미국 괴뢰군 녀석들을 쫓아 내고 있다. 여러분들은 해방 되었다!" 형사범

---

* 1968년 베트남 남부 해방 민족전선이 남부 전역에서 벌였던 음력설의 '뗏 공세'를 뜻함.-역자주

** 베트남전 당시 베트남 남부 해방 민족전선의 완장-역자주

들 모두 오리 떼처럼 뛰어 나갔다. 남부 억양의 한 녀석이 어리둥절해서 물었다. "모두 나가는 겁니까, 큰형님!"

"모두 나간다. 여러분들은 모두 해방되었다." 썸 녀석은 나가게 되자 정신없이 뛰었다. 왜 그러는 건지 생각할 겨를도 없었다. 녀석의 감방에는 한 번에 일곱 명의 목숨을 앗아간 바이 꽈우 녀석도 있었다. 뜨 조 녀석은 사람을 죽이고 인디언 영화에서처럼 머리 가죽을 벗겨냈었다. 쪼 리엠 녀석은 강간을 하고 나서 여자의 젖가슴에 못을 박고 철사로 뚫어 집 대들보에 매달아 놓았다. 불구인 득 녀석은 피해자를 묶고 숟가락을 사용해서 사람의 입을 벌려 놓고 살점을 조각조각 베어 내며, 태연하게 사람이 죽는 것을 보았었다. 피해자의 아들은 득 녀석을 찾아내 붙잡아 다리 한 짝을 먼저 얻었다. 득 녀석은 강으로 뛰어 내려 피를 거의 다 잃었지만 그래도 탈출할 수 있었다. 여전히 그만두지 못 하고, 녀석은 한 사건을 더 일으키고서 형무소에서 총살당하기를 기다렸었다. 지금 다 나가게 되었다……. 결국 그 사람고기를 먹은 놈들은 이마 위에 운명을 알려주는 것도 없는데도 벗어날 수 있다. 분명 썸 녀석은 이마 위 붉은 자국 덕을 본 것이 아니다. 형무소 대문을 나서면서, 썸과 같은 감방에 있던 놈들은 문을 지나는 작은 길 위를 내달려 사라졌다. 여기서 산간지역까지는 몇 시간만 가면 수천 년 된 푸르른 소나무 숲이 있다. 썸은 산으로 올라가지 않았다. 녀석은 어리둥절해서 총을 메고 다니는 사람들을 보았고 이 사람 저 사람 팔에는 파랗고 빨간 완장을 차고 있었다. 흰 와이셔츠를 입은 사람들도 많았다. 미국 놈들, 헌병 놈들이 보이지 않았다. 병사를 실어 나르는 지프차가 보이지 않았다. 지프차가 달리기는 했지만 그 위에는 검은 옷에 파랗고 빨간 완장을 찬 사람들을 실었다. 침대, 옷장, 책장은 던져져, 가는 길을 막았다. 길에는 화염이 있었다. 강 북쪽의 빌라 몇 개 대문에는 보초들이 있었다. 들어오고 나가는 사람들로 붐볐다. 한 청년이 썸의 팔짱을 끼고, "소년, 여기 와서 전투 참호 파는 것에 집중해. 자네한테 말하는 거야, 삽, 괭이는 있어, 여러분들은 이 길에 집중해!"

청년은 생기가 돌았고, 역도 선수처럼 건강해서 검은 옷 속이 탄탄하였다. 썸 녀석은 청년을 물끄러미 쳐다보았다. 아직도 이해가 되지 않는다.

"곧 반격하는 미국 놈들과 싸운다. 알겠나? 청소년은 대로에 참호를 파러 간다. 간다!"

썸은 어렴풋이 엄청난 무엇인가가 있다는 것을 느꼈다. 설명을 더 들어야 했을 때, 녀석은 고개를 저었다. "저는 부모님을 찾으러 가요. 저는 이제 막 감옥에서 나왔어요!"

"감옥에서 나와? 동지를 환영한다. 됐다, 가도 좋다."

피로 얼룩진 흰 천으로 덮은 들것들이 강가에서부터 수레로 옮겨지고 있었다. 녀석은 왜 그들이 죽었는지 물었다. 수레를 끄는 사람이 녀석에게 말했다. "얘야, 비켜라! 몽땅 다 죽었단다. 잔인하게 죽었으니 보지 말거라!" 썸은 부모를 생각하니 심장이 오그라들었다.

녀석은 강가를 따라 있는 화염들을 발을 재촉해서 뛰어 지나갔다.

녀석은 지금부터 녀석이 사라질 때까지 다시는 어머니를 만나지 못하리라는 의심도 하지 않았고 생각도 하지 않았다. 해안 지역 하이퐁에 살던 때부터 속으로 땔감 하나하나 소금 알갱이 하나하나까지 세는 북부 지역의 여자. 한때 사신옷*, 검은 이빨을 했다가 개량 아오자이에, 이빨을 벗기고 녀석의 아버지를 따라 배에 올라 고향을 떠나, 지구의 모든 곳 전쟁에서 도망친 난민들 모습처럼 녀석을 배 위에서 낳았다. 절대 신음 소리 한마디도 내뱉지 않았다. 모든 아픔을 억새처럼 가냘픈 몸으로 삼켰다. 북쪽 여자는 어려움을 견디라고 태어난다. 녀석은 아버지도 다시 만나지 못했다. 현관 계단에서 쓸쓸하게 외로워하던 무릎 위가 잘린 불구의 다리를 가진 사람이 녀석의 아버지였다. 평안한 전원생활을 하기 위해 정원 있는 빌라를 꿈꿨건만 포탄은 아버지를 발가벗겨진 삶으로 데려왔다. 녀석의 남매에게 어려운 환경에서도 여전히 "얘야, 한 가지만……", "두 가지만 꼭 들어라, 얘들아!" 차분차분 섬세한, 기계공 출신이라 하더라도 북쪽의 남자였다. 13살 된 녀석의 동생도 벌써 아오자이를 입은 가슴이 살포시 나왔다. 통상 학교에 갔다 돌아와서 부엌에 숨었는데 혼란한 사회일수록 좋은 집 규수를 높이 쳐주기 때문이었다. 사람들은 북부 며느리가 남부 공자에게 시집오기를 꿈꾸었다.

---

* 베트남 북부지역에서 20세기 초까지 입었던 여성들의 의상-역자주

녀석의 동생은 절도 살인자 녀석 동생이라는 말을 들을 때까지 언행을 조심히 했었다. 오조나무* 울타리 두 줄이 안마당으로 나 있는 녀석의 집은 아직 지붕이 원래대로 있었다. 그러나 집 안은 강탈당했다. 이불, 베개가 마당 한가운데 던져져 있었다. 수조는 산산이 부서져서 물 한 방울도 남아 있지 않았다. 샛노란 프랑스 시대부터 있던 냉장고 속에서, 녀석은 달걀 두 개를 찾았다. 냉장고가 너무 큰데다가 전기배선이 고장 나 있어 아마 누군가 훔쳐가지 못했을 것이다. 그리고 도시 전체가 복통이 난 것 같은 때 커다란 것을 훔쳐다 어디다 쓰겠는가? 썸은 현관 계단에 앉아 손으로 볼을 괴었다. 이웃은 아무도 없었다. 그들은 사나운 총소리 속으로 흩어지듯 사라졌다. 녀석의 가족은 뜨거운 물을 부은 흰 개미집이었고, 누가 살아남고 죽었는지 녀석은 알 수가 없었다!

중부 지방의 도시는 반적반청 깃발의 군대의 손으로 넘어 갔다. 썸은 바로 녀석의 집 근처, 녀석이 이미 양친을 뵈러 사이공에서부터 차를 운전하고 평상복을 입은 것을 보았던 별 두 개를 단 장군의 빌라 지붕 위에 꽂은 깃발을 보았다. 하루는 녀석의 아버지가 평론을 했다. "장군까지 올랐으니 얼마나 지저분한 일에 손을 댔겠어. 그런데도 집으로 오면 어떤 사람이든 말끔해 보인다니까……."

썸은 강가 쪽으로 가까이 다가갔다. 야자나무 아래 사람들이 돌

---

* 쥐꼬리 망초과 관목 아칸서스(Acanthus), 베트남 중부에서는 울타리로 이 나무를 많이 심음.-역자주

벤치를 모아다 주변에 흙을 덮어 진지를 만들었다. 사람들이 꽃밭 전역에 참호를 팠다. 총구가 조용하게 페치카에 놓여 있었다. 여자들까지 있었다. 수많은 여자들이 총을 가지고 있었다. 전투는 이상해서, 녀석의 어머니 같은 사람들이 엉덩이 쪽에 늘어지게 권총을 차고 냉랭한 얼굴로 왔다 갔다, 땅 위가 아닌 것 같았다. 녀석은 진지 가까이에 서 있었다. 어떤 여자가 녀석을 쳐다보았다.

"니는 뉘 집 자식이냐? 총에 맞고 싶은 게야? 정말 요상하게 생긴 얼굴이네!"

훼 아주머니의 억양은 격렬하고 살벌했다. 그러나 음색은 바뀌지 않았다. 들으면 무척 달콤하다. 사람들이 말을 하기 위해 이를 갈 때마저도 달콤하다. 썸은 등골이 오싹함을 느꼈다. 녀석은 진지 몇 개를 떠나 시장 쪽으로 뛰었다. 녀석의 어머니는 가판대 줄 끝에 옷감 좌판을 가지고 있었다. 녀석은 이모들 아주머니들과 잘 알고 있었다. 지금은 시장도 온통 진지다. 가는 길 따라 타는 옷감, 찌그러진 플라스틱 제품, 알루미늄 제품. 여기에서 전투가 벌어졌었다. 지금은 전부 낯선 사람들이다. 어디에도 총 뿐이다. 그리고 살붙이들은 이 도시에 존재하지 않았던 것 같다.

녀석은 들끓는 도시를 너무나 유유히 지나가는 온화한 강물 옆 잔디밭에 털썩 주저앉았다. 녀석은 세 살짜리 아이처럼 울었다. 어렸을 때부터 지금껏 녀석은 그렇게 울었던 적이 없었다. 흐릿한 눈물은 녀석의 몸이 얇아지고, 작아지는 것처럼 느끼게 했다. 녀석은 어머니의 품이 그리웠다. 비록 한 남자를 죽이긴 했지만 녀석은 자신이 무슨 일을 했는지 의식할 수 없었다. 녀석은 호이 노인이 죽었는지 보지도 않았었다. 불이 들어오고 녀석은 도망을 쳤다. 그러나 사람들은 녀석을 붙잡고 몰려들었다. 그때부터 지금까지 녀석은 형무소 안의 차디찬 시멘트 바닥만 알았다. 누구나 삼신할머니가 이마에 점을 찍어 주었으니 녀석의 팔자는 운이 좋을 거라고 말했다. 그러나 그리고 나서도 녀석은 세상에 신나는 것들이 무엇이 있는지도 모를 때 징역을 살았다. 녀석은 부모를 뺏겼다. - 녀석은 총에 총이 있는 원 안으로 원 밖으로 밀려났다.

녀석은 도시를 정처 없이 다니며 이곳저곳에서 구걸을 했다. 장사를 하는 사람들이 거의 없었다. 강가의 진지에는 언제나 빵이 있었다. 사람들이 썸에게 빵 봉지를 주었지만 왜 녀석이 그냥 포탄 앞에 얼굴을 드러내고 있는지 묻지 않았다. 사람들이 녀석에게 농담을 하고나서, 왔다 갔다 했더니, 이미 다 죽어 버린 것을 보았고, 진지에 몇 사람도 연기 기둥 속에서 바로 죽었다. 미국의 포탄이 옛 서울 궁궐의 도시를 누군가 돌멩이를 장난감 모형에 던지듯이 퍼부었다. 옛날이야기처럼 아름다운 작은 도시는 지금 집들이 푹석푹석 소리를 내며 타닥타닥 탔다. 매번 포탄 후에는 탱크가 레 러이 길을 따라 철 바퀴를 굴리고, 다리를 지났고, 시외에서 오는 탱크는 몰려 지나가면서 파랗고 붉은 완장을 찬 사람들의 진지 몇 개를 갈아 뭉갰다. 무성영화 한 편처럼. 썸은 녀석의 귀가 전혀 들리지 않아 어리둥절하게 눈앞에 펼쳐진 광경을 바라보았다. 철모에 딱 붙는 옷의 병사들이 강가 아래로 파랗고 빨간 완장을 찬 청년들을 몰아넣었다. 잔디 위로 넘어져 엎어져 눕는 사람 그림자들 혹은 물살 위로 떠다니는 얼굴. 사람들이 죽은 지 채 얼마 되지도 않았는데 녀석과 웃으며 장난치는 사람이 있었다.

'국가'군이 도시를 재점령했다! 녀석의 귀에 이따금 소리 지르는 소리, 통보를 하는 소리가 들렸다. 들리고 나서 다시 무성으로 가라앉았다. 이후에도 녀석은 왜 총알이 녀석에게 맞지 않았는지 신기했다.

그 후 하루 뒤 미국의 CH46*들이 군사들을 쏟아내기 시작했다. 미국 놈들은 국가병사와 똑같이 입고 있었다. 모든 준비가 끝난 M76,** 머리에 단단한 철모, 철못처럼 튼튼한 병사들의 신발이 보도를 시끄럽게 두드렸다. 어제 파랗고 빨간 완장을 찼던 사람들은 오늘 수많은 무리로 호송되어 다리를 건넜다. 그들의 머리 위쪽은 포탄, 휘발유가 집을 태우는 연기가 시커멓게 날라 와 마치 녀석이 시내 극장 몇 곳에서 자주 보았던 귀신 영화 속 지옥의 연기 같았다. 썸은 강가에 이르렀다. 수많은 무리의 사람들이 신기한 무엇인가의 주변을 에워쌌다. 녀석은 밀고 들어갔다. 녀석은 수백 구의 시체를

---

* 미군 수송 헬기-역자주

** 저격 소총의 일종-역자주

보았고 어떤 것은 그대로, 어떤 것은 머리가 뭉개지고, 팔이 뭉개지고, 전부 부채살 모양에 따라 정리했다. 얼굴을 거의 다 가리게 마스크를 쓴 매장꾼 몇 명이 서로 비닐 봉투를 나눠 주고 있었다. 시체 한 구를 봉투에 넣고 지퍼를 당겨 닫았다. 그들은 무척 빠르게 일했고, 너무나 능숙해서 실수가 없었다. 많은 시체의 머리가 잘렸다. 팔이나 발이 없었고 누구의 얼굴인지 확실히 볼 수 없었다. 피, 진흙, 파리, 금파리가 모든 것의 모양을 변하게 했다. 썸은 정처 없이 다니는 아이들 무리에 서 있었다. 녀석의 귀는 여전히 들리지 않는다. 녀석은 무성영화처럼 보기만 할 뿐이었다. 하루 온종일 사람들은 시체 더미를 전부 해치웠다. 통에 비닐 봉투를 실은 군용트럭이 운반했다. 사람들은 나무토막처럼 시체를 어깨에 걸쳤다. 아무도 말을 하는 사람이 없었다. 밤이 가까워지자, 썸은 피곤함을 느꼈다. 녀석은 아직 빵이 남아 있었지만 먹고 싶지 않았다. 시체 더미를 치울 때 먹고 마시는 사람을 보지 못했다. 강가가 향 연기로 꽉 차 보이지 않았다.

썸은 이젠 어수선하고 텅 빈 정원이 있는 집으로 돌아왔다. 녀석은 수많은 날들을 두 남매가 양 쪽에 누워 어머니 너머 손을 잡아당기면서 장난을 쳤던 넓은 침대에 올라갔다. 어떤 녀석이든 엄마의 젖가슴에 손 댈 수 있었다. 그런 때는 그게 행복이라는 것을 몰랐다. 지금 녀석은 침대에 올라가 녀석이 눕곤 했던 위치에 누웠다. 어디서 튀어 들어 왔는지 흙과 벽돌, 기와가 가득한 침대여도 상관없다.

녀석은 잠을 잤다. 잠이라는 것이 무엇이라는 것인지 미처 알지 못했다는 듯 잠을 잤다. 총은 여전히 시내 전역에서 터졌다. 썸은 무관한 듯, 아무 것도 듣지 못했다. 며칠이 지났는지도 모른다. 녀석은 느닷없이 호통 치는 소리를 듣고 어렴풋하게만 정신이 들었다. 잠은 녀석의 청력을 회복시켜 주었다. 커다란 어떤 남자가 달려들어, 녀석의 얼굴을 노려보고 나서 녀석의 따귀를 때렸다. 모든 것들이 썸 녀석의 눈앞으로 휘청거리며 지나갔다. 녀석은 입이 한 쪽으로 쏠려, "왜 당신이 나를 때립니까?"

"왜냐고? 선생 말 참 잘 하시네? 감옥으로 들어 가셔."

녀석은 수갑에 손을 집어넣었다. 녀석은 '국가' 정권이 재수립되었다는 것을 즉시 이해했다. 형무소의 정문은 수갑을 찬 사람들로 줄줄이 줄줄이. 다시 잡힌 사람들도 있었다. 새로 징역을 사는 사람도 있었다. 미처 숲으로 도망가지 못한 지난달 베트콩을 따라 국가에 저항했던 사람들. 밥을 가지고 군대를 맞이했던 사람들, 유격군이 정원에 진지를 만들도록 했던 사람들. 창백하고 초췌한 얼굴의 사람들로 설날 시장처럼 붐볐다. 죽음이 그들의 눈빛 속에 어른거렸다. 그 분주한 복수를 하면서도, 사람들은 형사범 썸 녀석의 무리를 잊지 않았다. 썸은 다시 옛 감방으로 돌아왔다. 간수 녀석은 어디로 도망갔는지 확실치 않고, 이제는 빡빡머리가 문 안으로 고개를 내밀더니 턱을 쳐들고 썸에게 물어보았다.

"잘 지내셨겠지! 선생, 잘 놀았나? 들어나 보시라고. 국가에는 국가법이 있어. 너희들 같은 살인범을 어떻게 밖에 둘 수 있겠나! 어떻게 다시 너희들을 다시 전부 풀어 주겠어? 베트콩이 니들을 풀어 준 것은 잘못한 거야. 그 새끼들한테는 감옥에만 들어가 있으면 모두 다 베트콩이니까. 그 새끼들은 지들하고 나란하게 니들이 있다는 걸 몰라!"

간수는 일장 연설을 했다. 흥에 겨운 듯. 그를 억울하게 만든 뭔가를 설명하는 듯.

며칠 후, 썸 녀석의 감방은 아는 얼굴들로 다시 채워졌다. 뜨 조, 바이 꽈우, 쪼 리엠, 득 꿋…… 바익 마*까지 올라가 휴양지로 도망갔던 녀석도 있었다. 그랬는데도 벗어나지 못했다.

어느 이른 아침, 강 표면에서부터 피어 오른 은으로 된 안개 막 속에 조용함이 도시 전체를 감쌌고, 썸 녀석은 벽에 기대고 앉아 있었다. 녀석의 눈물이 불쌍하게 줄줄 흘렀다. '아부지, 어무이! 오래비의 누이야!' 녀석은 수형복 칼라를 이빨로 꼭 깨물면서, 어떤 녀석들도 듣지 못하도록 했다. 녀석과 함께 감옥에 있는 놈들은 눈물이 없었다. 녀석들은 세상에 눈물이라고 불리는 것도 있다는 개념이 없었다. 썸 녀석이 우는 것을 본다면 어떻게든 녀석들은 광대를 본 듯 '얼레리 꼴레리' 놀려댈 것이다. '아부지, 어무이! 모두들 어디로 가 버린 거예요?' 녀석은 이를 깨물고 속으로 울었다. 감방의 문

---

* 베트남 중부 산으로 유명한 국립공원-역자주

이 부러질 듯 '쾅' 닫힐 때까지. 빡빡머리의 간수가 꼼짝하지 않고 서 있었고, 뒤쪽에는 병사 두 명이 있었다. "선생들, 정리를 한다! 어디로 가는지 물어서 뭐 해. 섬으로 간다!"

'섬으로 간다.'는 두 마디 말이 울렸다. 썸 녀석은 다리에 힘이 빠져 넘어질 것 같았다. 옛날부터 사람들이 큰 섬*이 지옥이라고 소문을 냈다. 두둥실 거기로 가 버리면 뼈만 남을 수도 있다. 그렇게 멀리서, 그렇게 바다 한가운데에서 어떻게 부모의 얼굴을 뵐 수 있을까! 썸 녀석은 더 이상 견딜 수가 없었다. 녀석은 사람들이 녀석을 호송차로 집어넣을 때 울부짖었다. 녀석은 밖을 보지 않았지만 차가 바다 쪽으로 갈 때, 녀석은 밖에서 제방을 살살 두드리는 물소리를 들었고 새우를 양식하는 바닷물의 짭짤한 냄새를 맡았다. 녀석은 부모와 더 멀어진다는 것을 알았다. 절망감이 녀석의 이마 위 점을 거의 자주색과 비슷하게 만들었다. 뜨 쪼 녀석은 썸의 이마를 가리키며 깔깔대며 웃었다. "네 놈 얼굴이 원숭이 궁둥짝 같아 보여!"

IV

눈을 뜨니 부교로 몰아졌다. 같은 죄수 행렬들이지만 썸의 일행은 손발이 묶이지도 않았고, 곤봉으로 머리를 맞지도 않았다. 이전에 족쇄 사이를 걸으며 곤봉 세례를 받았던 사람들은 정치범이었

---

* 포로수용소로 악명 높았던 남동부 해안의 섬, 꼰 다오-역자주

다. 사람들은 그들의 폭력을 맛보았었다는 듯 그들을 폭력으로 맞이했다. 썸의 일행은 배 위에서 짐을 지고 선착장으로 하역해야 했다. 이 일은 수월하지 않았지만 곤봉으로 맞지는 않았다. 그러고 보니 사람들이 형사범들에게는 느슨했다. 그러나 감옥에 도착해서, 썸 녀석은 섬 위의 감옥이 지금 꽉 찼다고 들었다. 형사범들은 와서 들여다보는 사람도 거의 없었고, 감방이 꽉 차면 사람들이 골라냈다. 나무를 가지러 숲에 올라갔다 발이 미끄러져 냇가로 떨어지고 바다로 떨어지면 끝장난다. 혹은 피 냄새로 진동하는 새로 온 형사범들과 함께 갇혀야 한다. 죽는 놈들이 생겼지만 왜 그런지는 몰랐다!

썸 녀석은 조숙해 졌다. 녀석은 사람 목숨이 파리 목숨 같은 땅에서 살아남으려면, 녀석도 약고 영악해져야 한다는 것을 깨달았다. 녀석은 간수 녀석에게 여러 번 체포를 당하면서도 신화처럼 간직했던 금 초침이 있는 아버지의 시계를 주었다. 녀석은 반바지를 꿰매었고, 아무도 시침 소리를 듣지 못하게 태엽을 감지 않고 있었다. 섬에서 뇌물 받는 것에 닳고 닳은 간수 녀석은 어린 녀석의 손에서 시계를 받았을 때 깜짝 놀랐다. "선생, 너무 좋다! 야, 어디서 났어? 아버지 것이라고. 그리 말하니 그렇게 알아주지. 그렇지만 너무나 좋아. 됐어, 끝난 것으로 보자구!"

여기서 끝난 것이란 썸 녀석이 감옥에서 나가게 되었다는 뜻이다. 녀석은 도구를 받아 똥통 오줌통을 치우러 갔다. 정치범 심문실을 쓸러 갔다. 이곳이 가장 엄청난 곳이었다. 극형을 당해, 수형자들은 여기저기 게워 내고 똥을 싸 놓았다. 시멘트 바닥에 피가 군데군데 고여 굳었다. 썸 녀석은 몸을 굽혀 청소하면서 속으로 '어쨌든 같은 사람인데 이 사람이 저 사람을 잡아먹으려고 드는 것일까? 어쩜 사람들이 자기 몸에서 피를 수 리터, 살을 수 킬로그램이나 빼내는데도 저리 의지가 강할 수 있을까? 저렇게 아픈데 어떻게 끝까지 견뎌내지?' 하는 생각이 들었다. 녀석은 같은 감방의 띠에우란 이름을 가진 노인에게 물었다. 긴 수염의 노인은 처자식 모두에게 석유를 뿌리고 불로 태운 죄를 짓고 여기에서 10년 이상 있었다. 노인은 현학자처럼 깊이 생각했다. "전혀 아무렇지도 않아. 베트남 사람들은 서로 싫어해. 그러니까 정치범들이 같은 붉은 피, 노란 피부의 사람들 손에 들어가는 것을 두려워하지. 미국 놈들은 우리나라 사람들과는 아무 일도 직접 손을 담그지 않아. 녀석들은 무관심한 듯 밖에 서 있어. 그러니까 녀석들이 위험한 거야. 녀석들은 폭탄을 투하하고, 사람이 죽어나도 폭탄 때문인 거야. 녀석들은 거의 직접 사람을 때리지 않아. 놈들은 사람을 때리는 사람들에게 돈을 줄 뿐이라고. 그렇게 끝까지 싸우는 거라고. 미국 놈들은 이익을 보지만 마음이 불편하지 않아도 되고……." 썸 녀석은 노인이 주저리주저리 말하는 것을 전혀 이해하지 못했다. 녀석은 더 외톨이가 되었다. 하루는 녀석이 고문실을 청소하면서 머리카락이 가득한 두피 한 점을 줍게 되어 울었다. 피 때문에 점점 무감각해지던 녀석의 심장에 누군가의 아픔이 파고 들었다. 녀석은 녀석의 시계를 받았던 간수가 말하는 날까지 근면하게 모든 일을 했다. "네 녀석 바깥 공기를 쐬게 해 주마. 내가 보기에 너는 엉터리가 아니야. 엉터리들은 쉽게 뗏목을 만들어 감옥을 나가거든. 너는 그런 종자가 아니야……."

썸 녀석은 채소를 심는 조로 배치되었다. 이 조는 전부 사형수들로 모두들 건장하고 말수도 적었다. 작게 조를 나누어 바닷가를 따라, 모래가 섞인 땅에 쟁기질을 해, 간수들 가족 거주 지역에 공급할 채소를 심었다. 썸 녀석은 하루 종일 밖에 있게 되었고, 저녁에 감방으로 돌아가지만 간수들이 힘들게 하지 않았다. 녀석은 물지게를 지고, 새로 심은 토마토, 배추 밭에 물을 주었다. 녀석은 벌레를 잡고 잡초를 뽑았다. 녀석은 언젠가 이 섬 밖으로 날아 갈 수 있을 것이란 희망을 품었다. 세상은 정말 광대하고, 바람 역시 너무나 시원하기 때문이었고, 녀석은 채 스무 살도 되지 않았기 때문에, 여자를 볼 때마다 속옷이 꼭 죄인다는 것을 느꼈기 때문이었다. 녀석은 아무도 보지 않는 데서 죽고 싶지 않았다.

채소에 줄 물을 지어 나르면서, 썸 녀석은 자주 가축우리 같은 집들을 자주 지나갔다. 두꺼운 슬러브로 된 일자 모양의 철 틀은 썸의 호기심을 자극했다. "저 속에는 뭐가 들어있는 거예요?" 녀석은 띠에우 노인에게 물어 보았다. 노인은 녀석을 물끄러미 쳐다보았다. "그쪽으로는 어슬렁거리지 말게나. 사람들이 위험한 정치범을 가둬두었어. 그런데 각종 국제 위원회의 눈을 가리고, 사람들이 푸른 잎이 무성하고 평온하게 채소를 심는 밭으로 위장을 한 거라네. 그렇지만 철 감옥 너머 저쪽은 가파른 절벽이고, 아래는 미친 것처럼 으르렁대는 파도가 있는 바다라고." 노인은 말을 마치고서는 썸 녀석을 가까이로 끌어 당겨 잠을 자고 있는 죄수들이 듣지 못하게 했다. 노인이 소곤소곤 속삭였다. "여기 온 지 오래 됐어. 가끔씩 철문이 열리는 소리가 들리고, 절벽으로 호송되는 죄수가 있어. 휙! 사라진다네. 파도가 바로 집어 삼키거나 아니면 뾰족한 바위에 머리를 찧든가. 그러면 상어가 깨끗이 치워 버리지. 아무도 모른다네, 죄수들 사이에서만 알려져 있어. 기자는 들어 올 수가 없고, 국제 위원회도 올 수 없다네. 그렇게 위험하다네!"

어느 날 점심, 썸 녀석은 누군가 빽빽하게 덩굴식물이 올라가게 두꺼운 철조망 안쪽에서 자기의 이름을 부르는 것을 들었다. 녀석은 바닷가 쪽으로 가고 있었다. 부르는 소리가 두려운 듯, 구해줘야 할 듯 약했다. 썸 녀석은 서지 않았다. 주변은 감옥 생활이다. 올가미를 치는 거다. 녀석은 정신없이 갔지만 마음은 걱정 되었다. 수감 번호로 서로를 부르는 이곳에서 누가 녀석의 이름을 알 수 있겠는가? 녀석의 이름은 더 이상 존재하지 않았다. 녀석은 자기가 '공팔-7608'의 끝자리 숫자만 불리는 걸로만 기억하고 있다. 그렇게 슬러브 지붕에 시멘트 바닥의 감옥 속의 놈에게 바다가 무슨 의미가 있겠는가? 누가 녀석의 이름을 올바르게 부를 수 있겠는가?

그 후 며칠 녀석은 감옥 주변을 가 볼 수 없었다. 그러나 호기심이 녀석을 자극했다. 녀석은 오줌통 두 개를 지고 오이를 심는 구역으로 갔다. 녀석은 슬러브 건물을 지나는 샛길을 지나갔다. "썸……!" 힘이 남아 있지 않은 절망적인 듯한 소리였다. 바닷가 가까이 망루 안에 서 있는 철모를 경비병이 바깥쪽으로 얼굴을 돌리고 있었다. 썸 녀석은 뛰는 것처럼 걸어갔다. 오줌 물 두 통을 다 뿌리고서 녀석은 되돌아오며, 울타리를 따라 살금살금 걸었다. "뉘가 지를 부르는 겁니꺼?"

녀석은 죄수가 사투리 소리를 알아 듣을 수 있게 훼 억양이 짙은 목소리로 말을 했다. 죄수는 떨리는 팍 쉰 목소리였다. "이리로 오렴, 얘야! 나는 너의 아저씨란다!"

썸 녀석은 울타리에 붙어 철망 사이로 눈을 크게 뜨고 보았다. 철망은 촘촘하게 짜였는데, 아마도 죄수가 손바닥을 내밀 수 있도록 한군데는 구부려서 구멍을 벌려 놓았나 보다. 썸은 뜨거운 모래 바닥 위 조그만 구덩이에 앙상한 몸을 보았다. 시커먼 뼈다귀가, 깊게 쑥 들어간 두 눈에서 빛을 내며 썸을 뜨겁게 보고 있었다. 뼈다귀가 꿈틀거렸다. 손을 내밀었으나 썸 녀석은 잡지 않았다. 썸은 뒤로 물러났고, 녀석은 죄수가 배가 고프다는 것을 바로 알아차렸다. 사람을 가둬 논 흙구덩이 속에는 이미 말라비틀어진 플라스틱 밥그릇 한 개가 있었다. 먹을 것도 마실 것도 없었다. 썸 녀석은 울타리를 살금살금 벗어났다. 녀석은 밭일 하는 도구를 둔 헛간으로 갔다. 녀석에게는 빵과 물 한 병이 있었다. 녀석은 겨드랑이에 두 물건을 끼우고, 고양이처럼 기어 죄수의 문 가까이 갔다. 죄수는 먹을 것을 받아 들고, 정신없이 먹어 대지 않고 조금씩 점잖게 먹었다. 마치 오랫동안 굶지 않았던 것처럼. 단지 너무나 탈진해서였다. 몸에서 바로 에너지를 받아들이지 못했다. 빵을 반만 먹고, 그는 모랫바닥 위에 죽은 듯 구부리고 누었다. 썸 녀석은 죄수가 정신이 들기를 기다리지 않았다. 녀석은 놔두고 갔다.

다음 날 점심에 썸 녀석은 다시 돌아왔다. 죄수는 녀석의 손에서 새 빵을 맞이했고, 그는 어느 해인가 이주하는 배 위에서 낳았던 아이가 벌써 이렇게 자랐다는 것을 알아챌 수 있을 만큼 정신을 차렸다. 틀릴 수가 없었다. 유일무이한 것이 두 눈썹 사이에 짙은 붉은 점, 이마를 자주 꾸미는 인도 사람과 비슷하지만, 이 점은 위쪽으로 치우쳐 있었고 완전히 사람 피부지 물감으로 그린 것이 아니었다. 죄수는 아이를 응시하더니 말했다. “너를 만나리라고는 생각을 못했단다. 아저씨 이름은 응옥이야!”

썸의 의식 속에서 아른거리는 이름이었다. 녀석의 부모는 이따금 배 위에서의 날들에 대해서 이야기했었다. 응옥이라는 이름의 아저씨가 녀석의 어머니를 도와 짐을 들어주었다고. 점잖은 아주머니 한 분이 녀석의 이름을 지어 주었다고. 그런 걸 사이공에 살고 있던 시절, 아직 여유롭던 시절에 언급 했었다. 훼로 와서는 아무도 응옥 아저씨 이름을 더 이상 언급하지 않았다.

“지는 아저씨 이름을 들었어요! 아저씨도 살인죄를 살고 있나요?”

"나중에 알게 될 거란다! 아저씨는 미국 놈들, 앞잡이들과 싸우고 있어. 아저씨는 잡힐 때 2년이면 여기서 나간다고 했었어. 5년이나 여기에 있었다. 아저씨는 호랑이 우리*에 앉아 거의 죽어 갔는데 누군가가 와서 호랑이 우리를 감찰했었어. 녀석들이 죄수를 이렇게 외딴 곳으로 옮겨 놨지. 굶겨 놓은 지 오래 되었어. 아마 녀석들은 죄수가 굶어 죽으면 바다에 내버리려고 하는 걸 거야. 아저씨들은 몇 발자국 걸을 힘도 남아 있지 않고 여기는 바다니까 경비 녀석들도 삼엄하게 경비를 하지 않는 거야. 저절로 죽게 두는 거라고. 됐다, 그냥 이게 네 아저씨라는 것만 알고 있거라. 아저씨를 도와주렴. 아저씨를 죽게 하지 말아 주렴!"

"네, 저는 빵이 있어요. 저는 아저씨한테만 드리는 거예요. 다른 사람의 것까지는 충분하지 않아요. 제가 제 것을 아저씨에게 나눠 드리는 거니까요."

"아저씨는 이틀에 작은 조각 하나 정도면 된단다. 너는 굶지 말거라."

"아저씨 안심하세요! 저희는 채소를 챙겨 가지고 가 빵이랑 바꾸니까요……. 아저씨는 우리 부모님을 알고 계시는 응옥 아저씨잖아요. 아저씨가 그렇게 말씀하시니까 제가 그리 믿는 거예요. 저는 제

---

* 원래 맹수를 가두는 우리인데 정치범들을 가두는 데 사용되었던 악명 높은 꼰다오의 감옥을 칭하기도 한다. 바닥을 비좁게 파고 위쪽에만 철조망을 설치해 두거나 철조망으로만 된 우리 모양을 하고 있다.-역자주

부모를 잃어버렸어요. 어디 가셨는지 몰라요. 저는 식구들이 너무 간절해요, 아저씨!"

"그만, 울지 말거라. 전쟁이 그렇게 모든 걸 다 엉망으로 만들었다. 오늘까지 살아남은 것만 해도 장하다."

그날 이후로, 썸 녀석은 겨드랑이에 빵을 숨기고 오줌 물을 지고 가 채소에다 뿌리고, 그 죄수가 있는 곳을 뛰어 지나가며 문틀에다 빵을 집어넣고, 물병을 더 집어넣은 다음 휙 하고 뛰어 나갔다. 하루, 또 하루가 지나갔다. 수많은 죄수가 굶어 죽었다. 간수들은 이상하게 응옥이란 이름의 죄수를 쳐다보았다. "어째 너는 뒤지지도 않냐?" 응옥이란 이름의 죄수는 조용했다. 그는 모든 고문실을 다 거쳤다. 가죽 채찍, 쇠 채찍, 비눗물 냄새를 다 맛보았다. 이 일에 대해서 그가 말할 것이라고 꿈도 꾸지 마라. 썸 녀석은 일이 일어난 것을 알았다. 녀석은 슬쩍 다른 곳으로 갔다. 그리고 긴 장대에 빵을 꿰어 울타리 쪽에 서서 쇠창살의 아래쪽으로 통과시키는 방법을 찾았다. 계속 그렇게 얼마 간 죄수가 섬 중심에 있는 호랑이 우리로 옮겨질 때까지. 녀석은 어떻게 연락을 해야 할지 몰랐다. 녀석은 뛰어 다닐 자유권을 박탈당할까 두려웠다. 녀석은 정치범들과 연락하다 사람들이 감방으로 돌려보내 족쇄와 수갑을 차게 될까 두려웠다. 녀석은 점점 빵과 물을 양보했던 죄수, 살아있는 죄수를 보기 위해 위험을 무릅썼다는 것을 잊어 버렸다. 녀석은 오래 전부터 녀석의 목숨이 구해졌다는 것을 몰랐다. 울타리에서 나는 소리를 수없이 들었지만 경비병 녀석은 눈이 먼 것처럼 돌아보면서도 아무 것도 보이지 않았다. 눈이 가려진 것처럼, 방향을 잃어버린 것처럼, 썸 녀석이 죄수에게 빵을 가져다 줬지만 경비에게 발견되지 않았었다. 날이 갈수록 썸 녀석의 이마 위 점이 더 커지고, 더 진해지는 것 같았다.

섬 위에서 2년이 더 흘러갔고, 썸 녀석의 삶도 더 캄캄해졌다. 그러나 사람들은 녀석의 얼굴에 익숙해 졌고, 녀석의 성격이 뗏목을 만들고 나룻배를 만들며 소란을 피우거나 간수를 죽이지 않는다는 것을 알아서 아무도 더 이상 녀석의 손을 묶지 않았다. 녀석은 채소를 심고 닭을 키우는 일을 거쳐 섬을 관통하는 도로를 만드는 조로 편입 되었다. 녀석은 점점 자랐고, 주변에 소홀해지고, 수감생활로 녀석의 심장은 냉랭해졌다. 녀석은 아무 것도 기다리지 않았다. 부모는 실종되었고 녀석을 걱정해 줄 사람이 아무도 남아 있지 않았다. 녀석의 삶은 허공에 던져진 거 같았다. 비록 녀석은 키가 1미터 70이 넘었고, 손발은 노동으로 다져지고, 조각처럼 피부가 고왔어도 쨍쨍 내려쬐는 햇빛 아래 쟁기질에 몰두하는 셀 수 없이 많은 죄수들 사이에서 녀석을 돌봐 주는 이가 아무도 없었다.

썸 녀석이 청년의 나이에 들어섰을 때, 녀석의 삶은 궤도에서 떨어져 나간 것처럼 갑자기 캄캄해지고, 끊겼다. 녀석은 도로를 만드는 때라고만 알고 있었는데, 훼에서 언젠가 보았던 반적반청 깃발을 짊어지고 길 초입에서 뛰어 오는 사람이 있었다. 노역자들은 쟁기질을 멈추고 모두가 몰려 다녔다. 전쟁이 점심에 끝났다. 민* 씨가 투항했다. 녀석은 깃발을 흔들고 있는 청년을 와락 껴안다가 불현듯 외쳤다. "아버지!"

녀석의 아버지일리가 없다. 어린 청년은 녀석을 보며 웃었고 눈은 눈물범벅이었다. 녀석은 그때 모든 사람들과 똑같았다. 어린 아이처럼 뛰었다. 어린 아이처럼 울었다. 녀석은 사람들 흐름 속으로 들어가 교도관들의 무기를 회수하고, 감방의 문을 열었다. 모든 문짝을 다 열었다. 그 순간에는 아무도 형사범들이, 어느 정치 체계에서나 그 차가운 피로 사람들을 죽이는 놈들이 무서운 귀신처럼 횡행한다는 것까지 생각하지 않았다. 그런데 그 무덥던 깃발이 화려하던 날에 사람들은 감옥에 무슨 일로 들어갔었는지 상관없이 서로 손을 잡았다.

육지로 들어오는 배 위에서, 검은 옷, 체크무늬 수건,** 붉은 깃발 사이에서, 썸은 남부가 완전히 해방되어 지금 누구나 자기 집으로 돌아갈 수 있다는 소리를 들었다. 그러나 그리곤 다시 징역을 살았으면 어디 부대에 가서 혁명 참여 정도를 경우별로 검토해야 한다

---

* 베트남 공화국의 마지막 대통령인 즈엉 반 민(Duong Van Minh)은 대통령직을 인수 받은 지 3일 만인 1975년 4월 30일에 남부 해방군에게 투항하고 베트남 전쟁이 종료되었다.-역자주

** 남부 해방군 복장에서 빠지지 않는 아이템으로 목도리처럼 긴 직각 사각형모양으로 걸쳤지만 땀을 닦고, 추위를 피하는 등 다용도로 사용되었다.-역자주

고 들었다. 녀석은 중부 도시로 돌아가 부모를 찾는다는 희망을 품었다. 누구나 희망이 있었다. 징역 살던 사람들을 육지로 데려다 주는 배 위에서, 녀석은 얼핏 바이 꽈우를 보았다. 일곱 명의 생명을 앗아가 국가로부터 종신형을 받았고, 썸과 형사 교도소에 있었던 놈이었다. 지금 바이 꽈우는 검은 바바옷*을 입고, 짚 색의 부드러운 모자를 쓰고, 왼쪽 팔에 반청반적의 완장을 찼다. 보기에 무척 멋져 보였다. 같은 감방에 있었을 때, 썸은 빡빡머리 간수가 돌아가신 신처럼 바이 꽈우를 경외감 가득 '조상님'이라고 부르는 것을 들었다. 은행 직원을 일곱 명 죽일 때, 놈이 훔쳐간 돈은 비행기 두 대를 살 만한 액수였다. 섬으로 보내진 기간만큼 놈은 더 위협적이고, 더 대담해진 것처럼 보였다. 놈은 썸 녀석을 힐끔 보더니 손가락으로 입술을 가리켰고, 붐비는 사람들 사이에서도 썸은 신호를 알아볼 수 있었다. '입 닥쳐!' 뭐라고 하나 했더니, '입 닥쳐!'는 썸이 감옥에 있을 때부터 알았다. 놈의 이름이 뭔지는 아무도 몰랐다. 늘상 놈은 신경질을 부리고, 때려 부수고, 성을 냈다. 놈은 한 번에 일곱 명을 살해한 성적이 있었다. 간수가, 어느 날 아침에 와서는 불렀다. "바이 꽈우 조상님, 소장님이 부르십니다."

그렇게 놈에게 이름이 있었다. 지금 사람들이 서로를 '동지'라고 부르는데, 놈의 이름이 무슨 동지인지 알 수 없다?

---

* 베트남 남부의 일상복의 일종. 여기서는 남부 해방군의 복장이란 의미로 사용됨.-역자주

배들이 선착장에 도착했다. 한없는 눈물. 썸은 육지가 보이자 울었다. 그러나 붐비는 사람들 속에 녀석이 어머니라고 부를 한 사람이 없어 녀석의 눈물이 점점 말랐다. 녀석은 섬에서 형을 받은 감옥의 이름을 따라 수용소로 배치되었다. 바이 꽈우도 썸의 수용소를 맞게 찾아 왔다. 손을 까딱거리며 썸을 불렀다. 묵직한 놈의 팔이 큰 청년의 어깨 위에 올려졌다. 난폭한 손. 썸이 입을 열고 "바이 형님……"이라 하려는 데 바이 꽈우가 먼저 막았다.

"잘 들어. 너는 나를 모르는 거고 나도 너를 모르는 거야. 난 네 인생에 간섭 안 해. 너도 내 일에 끼어들지 마. 알아들었어?"

"네!"

바이 꽈우는 밤 그림자처럼 사라졌다. 그때부터 난봉꾼이 어디에 있는지 썸은 알지 못했다. 다시는 만나지도 않았다. 놈은 이미 파랗고 붉은 완장을 찼다. 이미 동지가 아니었던가.

V

썸은 버스를 타고 중부로 돌아 왔다. 녀석은 죄인을 관리하는 기관의 명찰을 가슴에 달았다. 많은 사람들이 뒤돌아 녀석을 쳐다보았다.

썸의 가족이 살던 거리는 여전히 옛날과 같았다. 민간복을 입은 북부 사람들이 밀물처럼 들어 왔다. 북으로 돌아가는 병사들은 누구나 배낭 옆에 싸구려 플라스틱 인형을 가지고 있었다. 군복을 입은 병사들은 누구나 무척 신이 나 보였다. 사람들은 강가에 설치한 그물 침대에서 쉬었다. 아침에 누구나 시장으로 달려가서 모직 옷을 사고, 비닐 봉투를 사고, 플라스틱 바구니를 사고…… 파란색 모직 옷. 수많은 집에서 북부 군인들을 위해 파란색 모직 옷을 만들었다. 사이공까지 곧장 가는 것처럼 보이는 북쪽 사람들도 있었다. 힐끔거리는 사람은 몇 없었다. 나중에 썸은 그 사람들이 세력이 있는 사람이라는 것을 알게 되었다. 그들은 싸운다는 게 뭐라는 걸 잘 몰랐다. 그런데 그들이 최초로 접수해서 관리하러 가는 사람들이다. 모든 전쟁에는 그런 사람들이 꼭 있다. 정리하는 사람들.

썸 녀석은 조그마한 정원이 있는 집으로 돌아가면서 가슴이 두근거렸다. 부모님과 여동생이 돌아 와 있다면 얼마나 좋을까. 녀석의 집에 깃발이 걸려 있는 것이 보였다. 책상과 의자의 정렬이 마치 사무실처럼 보였다. 붉은 완장을 찬 두 명의 청년이 밖에 서 있었다. 녀석의 집은 주인이 부재라 수년 간 봉해져 있었다가 이제는 혁명군이 돌아와 사무실로 만들었다고 한다. 한 늙은이가 썸을 보고, 녀석의 이마에 세 번째 눈 같은 자국 덕에 녀석을 즉시 알아보고, 급하게 가다가 멈춰 서서 이렇게 말해줬다. 그리고 녀석의 부모는 무신년* 때부터 아직 돌아오지 않았다고. "아니. 아무도 그들이 어디에

* 1968년 1월 뗏 공세 때 훼에서 주도권을 잡기 위해 약 한 달간의 전투가 있었는데, 이때 도시의 40%가 파괴되고 11만 6천명이 집을 잃었으며 전

있는지 모른단다."

붉은 완장을 찬 한 청년이 이마에 커다란 자국이 있는 키가 큰 청년 쪽으로 다가 왔다. "동지는 누구를 찾는 거요?"

"지는 출옥 증명서가 있어요. 여긴 지 집이에요……."

청년은 증명서를 보았다. 썸을 보더니 오토바이를 타고 달려 나갔다. 5분쯤 후에, 청년은 중위 계급장이 달고, 군모를 쓰고, 엉치 쪽에 간부 가방을 멘 나이가 든 어떤 남자와 돌아왔다. 그는 썸을 머리에서 발끝까지 쳐다보고, 손가락으로 녀석의 이마 위 원을 눌러 보더니 금덩이를 쥐었다는 듯 생기 있게 웃었다.

"나는 응옥 동지의 전투 친구요. 나는 동지에 대해서 많은 이야기를 들었소. 동지는 정말 굳건한 애국자야."

"지가 뭘 한 게 있어야쥬!"

썸은 자신이 중부 억양이 짙은 말을 하고 있는 것을 모르다가 깜짝 놀랐다.

"우리들은 그런 결론을 내릴 근거를 가지고 있소. 동지는 굳건한 애국자요."

'굳건한 애국자'란 말이 새로 온 사람들 사이 대화에서 반복에 반복이 되었고 썸 녀석은 설명하려고 애를 썼다.

"지는 형사범이었는걸요!"

체 1만 7천여 채의 건물 중에서 9천 7백여 건물이 완전히 파괴되고 수천 명의 사상자가 발생했다.-역자주

모든 이들의 존경을 받는 큰일을 하는 것처럼 보이는 한 사내가 달려와서는 유심히 보더니 썸의 어깨를 꽉 안았다.

"훌륭하군, 자네. 성공적인 혁명은 자네 같은 사람들 덕분이야!"

썸은 난처했다. 낮에 녀석은 원래 녀석의 집인 사무실에서 찻상에 고개를 숙이고 앉아 있었다. 녀석은 비몽사몽 잠이 들었다. 녀석의 어머니를 닮은 것 같기도 하고 닮지 않은 것 같기도 한 어떤 아름다운 여자가 녀석의 고개를 들고, 차가운 검지로 녀석의 이마 위의 자국을 문질렀다. 어디에선가 들어봤던 여자의 목소리가 바람처럼 물처럼 정말 가볍게 들렸다.

"혼란한 때라 진짜, 가짜가 뒤섞여 있으니, 사람들이 주는 걸 받으렴. 완강하게 거절하지 말고. 재물이 네 손으로 가는 게 다른 비인간적인 놈들 손으로 가는 것보다는 나아!"

썸은 벌떡 정신이 들었다. 녀석의 주변에는 사무실에 있는 남자들로 먹고 있는 사람, 책상 위에 잠시 등을 붙이고 있는 사람들뿐이다. 여자는 없다. 꿈이 아른거리고 썸 녀석을 자극했다. 녀석은 안전이 보장된 팔자를 타고 난 아이이다. 녀석의 시대가 도래했다. 썸 녀석은 부엌으로 내려가서 부엌 탁자 서랍 속에 두었던 어머니의 거울을 찾았다. 수많은 시간이 지났건만 거울은 여전히 남아 있다. 국가법은 꽤 엄했다. 주인이 빈 집은 아무도 침입할 수 없다. 게다가 심령의 다른 규법까지 있다. 집주인이 어디에선가 죽었으면 죽은 사람의 물건을 사용해서는 안 된다고 수많은 사람들은 여겼다. 이 땅에서는, 사람들이 죽은 사람을 두려워하고 중요하게 여기니 녀석의 집이 아직 그대로 남아 있었다. 썸은 부엌 전체를 둘러보고, 창문가에 가서 어머니의 거울을 비춰보았는데, 이마 위 눈을 쳐다보니, 녀석에게 선명한 핏방울 같은 붉은 립스틱 자국이 보였다. 그렇게 붉었던 적이 없었다. 썸 녀석은 힘을 더 얻은 거 같았다.

녀석은 사무실로 돌아갔다. 꽤 이상한 검은 서류가방을 겨드랑이에 끼고, 쭈글쭈글한 와이셔츠를 입은 한 남자가 미끼를 보듯 썸을 쳐다보았다. 썸 역시 다양한 유형의 사람들을 알게 되었는데, 남자의 산만한 외양과 열이 나는 사람처럼 활활 빛나는 두 눈으로 썸은 쉽게 남자의 직업을 짐작할 수 없었다. 남자는 썸의 손을 잡았다. 남자의 손은 뼈가 도드라지고, 석탄 덩어리처럼 뜨거웠다. 자아 도취병에 걸린 사람들의 손. 섬에서 썸은 까이 르엉* 배우와 함께 살았다. 이 남자는 계속 멍청한 여자에게 평생을 묶여 있다가는 자신이 유명해지지 못하겠다고 생각해서 아내를 죽였다. 썸은 감옥 친구의 손을 무척 두려워했다. 이상한 남자에게서 욕심 때문에 건조하고 뜨거운 손을 다시 접하리라고는 생각치도 못했다.

"제게 물으셨어요?"

이상한 얼굴의 남자는 썸의 손을 잡고, 썸의 어깨를 껴안고, 앞으

---

* 베트남 남부에서 20세기 초에 생겨난 일종의 가극으로 전통적인 음악과 내용에 서양의 대중 연극적 요소가 더해져 '개량(改良)'이라는 뜻을 가진 이름으로 불린다.-역자주

로 돌리고 뒤로 돌리고, 남자의 눈이 새빨갛게 활활 타 올랐다.

"동지는 정말 혁명 청년의 이상형이오. 잘 생겼어. 밝고 너무나 굳건해."

썸은 거부하려고 했다. 그러나 바람처럼 가벼운 여자의 목소리가 들렸던 꿈을 떠올리고 썸은 조용히 미소를 지었다. 사람들이 그렇게 말하니 정말 그럴 수도 있다. 썸은 수십 년이나 미 괴뢰의 감옥에 있었다. 고초가 적지 않았다.

어수선한 남자는 자기가 시 가극단의 극작가라고 말했다. 해방이 되어 일이 넘쳐 남자는 여기에 앉아 관리 부대가 서류 정리하는 것을 돕고, '국가'의 공무원과 군인이 와서 신고를 하면 성명을 적고, 산에서 돌아오는 기관들에게 건물을 분배하는 등……. 여러 가지 일들을 한다. 그러나 남자의 본업은 창작이다. 남자는 멈추지 않고 창작을 하고, 산에서 돌아와서부터 공연하고 있는 대규모 극본이 세 개나 있다. 남자의 이상형은 적의 위협 앞에서 삶은 고달프고 정신이 확고한 전사였다. 남자는 이제 막 군대에 가서 인민들과 싸우고, 집에 있는 아내는 미국을 따르던 '국가'의 어떤 장교의 운명을 만들어 냈다. 남자는 산으로 올라 가 주민들의 의심을 샀다. '국가'로 돌아와서는 국가의 살해하겠다는 협박을 받는다. 마지막으로 남자는 굳건한 애국자 베트콩 전사를 만나게 된다. 눈을 뜨게 된다. 일반적으로, 극작가는 한 사람에게 셀 수 없이 많은 상황을 끼워 맞출 수 있다. 좋을 대로 끼워 놓으면 그만이다. 작가의 무기가 아니던가.

"그럼 아저씨는 뭐가 필요하세요?"

썸 녀석은 의아하게 어수선한 예술가를 쳐다보고, 단지 그가 모든 걸 개의치 않고, 뭐든지 생각해 내는 것이 좋았다. 남자는 썸의 어깨를 친근하게 두드렸다.

"자네는 이상형이야. 자네의 인생에 대한 이야기라면 더할 나위가 없다네. 자네는 이 도시의 혁명적 전형이야."

극작가와 헤어지고, 썸은 새로운 후광을 얻었다. 썸은 총을 받고, 붉은 완장도 받았다. 썸은 해방군들과 학교에 다녔다. 어제 애국심으로 가득하고, 나라를 지키기 위해 적과 죽음을 각오했던 한 시대의 왕에 대해 배웠던 아이들은 오늘 '그 나라 왕과 대신들이 나라를 팔았다.'고 한 문장으로 간단하게 요약을 했다. 아이들은 어리둥절했다. 그러나 새로운 기후에 적응하기 시작하느라 걱정까지 많았다. 바람이 모든 창문으로 들어왔다. 확고한 자는 붙어 있을 수 있어 새로운 학교에서의 수업은 대단히 열성적이었고, 또한 대단히 당황스러워 하기도 했다. 아이들은 눈을 크게 뜨고 이상한 군복을 쳐다보았다. 썸은 청년들과 수많은 시설들을 단속하러 다녔다. 시장이 왁자지껄했다. 옷감, 슬리퍼가 후다닥후다닥 다 팔렸다. 어제 사람들은 슬리퍼가 필요했고 오늘 역시 슬리퍼가 필요했다. 단장이 인파 앞에서 환영을 하고, 정책을 설명하고, 학생들의 시내를 청소를 독려하고, 소상인 여자들에게 시장 위생을 지킬 것을 호소하는 동안 썸 녀석은 일부러 떨어져 서 있으며 조금 앞쪽으로 삐져나와 있었다. 썸은 군모를 쓰고, 붉은 완장을 찼고, 이마 위 삼신할머니 자국은 검붉었고, 사람들 이목을 더 끌었는데 녀석이 크고 잘 생겨서였다. 녀석은 인파 속에 아가씨들이 감탄하는 소리를 들었고, 속닥속닥하는 소리와 킥킥 웃는 소리가 섞여, 일부러 녀석보고 들으라고 하는 것 같았다. "우와, 해방군이 너무 잘 생겼다!", 썸의 신체에 있는 모든 털들이 곤두섰다. 녀석은 시럽처럼 달콤한 것들을 코를 벌름거려 받아들이기 시작했다. 매일 조금씩, 썸은 자신이 뭔가 비상하다는 것을 느꼈다.

시에서 전투가 있었을 때, 썸의 가족이 실종된 일 역시 젊은 혁명가의 '이력'에 한 줄, 비탄의 깊은 굴곡 하나를 만들어 주었다. 이따금 녀석은 한밤중에 깨어 바람결에 녀석의 아버지 같은 누군가의 소리를 들었다. 썸은 잠시 힘이 빠져 드러누웠다. 몽롱한 잠과 함께 산들바람이 부는 것처럼 가벼운 여자의 목소리. "더 이상 부모를 기다리지 말거라. 그들은 이미 네 목숨을 대신해 줬단다!" 정신이 들고, 썸은 난시 꿈일 뿐이라고 생각했다. 썸의 가족을 알던 사람들도 그해에 뿔뿔이 흩어졌다. 돌아온 사람도 있고, 산으로 간 사람들도 있고, 감옥에 가서 '국가'의 감옥에서 죽은 사람도 있고, 미국 포탄 구덩이에 누운 사람도 있고, 수백 구의 시체와 같이 살해당해서, 이쪽 사람이 저쪽 사람에게 쏘아 길에서 총에 맞아서 묻힌 사람도 있다. 썸은 어느 날 밤 강물로 수많은 집의 제단이 침수가 될 때까지 편안하지 않았다. 썸은 모터보트를 타고 집으로 돌아가는데,

파도에 머리가 기둥에 부딪쳐 기절했다. 누군가의 손이 녀석의 이마 위 삼신할머니 자국을 누르고, 여자의 살살 말하는 목소리가 여전히 꿈에서 들렸다. "말을 해 줬잖니. 네 부모가 네 목숨을 대신 이어주었다니까!" 그때부터 썸은 좀 더 안심했다. 뿌리가 남아 있지도 않고, 썸은 돌담에 돋아난 고집 센 가지 같았다.

이제 썸은 시 식량 분야에서 안정적인 위치를 가지고 있다. 책임의식이 필요한 분야로, 어떤 사람은 날이 갈수록 위장이 홀쭉하게 붙고, 어떤 놈은 배가 크게 부풀어 올랐다. 썸은 중앙에서 시로 지원해 주는 식량을 받는 일을 손에 쥐었다. 분배. 운영. 싫든 좋든 누군가가 오면 지렁이가 기어 다니는 듯 꼬불꼬불한 서명. 사람들은 녀석을 '-님'이라 불렀다. 흰 수염이 달린 사람들이 녀석에게 자신을 '저'라고 낮춰 칭했다. 보통의 일처럼. 녀석은 책상을 치거나, 누군가를 질타하지 않았다. 그러나 녀석은 이전에 노는 것에 익숙하던 시민들이 이제 우물우물 겉보리를 씹어야 하는 시절에 조용히 황제라는 호칭을 받아 들였다. 전기는 있다 없다 했다. 녀석은 산으로 사람을 개간하러 보내는 방법으로 식량을 줄였다. 열등감을 갖고 공동의 사업에 기여는 하지 않던 수백 명의 사람들은 보따리를 싸고, 북을 치고 깃발을 들고 배웅을 하고 데려다 주고 나서는 산 가운데 꼼짝하지 않고 있다. 발버둥치는 사람은 살아남고, 고개를 숙인 사람은 신경제지구에 새로 만든 묘지에 들어갔다. 북부 사람들이 와서 사업을 일으키고, 해방에 큰 공을 세운 사람들도 석유등불 아래 더듬더듬 카사바를 씹어 끼니를 때웠다. 썸은 나가 식량작물 식재를 호소했다. 어느 곳이든 땅이 있으면 나무를 심었다. 식량 담당관님의 위신은 더욱더 높아만 갔다. 썸은 사찰, 유적들을 부셔 없애고 카사바를 심으라고 했다. 사람들이 썸의 말을 듣고, 절을 부수고, 이전 세기 과거 합격자들의 누각을 부수었다. 아무리 생각해도 그런 것들을 뭐에 쓰려고…… 썸에게는 많은 식견이 필요 없었다. 썸은 팔자가 좋고, 그걸로 충분했다. 민간인들이 과거 합격자들의 누각을 없앤 일에 대해서 말들을 하기 시작했다. 썸은 무시했다. 정신력이 강한 사람이란 모든 소문들을 무시하는 사람이다. 썸은 시의 최고 지위에 있는 사람과 술잔을 들었고, 두 사람 모두 서로 동시에 어깨를 껴안고 성가신 모든 일들을 대수롭지 않게 여겼다. 썸 녀석이 지금 좋아하는 음식은 두부이다. 녀석은 하루 온종일 배가 팽팽해지는 것과 어울렸다. 맛있는 술 때문에, 좋은 연회 때문에, 녀석의 나날들이 전부 배고픈 사람들만 있는 나라 왕의 나날처럼 흘러갔다. 녀석은 전쟁 후 쑥 들어가 꼬르륵거리는 배들을 한 손으로 주물렀다.

2년이 흘러가고, 시는 옛날 사람들은 줄어들고 새로운 사람들로 가득했다. 어제 누가 나갔으면 다음날 자리를 차지하는 사람이 있다. 광활한 후방에는 땅은 부족하고 사람은 남아돌았다. 썸 녀석은 식량을 들여오는 공문에 서명을 하고, 서류에서 식량을 지워버리는 다른 공문에 서명을 했다. 썸은 트렁크들에 금을 채워 넣었다. 그리고 지역 출장길에, 녀석은 생사권을 가지고 있는 놈들의 노는 방법을 앞서 맞이하고, 금을 보석으로, 백금으로, 외환으로 바꾸었다. 녀석은 어딘가로 가야 할 때를 대비했다. 갈수록 녀석은 이마에 삼신할머니가 선물한 립스틱 자국을 꼼꼼히 살펴보았다. 립스틱 자국이 화려한 시기였다.

2년하고 3년이 흘러갔다. 봄이 왔다. 끼니가 끊기고, 일자리가 없어 황폐한 도시에 어찌됐든 봄은 개의치 않고 왔다. 사람들은 목숨을 걸고 국경을 넘었다. 수많은 세대를, 이 땅에서 살다 산으로 올라갔던 사람들도 슬금슬금 산 아래로 내려 왔다. 바다로 가도 작은 배에 조그마한 생선들 주위만 맴돌았었다. 바다가 조금이라도 흔들려 파도가 높아지면 부들부들 떨었다. 그런데 지금은 시커먼 대양으로 조그마한 배가 큰 파도, 해적을 불사하고 서로를 이끌고 나가고 있다. 저 밖의 자유세계가 부추기고, 손을 흔들어 부른다. 사람들은 목숨을 걸었다. 가서 죽는 것도 한 방법이다. 시는 수많은 어려움을 어깨에 지고 있고, 자본주의도 개조해야 하고, 지식인에 신 경제. "그래도 수많은 다른 나라보다는 나아요. 제2차 세계 대전 때 파리의 아가씨들은 돈이 없으면 독일 병사와 잠을 자고 머리카락이 잘리고 사람들이 뱉는 침을 맞지 않았습니까. 아니면 이 옆 크메르는. 크메르 루즈의 난으로 수백만 명의 생명을 쓸어 갔습니다. 우리는 못 먹고 못 입는데 이골이 났습니다. 화전을 일궈 카사바를 심는 게 다 자기 잘 되라고 하는 건데 어디 죽는 데 가는 거라고 불평을 합니까!"

썸 녀석은 청년들이 붓과 벼루를 접고 국경으로 올라 가, 화전을 일구러 갈 때 그렇게 장황하게 설명을 했다. 잘생긴 혁명가를 본 놀라고 감격한 눈을 한 아가씨들은 학식으로 가득한 말 한마디 한마디를 집어 삼켰다.

봄, 이미 말하지 않았던가, 모든 걸 개의치 않고 그냥 와서, 꽃향기로 화려했다. 시 극장에서는 극작가 꽁 타인의 '지옥에서 돌아온 영웅'이란 가극 공연을 시작했다. 썸은 이미 전쟁 후 시로 썸이 돌아왔을 때부터 기괴한 외양의 예술가를 완전히 잊고 있었다. 썸은 극작가와 극장에서 마지막 순간까지 비밀을 지키고 있었다는 것을 몰랐다. 중요한 공연이었다. 썸은 문화국장이 몸소 공연을 보러 가자고 녀석을 데리러 왔을 때도 놀라지 않았다. 지금 썸은 운전사가 있는 차가 있다. 그렇지만 술친구, 동지 성격으로도 막내 동생인 문화국장과 함께 차에 앉아 있는 것은 즐거움이다. 국장은 아직도 일을 숨기고 있다. 썸은 시 식량 담당관을 하는 시기 내내 이미 사람들이 칭찬을 하고 가마를 태우는데 익숙해져 있었지만, 벌어지는 광경은 썸의 호기심을 발동하게 하였다. 녀석은 내려진 차창을 통해 뚫어지게 쳐다보았다. "뭔가?"

"그냥 내려가 봐요!"

문화국장은 손을 내밀고 썸의 등을 밀었다. 가극단의 남녀 배우 전체가 마당으로, 도로로 몰려왔다. 짝짝짝짝 박수를 쳤다. 그리고서는 줄을 만들어 썸에게 명예롭게 가운데로 가게 했다. 홍조를 띈 썸의 얼굴은 더욱 잘 생겼다. 붉은 석탄 덩어리 같은 삼신할머니의 자국은 더더욱 사람들을 보게 만들었다. 썸은 지도자의 풍모를 가지고 있다. 녀석은 극단의 가장 나이가 많은 사람과 악수를 했다. 극단의 가장 젊은 사람과 껴안고 입맞춤을 했다. 화동의 이마에 입맞춤을 했다. 한 손에는 꽃을 안고, 한 손은 흔들었다. 서방의 정치인처럼 당당하게, 썸은 녀석에게 사람들이 마련해 준 자리에 앉았다. 공연장의 사람들은 젊은이들의 우상을 보기 위해 우르르 몸을 기울이고 힐끔 보았다. 가장 명예로운 자리에 앉은 시의 공직자들이 일시에 썸과 악수를 했다. 썸은 모든 일에 익숙해져 있었지만 지금 녀석은 긴장되어 뒤를 쳐다보았다. 환한 눈을 한 수천 명의 젊은이들이 녀석 쪽을 향하고 있었다. 새로운 것을 받아들이는 젊은이들의 혈관에 이상이 우르르 흘렀다. 춥고 배가 고프더라도, 국경전쟁에도, 긴 실업에도 불구하고, 점검 회의에도 불구하고. 청년들은 우상을 향했다. 썸을 향했다.

커튼이 열렸다. 공연이 시작되었다. 썸은 내용이 감동적이라고 느꼈다. 주인공의 출신은 노동자의 자식이었다. 밤. 바다가 움직이고, 멀리 있는 바다를 가짜로 만든 비단 천들이 흔들렸다. 콩알처럼 작은 등. 한 무리의 사람들이 속삭이며 종이 조각을 손에 전달하고, 한 사람이 일어나서 군중을 선동하는 글을 크게 읽었다. 불이 밝았다. 영민한 한 아이가 등 아래 서서 삐라를 맞이한다. 아버지가 말을 한다. "얘야, 시장통에 다 뿌려라!" 아이는 성장했고, 왁자지껄한 광경 속에서, 키가 크고 덩치 좋은 청년이, 늘 학생운동의 깃발을 쥐었다. 몇 명의 경찰들이 길에 숨어서 청년을 호송차에 실었다. 섬. 야자나무 행렬. 청년의 손발이 묶였다. 고문에 몸을 뒤튼다. 그리고선 빛이 통풍창을 통해 비춘다. 아버지의 친구가 손을 내밀어 청년을 일으킨다. "얘야 일을 하거라, 여기서부터 시작 해!" 늙은 전사는 작은 꾸러미를 건네주었다. "그 안에 자료가 있다! 사람들 모아 학습하거라." 청년은 노역에 배치되었다. 청년은 빵 속에 자료를 넣었다. 창살을 통해 빵을 건네주고, 간수의 검사, 조사. 그러나 청년은 기지가 있었고, 용감했다. 그러는 동안, 고향의 도시에서는, 청년의 가족이 적에게 테러를 당했다. 전쟁이 끝난 후 청년은 가족을 상봉했다. 개선곡…….

썸 녀석은 빵에 집중을 했다. 무언가 섬에서의 이야기와 약간 비슷했다. 그렇지만 그때 빵은 단지 몇 조각의 오이, 괜찮은 날이나 되야 종이장처럼 얇은 짜 조* 조각이 있었고, 썸은 자기 것을 덜어 썸의 부모와 안다고 들은 응옥이란 이름의 죄인에게 주었다. 그리고 광활한 섬 가운데서 녀석의 이름, 녀석의 부모 이름을 맞게 불렀던 사람이 있어, 어떻게든 죽음을 무릅쓰지 않을 수 없었다. 그랬을 뿐이다.

공연을 보러 온 사람들이 훌쩍훌쩍하는 소리가 났다. 나이 든 사람들. 그들은 혁명 애국심으로 가슴을 적시는 가사에 감동했다. 주

---

* 고기 살을 갈아서 바나나 잎으로 싸서 쪄낸 일종의 베트남식 햄-역자주

인공 남자 배우는 조형물처럼 아름다웠다. 봉황 같은 눈에 송충이 같은 눈썹. 클라이맥스를 노래할 때에는 자주 팔을 높이 들어 올리고 한 발은 길에 오를 차비를 하는 것 같았다. 조예가 깊었다. 죄수복을 입고 있든 대학생의 흰 옷을 입고 있든 배우는 하느님이 돌보느라 공을 많이 들인 사람이라는 느낌을 갖게 했다. 그런 사람이 영웅을 맡아야 한다. 공연은 두 시간이 걸렸다. 극장은 쥐 죽은 듯 조용했다. 전기도 나가지 않았을 뿐더러 그날은 다른 날에 비해 밝기까지 했다. 경제 성장 시대 전깃불 같지 전쟁 후 날들처럼 어둠 속을 더듬거리지 않았다. 남자 배우가 노래를 하며 인파 한가운데서 노모를 껴안았을 때, 썸도 울컥울컥 감정이 복받쳤다. '나도 저렇게 어머니를 만날 수 있을까.' 그러나 썸은 오랫동안 슬퍼할 수가 없었다. 관객에게 인사를 하는 배우들을 위해 커튼이 열렸고, 썸은 극장 전체가 산 틈에서 흘러나오는 물이 우르르 호수로 쏟아지는 듯, 전부들 가극에서 막 연기했던 영웅 쪽을 향하고 있는 것을 느꼈다. 꽃을 안은 아름다운 아가씨들이 어디에 미리 숨어 있었다는 듯 녀석이 있는 쪽으로 달려왔다. 꽃이 녀석의 손에 쥐어졌다. 녀석은 연극의 극작가가 녀석의 옆에 서, 녀석의 어깨를 감싸고 마이크에 대고서 말을 할 때, 분명한 소리로 힘차게 말할 때는 어안이 벙벙했다.
"우리 시는 영광스러운 아들이 있어 자랑스럽습니다. 내가 이 극본을 썼는데, 청년에 대해서 전부 말할 수 없어서 정말 안타까웠습니다. 여기서 저는 청년을 높이 칭송합니다!"

군중들은, 미리 준비를 했음에도, 극작가가 그리 이야기했을 때 여전히 뜻밖인 듯 했다. 썸은 너무나 어렵게 단지 썸의 팔에 닿기만을 바라는 팔의 숲에서 일어날 수 있었다. 썸은 목마에 태워져서 차로 갔다. 극장으로 들어오는 표가 없는 군중들이 길 양가에 가시풀처럼 빽빽이 서 있다. 손을 흔들었다. 환호를 했다. 말린 카사바와 겉보리 때문에 쌀을 비축해야 하지 않고, 위장이 부풀어 오르지도 않은 군중들처럼. 신기하게 시대의 이 순간이 왔는데도, 사람들은 아직도 어딘가에 전설 속의 인물이 있다는 상상을 만들어 내는 걸 좋아하고 확실하지 않으면 않을수록 더 칭송하고 흠모한다는 것이다. 썸 녀석은 시에서 잡은 재산이었다.

그날 이후로, 썸은 자주 학교에 가야 했다. 썸은 극본의 내용을 다시 펴냈고, 외운 다음에 아이들 앞에 서 자신에 대해 칭찬을 했다. 그런 것들을 자신이 겪었다고 오랫동안 상상했다. 극작가의 정신나간 머리에서 평범한 사람을 제압하기 위해 말도 안 되는 수많은 일들이 만들어졌다. 평범한 사람이 어떻게 그만큼의 발자취를 남길 수 있을까? 시 곳곳에서, 각급 청년단 지부에서 젊은 혁명가의 본보기를 매주 학습하였다. 매주 카사바를 심기 위해서 밭에 쟁기질을 하지 않아도 되었다. 우상을 칭송하는 보고원의 말을 듣기 위해 앉아 있게 되었다. 게다가 더 심취하기까지 했다.

VI

삶에 자주 행운을 가져다주는 여자는 절대 꿈속에서 모습을 나타내지 않았다. 녀석은 단지 말하는 소리를 들을 뿐이었다. 지금은 자주 '행운이 있으면 그냥 누려라, 몸에 해롭지 않다.'는 말이 들렸다. 썸 녀석은 통상 침대에 누워 재우는 것 같은, 타이르는 것 같은 목소리를 들었지만 괴기스러운 뭔가도 있다. 어머니라면 그렇게 말할 리가 없다.

시에서 썸에게 방이 16개나 있는 빌라를 분배해 주었다. 바로 강 옆에 프랑스풍으로 지어진 2층짜리 빌라 단지로, 본래는 반대편의 탱크 소리를 듣자마자 바로 그날로 황급히 도망간 외국 상인의 빌라였다. 이 사람의 가족 전부 바닷가로 도망가다 전쟁에 진 병사들에게 모조리 다 뺏겼다. 사이공으로 탈출하려고 바지선에 올랐다. 바지선이 가라앉았다. 그 집의 늙고 젊고 크고 작은 영혼들이 정원으로 둘러싸인 16개 방의 빌라로 돌아왔다. 밤이면 밤마다 지옥에서 들려오는 합창처럼 이 방에서 저 방으로 내버려진 것을 한탄하는 우는 소리가 들린다고 한다. 방랑하는 아이들 몇 명이 널찍한 현관 같이 지은 아치입구에서 밤을 보내며 집에 대해서 이야기를 했다. 그렇기 때문에 집안의 가구들이 그대로 남아 있었다. 상인의 막내딸 방에는 옷을 만들다 만 재봉틀이 있었다. 어디에 귀신이 있는지는 모르지만, 사람들은 빌라 경비를 무척 엄중하게 서서 아무도 감히 접근할 수 없다. 북쪽의 높은 관리가 식구들 휴식처로 만들려고 했다. 자식들이 우울한 식민시대 정원이 딸린 집이라고 폄하해 나중에 신식으로 지은 빌라로 이사를 갔다. 시에서는 영웅에게 소유하라고 아예 넘겨주었다. 썸이 빌라로 오자 병사들이 따라와 시중을 들었다. 사람들이 썸의 물건들을 지고 와 정해진 방에 넣었다. 응접실에 상아 한 쌍. 사슴, 노루 머리 박제 몇 개는 벽에 걸었다. 빌라만큼 값이 나가는 프랑스제 피아노는 썸이 칠 줄 모르지만 그냥 여기다 옮겨다 놓았다 연회를 열 때 연주자가 와서 사용할 것이다. 건물 두 열을 연결한 수영장은 이제 막 물을 갈았다. 전 주인의 커다란 세퍼드가 꽃 울타리 아래 묶여 있고, 정말 신기하게 녀석은 썸이 가까이 갔을 때 짖지 않았다. 굴복하는 듯 진압된 듯 녀석은 꼬리와 귀를 내렸다. 썸 녀석은 막내 동생의 머리를 쓰다듬듯이 개의 머리를 쓰다듬었다. 썸은 등 뒤로 뒷짐을 지고 정원을 보며 따져 보았다. 시내 모든 공직자들과 부자들이 썸을 사위로 삼기를 고대했다. 썸은 아직 원하지 않는다. 녀석은 거침없이 활개를 치며 살고 싶고, 맛있는 것 신기한 것을 우선 맛보고 싶다. 침실 안에다, 썸은 철금고 두 개를 놓았다. 금고 열쇠 비밀번호는 썸의 머리에 있었다. 녀석은 녀석이 어떻게 된다면 사람들이 금고를 녹여내야 열 수가 있을 거라고 생각했다. 이 비밀 재산은 나중에 녀석이 아내라고 받아들일 여자에게만 이야기해 줄 것이다. 녀석은 자식들이 부를 누리도록 늘려 놓아야 한다. 무슨 죄가 졌다고.

바로 다음 주에 사람들이 시 근처 천 평방미터의 땅을 썸에게 주었다. 썸은 많은 땅을 보는 것을 좋아하지 않는다. 녀석에게 중부로 사업을 확장하려는 사이공에서 온 중국교포에게 땅을 팔라고 소개를 하는 사람이 있었다. 또 썸에게 돈 버는 설계를 해주는 사람도 있다. 녀석은 중국교포에게 땅을 판 금액의 사분의 삼을 외국 은행으로 송금했다. - 썸 같이 지위와 명성이 있는 사람만이 그렇게 쉽게 외국으로 돈을 보낼 수 있다. - 나머지 돈으로 녀석은 다른 땅을 샀고, 집을 사고, 팔고 샀다. 그리고 다시 팔았다. 녀석이 돈을 보낸 은행에서는 녀석의 계좌가 빨리 차는 것을 보고 깜짝 놀랐다. 이 지역의 어떠한 사업가도 그렇게 빨리 계좌가 차게 하지 않는다. 아마 계좌 주인이 무언가를 하나본데 이자가 거의 감당 할 수 없을 정도였다.

사람들이 더 이상 돼지를 옥상에 기르지 않아도 되고, 매주 정전이 되지도 않고, 끼니때부터 카사바를 씹지 않아도 되는 시대에 들어섰다. 맛있게 먹지도 못 할 뿐더러 먹는 게 힘든 사람들이 사이에서 썸은 그냥 서서, 정말 일찍부터 들어와 있었다. 썸이 고용한 사이공에서 온 주방장은 빌라의 식객들에게 여유 있게 음식을 만들어 주었고, 술잔에 뱀의 피를 넣거나 진한 꿀이 가득한 접시 위에 원숭이 대가리가 박혀 식탁 가운데에 있는 것을 직접 눈으로 보았을 때 '우와' 하고 놀라게 했다. 이빨을 드러낸 원숭이가 식객이 녀석의 살을 먹고 있는 것을 보고 있을 때 뭘 하자는 것인지 알 수 없다. 필시 잘났다는 일을 만들려는 것이다. 충격을 받게 하고, 맘껏 먹는 흥을 만들어 내려는 것이다. 먹는데 까다로운 놈들은 모두 빈궁한 출신이다. 무리들 모두 달려들어 핥고 오물오물하며 버려지면 아깝다고 걱정, 모든 일이 출발점으로 다시 돌아가게 될까 걱정. 썸의 빌라는 그러한 놈들로 꽉 찼다.

커다란 몸집, 냉철한 머리, 썸은 커튼을 닫을 때마다 녀석의 친구들은 헝클어진 몸뚱이만 남는, 대개 한밤중까지 이어지는 유희 중에도 때맞춰 멈출 줄 아는 놈이었다. 썸은 골라서 놀았다. 녀석은 침대 위에서 뒹굴 때 겨드랑이에 땀이 나지 않는 여자들을 좋아했다. 옥과 상아처럼 새하얀 피부, 아무리 게으른 놈이라 해도 남자의 몸을 벌떡 깨울 줄 아는 뜨거운 손을 가진 여자. 썸은 두 아가씨를 골랐다. 모두 정원이 딸린 집에서 태어나 자랐고, 이 도시의 특징처럼 눈으로 먹고 맵게 말한다. 그러나 아가씨들은 나긋나긋했다. 언제나 몇 시간 전부터 이부자리 준비를 하고 환락의 색채로 흠뻑 씻어 내는 듯 방을 닦아 발걸음을 들여 놓으면 썸은 나른해지는 것을 느끼고 전신은 단지 하느님이 주신 세상의 즐거움을 누리게 되기를 기다리기만 하면 됐다. 썸은 규칙적으로 일주일의 홀수 날에는 두 아가씨와 있었다. 짝수 날에는 술친구만 만났다. 두 아가씨는 충분히 보상을 받았다. 아버지가 개조 대상인 한 아가씨는 집에 가까운 수용소로 아버지를 모셔올 수 있었고 매달 사람들보다 더 돈을 받았다. 다른 아가씨는 늙은 어머니와 살고 있고, 아버지와 오빠 둘이 두 올케와 함께 바다를 건너는 배에 올랐을 때 사람들이 눈 감아 주어서 지금 유럽에 정착했다. 두 아가씨 모두 젊은 혁명가의 은혜를 입었다. 아가씨들이 운이 좋다고 느끼는 것은 총각의 눈에 들었다는 것이다. 게다가 냉혈하다고 해도, 썸은 폄하할 만한 점이 없는 청년이다. 아가씨들은 잠시 녀석의 피의 차가움을 덜어 냈을 뿐이고, 뜨겁게 달궈졌을 때, 이 수컷은 말처럼 길길이 날뛰기도 한다. 두 아가씨는 정해진 날에만 빌라에 올 수 있었기 때문에 서로의 얼굴을 몰랐다. 그러나 아가씨들은 자기 이외에 다른 아가씨가 있다는 것을 안다. 아가씨들은 더욱 이 '-님으로 한 발짝 올라 선' 사내의 생식력과 금전을 훑어가려 기를 썼다.

주말 짝수 날에, 유일하게 나폴레옹만 마시는 썸의 친구가 어떤 여자애와 함께 왔다. 아이는 깜찍했는데 우수에 젖은 눈, 열다섯, 열여섯 살쯤, 흰 교복을 입고, 머리를 길게 땋았다. 나폴레옹 녀석은 여자애를 녀석과 썸 사이에 앉혔다.

"이 아이 이름은 타오 쩐입니다. 큰형님께 소개해 드립니다."

여자애가 일어서 찻상에서 술을 따르는 데, 나폴레옹 녀석이 말했다.

"얘 아버지가 미 괴뢰시절 시내에서 활동을 하다, 섬으로 붙들려 갔는데 얘 어머니가 얘를 낳았대요. 지금 집에 어려움이 있어요. 얘가 아버지를 구하고 싶어 해요."

"돈 때문이야? 얘한테 돈 좀 줘."

"아니오. 다른 일이에요. 맘껏 우선 즐겨 보세요, 형님은 아깝게 몸을 가둬뒀다, 지켜놨다가 뭐해요. 새 물건인데 무슨 죄를 진다고 모르는 척 해요."

그날 썸은 친구가 가지고 온 술을 마셨고, 무언가가 녀석을 우울하고 생각에 젖게 했다. 오랫동안 이런 상태였던 적이 없었다. 녀석은 팔다리를 어쩔 줄 몰라 할 정도로 어린, 미성숙한 아가씨와 침대에 올랐고, 그리고는 와락 우는 것이 썸이 여태껏 보지 못했던 매력이 있다. 전부터 썸은 속옷을 벗기는 것부터 전부 여자애들에게 맡겼다. 겁에 질린 여자애가 썸은 측은하게 느껴졌다. 아이의 몸이 매트리스 위에 널려졌을 때, 썸은 문득 왜 사내놈들이 숫처녀를 좋아하는지 이해가 됐다. 야생 난초의 생소한 향기가 사춘기를 맞은 살결에서 퍼져 나왔다. 여자애의 가슴은 동그랗고, 분홍색 젖꼭지는 아이의 조그마한 두 가슴에 무심코 떨어뜨린 점 같았다. 썸은 막 돋아난 솜털 한 줌에 얼굴을 묻었고, 여자가 달궈주는 데 익숙한 남자의 손이 처음으로 아이의 동굴을 부드럽게 문질렀다. 썸은 남자의 자세로 들어가 여자가 완전히 종속되었다는 것을 느꼈다. 그리고 하늘은 녀석에게 녀석이 수원에서 찾아낸 시원한 물을 주었다. 전부터 지금까지 사람들은 뭐든지 녀석에게 기꺼이 가져다주었다. 알고 보니 이불 속에서 스스로 수맥을 뚫는 것도 재미있는 놀이다.

여자아이는 조용히 다음 몇 주 짝수 주말 밤에 더 왔다. 직접 썸에게 성년 이전 나이를 바쳤다. 어린 양처럼 순한 것이 썸에게 언제나 느낌을 갖게 했다. 둘 다 잠이 들었어야 할 때, 여자애는 썸의 팔을 제사장 팔을 껴안듯 안았다.

"오빠, 저희 아버지를 구해 주세요!"

썸은 이미 나폴레옹 녀석이 아가씨의 집에 일이 있다고 이야기를 들었다. 그러나 썸은 모든 일이 너무나 잘 풀렸기 때문에 무관심한 놈이고, 녀석은 무슨 일인지 전혀 신경 쓰지 않았다. 여자애가 하는 말을 듣고, 썸은 무심하게, "가난하니? 내가 돈을 더 주마."

"아니오, 저희 아버지가 사건 처리가 되어서 곧 위험해요, 오빠. 저희 아버지가 오빠를 찾아 가라고 했어요. 원래는 첫날 말했어야 했는데, 제가 겁이 나서……"

"그럼 말해 봐!"

"오빠는 저희 아버지를 알고 계세요. 오빠가 섬에 계실 때부터……"

그때 일은 심각하다. 썸은 섬에서 녀석이 빵을 가져다주었던 응옥이란 이름의 남자를 바로 기억했다. 빵들은 썸의 화려한 전적을 만들어 냈고 썸을 오늘날 지위에 오르게 했다. 응옥은 감옥을 나왔다. 공무에 참여를 했고, 국가기관에 들어가서도 첫날부터 바로 썸을 칭찬했다. 처자식도 안정되고, 명망도 있었는데, 어떤 사건이 파헤쳐 졌다. 사람들이 응옥의 밀고로 다섯 명이 총살당했다고 말했다. 2년을 빙빙 돌았어도 사건은 끝나지 않고 그때 섬 중심에서 먼 호랑이 우리에 가두어졌던 죄수들은 적이 모두 굶겨 다 죽었다고 고소를 한 사람까지 있다. 시체는 바다에 던져졌다. 응옥은 죽지 않았다. 구해 준 사람이 있다. 그렇지만 증인이 어디에 있나. '시의 영웅이 구했다'고 말해야 하나? 그의 정식 확인을 받아야 조사 기관에서 상세하게 신경을 쓸 것이다.

"저희 아버지가 감옥에 몇 달간 계셨어요. 가족들을 만나지 못하게 하지만 저희 아버지는 제게 오빠를 찾아가라고 소식을 주셨어요. 오빠가 그 사람들에게 가서 말만 하시면 되요. 어쨌든 저희 아버지를 밝히는 데 중요한 실마리에요. 사람들은 저희 아버지에게 더 많은 죄를 뒤집어씌우려고 해요……."

이제껏 한 번도 없었던 사나운 화가 나 썸은 타올랐다. 녀석은 바로 침대에서 내려왔고, 옷도 채 입지 않았다. 아이의 얼굴을 가리키며 썸은 미친 것처럼 고함을 질렀다.

"꺼져. 내 집에서 꺼지라고! 이 요괴가 나를 올가미로 끌고 가려는 거야?"

두려운 아이는 침대에서 웅크렸다. 이내 옷을 입고서는 정원으로 뛰어 나갔다. 부엌에서 요리하는 사람, 방을 청소하는 두 사람, 정원을 쓰는 사람……. 모두 지하에서 잠을 자고 있다가 지금 뛰어올라 왔다. 무엇이 주인을 그리 화나게 했는지 알 수 없었다.

"당장 꺼져. 이 애가 찾아오는 걸 보거든 회초리로 때려 줘."

큰 어른은 절대 그렇게 말하지 않았다. 혁명 영웅은 사람들에게 더더욱 예의를 지켜야 한다. 그렇지만 썸은 너무 화가 났다. 무척이나 걱정도 됐다. 녀석은 미치광이처럼 행동했다.

조심하지 않으면 그 불한당들이 녀석의 일까지 다 망칠 것이다. 그 빵 몇 개는 아무 것도 말하지 않는다. 썸은 잊어 버렸다. 썸은 아무도 더 이상 섬에서의 날들에 대해서 언급하는 것을 바라지 않는다. 거기는 지옥이었다. 극본가가 연극에서 말하는 것 같이 혁명의 의지를 훈련하는 곳이 아니었다. 썸에게 있어 그곳은 썸의 젊은 날들을 소진해 버린 곳일 뿐이다. 여자애를 데리고 이 녀석을 유혹하게 할 수 없다.

아이는 다시는 더 이상 찾아오지 않았다. 그러나 응옥이란 이름의 죄수 돕기를 거절하고 나서부터 썸은 더 이상 전처럼 널찍하게 누리면서 살 수 없었다. 녀석은 부동산 투자 몇 건에서 손해를 봤다. 그리고 하루는 중앙의 감사단이 시에 왔다. 연회에서, 감사단 중 한 노인이 골똘히 썸을 쳐다보고 아무런 말도 하지 않았다. 썸은 움찔했다. 녀석은 황량한 산언저리에서 산 정상에 올랐다가, 산 정상에서 전에 녀석이 살해했던 금은방의 호이 노인이 매처럼 달려들어 녀석의 머리를 헤집는 것을 꿈에서 보았다. 녀석은 떨어졌다. 계속 떨어지는데 아무데도 부딪치지 않았다. 녀석은 고함을 쳤지만 소리가 나오지 않았다. 녀석은 아무런 상관없이 녀석을 지나는 공중에서 빙글빙글 돌고 있는 녀석의 이마 위 삼신할머니 자국을 보았다. 썸이 정신을 차렸을 때, 녀석의 몸은 목욕이 된 듯 했다. 녀석은 벽에 거대한 거울들을 붙여놓는 방으로 들어갔는데, 방 한가운데는 유일하게 돌로 만든 연단만을 놓았고, 돌 연단 위에는 녀석의 반신

상이 놓여 있었다. 아들의 죄 때문에 애를 쓰던 어떤 사람이 석공을 시켜 조각상을 만들어 녀석에게 선물했다. 조각상의 얼굴은 놀릴 수 없게 녀석과 닮았다. 조각상 얼굴 위에 붙어 있는 메르세데스 자동차 가격이 나가는 붉은 돌 하나가 삼신할머니 자국을 만들어 냈다. 녀석은 집에 온 손님들에게 모두 안내를 해 구경을 시켰을 정도로 이 작품이 자랑스러웠다. 녀석은 녀석의 조각상에 가까이 가서 소리도 내뱉지 못할 정도로 경악을 했다. 조각상의 이마 위 붉은 돌이 언제 빠졌지? 쇠창살 창문은 열지 않았다. 아무도 쇠창살을 끊지 않았다. 녀석은 소리를 질렀다. 빌라의 수많은 사람들이 다 달려왔다. 아무도 아는 사람이 없었다.

붉은 돌은 썸의 재산에 비해서는 먼지알 일 뿐이다. 녀석은 일하는 사람들을 보았고, 전부 녀석의 은혜를 한 몸 가득 입은 사람들인지라 아무도 질책할 수 없었다. 녀석을 걱정스럽게 하는 것은 알이 빠져 버린 조각상 인물의 운명, 무슨 일이 녀석에게 닥치고 있는 것이다. 녀석은 이마 위에 제 3의 눈을 샅샅이 보았고, 아직 색은 변하지 않았다. 녀석은 녀석이 밤이면 밤마다 꾸는 악몽을 생각했고, 녀석은 수사기관 쪽에 슬쩍 응옥 씨의 안부를 물었는데, 아주 힘들다는 말을 들었다. 단지 며칠 뒤 녀석은 관공서의 사무실에 앉아 있었고, 점심때가 가끼운 시간이있는데, 녀석은 응옥 씨가 자료를 넣는 캐비닛에서 나오는 것을 보았다. 그 사람의 얼굴은 섬에서 썸이 감옥 안에 있던 그를 보았을 때와 똑같이 창백했다. 그는 녀석의 이마를 손가락으로 가리키더니 고개를 흔들었다. "네 놈은 괴물이야, 썸아. 네 놈에게 도장을 찍어 준 건 낭비고, 큰 잘못이야. 알아듣겠으면 사라져 목숨을 보존 해. 네 놈은 내 딸에게 씨를 뿌려놨어. 그러나 그 애를 건드리지 마. 네 놈은 더 이상 그런 복이 없어!" 썸의 사무직원은 상사가 책상에 고개를 숙이고 있는 것을 보았다. 썸은 경련이 일고, 열이 높았다. 이틀 뒤 의사가 이상하게 썸의 얼굴을 쳐다보았다. "보스의 삼신할머니 자국이 어디로 갔지? 사라졌는걸. 여기 피부가 아무것도 없었던 것처럼 하얘!"

썸은 병이 나았고, 생소한 얼굴을 보는 것이 두려워 거울을 감히 보지 못했다. 썸이 물어보았던 수사기관에서 썸에게 응옥 씨가 죽었다고 알려왔다. 심장병. 돌연사. 온 가족이 짐을 싸안고 남쪽으로 갔다. 썸은 조용히 듣고서 가만히 정리를 했다. 녀석은 유럽에 정착한 아버지와 오라비들이 있는 홀수 날 아가씨가 아버지가 개조 중인 아가씨보다 낫다고 결론을 내렸다. 녀석은 이 아가씨를 불러 여행 할 겸 가자고 속삭였다. 지역의 식량식물 세미나에서 직접 썸을 초대하는 초청장을 보냈다. 썸은 홀수 날 아가씨를 비서로 함께 가는 것을 허가 받았다. 두 사람은 트렁크 두 개, 가벼운 손가방 두 개를 들고 VIP문으로 갔다.

멋쟁이들은 그 시절 사람들이 바리바리 이고 지고 가는 와중에 간단한 짐의 VIP들을 보고, 썸과 비서 아가씨가 가는 모양을 평가했다. "거기로 건너가면 산유국의 한구석을 살만큼 충분한 돈이 있다." 회의가 끝나고, 젊은이들의 우상이 시로 돌아오는 것을 보지 못했다. 세계지도 북쪽 어느 지역에 살고 있는 지도 모른다. 지구의 그 지역은 시원하고 견디기 쉽다…….

증기 기관차

피를 많이 흘려 산모는 정신을 잃었다. 옆에 앉은 남자는 지금은 핏기 하나 없는 예쁜 얼굴을 심각하게 쳐다보았다. 늘씬하다. 버드나무처럼 연약하다. 그렇지만 지독하다. 그렇게 진통이 심한데도 부르지 않을 정도로 남편에게 화가 나 있다. 휴대전화기도 놔두었건만 쓰지 않았다. 혼자 몸부림을 쳤다. 난산. 발견했을 때 집 바닥 위에 누워 있는 것을 보았다. 피가 냇물 같았다.

아들을 제왕절개 해서 꺼내니 좀 더 늦었으면 숨이 막혔겠다. 몸이 이미 자줏빛 이있다. 그렇게 보니 집에 아직 복이 남아 있다. 녀석은 발을 버둥거렸다. 호루라기처럼 울었다. 남자, 로봇같이, 새파란 잎사귀 앞에서, 오후 햇살 앞에서, 꼬맹이들이 내미는 손 앞에서…… 절대 흔들리지 않던 직선적인 인간이 지금 잠에 빠진 아내를 보니 뭉클했다. 남자는 아직도 아내를 남는 물건이라고 비웃었다. 살면서도 남자처럼 돈을 소중하게 보지 않았다. 생각하는 방향도 같지 않고. 끼워 맞춘 것 같았다. 지금 자식이 우는 소리를 들으니, 길을 잃었다가 되돌아온 거 같았다.

이런데 아주 이사를 해서 부모님과 함께 살라고 말을 해? 한참 멀었다. 비가 오면 물을 헤집고 다니고 해가 나면 먼지가 나고. 아버지의 커피나무는 사막에 심은 것처럼 자잘하다. 시내에서는 그래도 치마라도 입고, 금붙이라고 차고, 분가루라도 바르고, 립스틱을 칠하기라도 하지. 아버지는 힘든 걸 견디라고 하지만 자식은 견디기가 힘들기만 하다. 부모님은 나이가 들어 이사병이 나셨다.

레는 삶은 옥수수를 먹으면서 중얼거렸다. 푹 씨는 그물침대에 누워 삐걱삐걱, 딸의 말을 듣는다. 귀로는 듣고 눈은 감았다. 생각은 다른 데 가 있다. 그 역시 생각을 했다. '자식들이 왜 그리 힘들게 하는지. 너무 복에 겨워 예뻐라 해주니까 지들이 뭐라고 생각하나 봐. 착실하게 공부를 하고 있다가 후다닥 때려치우고 돌아오고. 지가 장군, 장교라도 된다고 건드는 것마다 비웃고 그래.'

"됐어요, 아버지!"

레는 옥수수 깡치를 이끼가 파란 하수구에 던져 버렸다. 부모님은 하수구에 온통 이끼가 낄 정도로 사셨다. 되돌아가는 것은 어렵다. 내가 말을 하면 못된 자식이라는 욕만 먹는다. 어떻게 못 될 수가 있어? 대대로 이어지는 가풍 있는 집 출신인 것을. 뭐든지 대대로 내려온다는데, 밥까지 쌀국수까지도 대대로 내려온다는데, 우리의 대대로 내려온다는 말은 파지처럼 싸구려다. 레 역시 편안한 초등학교 문학, 역사 여선생이나 하고 검소하게 살면서 공무원 월급이나 받고 싶었다. 중부 지역 사범학교에 다녔다. 때마침 1학년 때 국제적인 최면능력을 가진 교수님 몇 분을 만났다. 교수님이 교실에 들어서자 모두들 갑자기 마취약을 먹은 듯했다. 교수님을 보자 바로 몸은 마비되고, 눈은 크게 뜨고 교수님을 보는 데도 머리로는 잠을 잤다. 간이 큰 녀석들은 안경을 벗고 고개를 책상에 숙였다. 비몽사몽한 놈들은 교안을 그대로 읽는 선생님의 강의를 들었다. 12시 15분 전 꽝 쭝* 씨가 땀 디엡에 왔다. 교수님은 그를 이끌고 슬금슬금 탕롱에 이르렀고 개선 음악이 울릴 때는 이미 오후 1시 반이었다. 학교 정문 앞에서 말 그대로 밥 반, 먼지 반인 먼지밥을 씹으면서 무슨 신이 나겠는가. 뭐 하러 사람들 떼거지를 따라 사느라 그렇게 자학을 해야 하는가?

푹 씨는 지긋지긋했다. "네 생활용품 가게도 휘황찬란하니, 얘야? 국경 지방에서 밀수품을 사 온 주전자에 누가 너더러 싱가뽀르 상표를 붙이라고 했니? 탕롱 스테인리스 빨래집게를 가지고 너는 사람들에게 미국산 핸드케리 제품이라고 속이는 거냐? 빈즈엉 플라스틱 컵을 너는 닛뽕 정품이라고 말하고?" 푹 씨는 여자들 말투

---

* 18세기 말 베트남 남중부 떠이썬(西山)에서 일어난 농민운동을 주도한 응우엔 반 훼(Nguyen Van Hue), 탕롱(현 하노이(河內))에서 청나라 군대를 물리친다.-역자주

를 그대로 쓰면서 구시렁구시렁 자주 지겨운 잔소리를 했다.

레는 숨을 크게 들여 쉬며 눈시울이 뜨거워지는 것을 느꼈다. "어떻게 하라는 거예요, 아버지? 우리나라 사람들이 외제에 미쳤는데 그렇게 말하지 않으면 귀신한테나 팔아요? 아버지도 잘 아시면서 계속 저를 비웃으세요. 남는 게 얼마나 된다고 하루 온종일 뜨거운 함석지붕 아래서 이렇게 향부자*같이 시커먼 피부를 해가지고 저도 뭐가 신나는 게 있어야죠. 그런데 여기에 오니까 여우를 피하려다 호랑이를 만난 꼴이에요……."

"됐다, 애비는 너를 따르마!" 푹 씨는 운이 없는, 예쁘게 생긴 막내딸을 부드러운 목소리로 달랬다. 20대 초반인데 벌써 악착같다. 얼굴이 통통하고 번지르르한 애인 녀석은 입만 열면 대중문화의 첨단 유행에 따라 과시하고, 사람 마음의 우여곡절은 몽땅 구석에 처박아 두어 슬픔이고 기쁨이고 사치처럼 아무것도 돈과는 비교될 수 없었다. 푹 씨는 한때 모스크바에서 3번 전차를 타고 물리학을 공부하러 다녔으나 귀국해서는 고향 중부 도시에 와서 그만저만한 과학 관련 공무원 일을 맡게 되어 선생 수준의 러시아어와 물리학은 묻어 버렸다. 은퇴를 하니 물에 적신 걸레 같이 심심했다. 고원지대에 가서 재미나게 커피나 심자고 하는 친구의 말을 들었다. 그리고 진짜 즐겁다. 오토바이가 득실득실하고 길에 나선 사람들은 반 바퀴

---

* 향부자[Cyperus rotundus, 香附子]는 모래땅에서 자라는 식물로 뿌리의 겉 표면이 검갈색임-역자주

라도 앞서면 크게 이긴 것처럼 여기는 도시와는 아주 멀어졌다. 황소처럼 고집 센 딸내미인데 어찌 녀석의 짱구를 쪼개서 나의 진리를 집어넣을까?

레는 낯선 오토바이가 부르릉부르릉 붉은 흙길을 올라와 부모님 집으로 오는 것을 보았다. 푹 씨는 오토바이 소리를 듣고 벌떡 일어났다. "통이겠구먼."

아버지 친구 의사 통 씨! 벌떡 일어난 레의 아버지는 정말 젊어 보였다. 레는 뒤로 슬쩍 피하며 생각하니 지겨워 죽을 지경이다. 아버지의 친구라면 아마 레가 이미 학교 다닐 때 알던 마취 교수, 최면 교수 모습일 것이다. 이 붉고, 한적한 커피의 땅에서 아저씨들이 누구를 친구로 삼을 줄 알겠는가. 공자 왈, 맹자 왈 서로 이야기를 하면 좀 나을 것이다. 그만, 내일 나는 아래 도시로 가지 않던가.'

"레 어디에 있니? 아버지에게 보온병 좀 가져다주렴. 어제 돌아왔는데 오늘에야 찾아오는 거야? 하노이가 자네를 붙들어 놓는다고 생각했지!"

"저도 하노이에 푹 빠졌었죠. 그렇지만 여기저기 몇 주를 왔다 갔다 해 보니 여기서 사람들에게 제가 필요하다는 걸 분명히 알겠더라고요. 사람은 많은 데 내가 필요한 사람이 없는 곳에 사는 건 더는 처녀가 아니라고 놀림 받는 신부처럼 지루함은 적시반 너무나 한심하더라고요, 형님……" 레는 아버지가 손님과 나누는 이야기를 들으니 조금 신기했다. 그러나 마실 것을 들고 머뭇거렸다. 손님과 악수를 하니 바로 적개심을 일으키는 별 다른 것은 없었다.

"안녕하세요, 아저씨!"

푹 씨는 손을 비볐다. "야야, 호칭이 어려운데? 여기는 아버지가 처음 왔을 때부터 알던 의사 통 아저씨야. 최고의 의사지. 하노이로 반 년 간 연수를 갔다가 돌아온 지 일주일이나 됐는데 이제야 왔어. 아버지보다 15살 아래고. 망년지기. 너는 그냥 젊게 오빠라고 불러라. 나이대로 뿐인 걸, 뭐……" "네……" 통은 훼 출신 점잖은 남자처럼 목소리를 끌어내는 척을 해서 보기만 해도 웃겼다. 레에게 윙크를 보냈다. "나는 거기 출신이지만 왕손 출신이 아니어서 '브우'자 돌림도, '미엔'자 돌림도 '콰'자 돌림도 아니야. 쯔엉 딘 통. 중생들처럼 평민이고 외국에 기울지도 않았지. 비록 우리 가족들은 전부 네덜란드에 살지만. 나는 필립 통도 아니고, 토니 통도 아니고 헨리 통도 아니야. 왕고집 통 자식이야."

"현 병원의 간호사 몇 명이 그 별명을 붙여 주었어. 그렇지만 고집쟁이가 아니야. 나는 중생들처럼 정상이야. 내가 두 부녀에게 기차 위에서 있었던 이야기를 몇 가지 해 주지……."

오후 내내, 레는 살며시 웃었다. 그리고 낄낄대고 웃었다. 웃느라 배를 안고 뒤틀었다. 푹 씨는 하하 하하. 푹 씨 아내가 자수 공장에서 돌아와 온 식구가 여태 웃고 있는 것을 볼 때까지 보온병 두 개에 있는 물이 다 휙 사라졌고, 끼닛거리는 아무것도 없었다. 아내도 통이 돌아온 것을 기뻐했다. 지역 전체가 기다렸다. 병원 전체가 기다렸다. 커피 수확 철이 되지 않은 농한기에 한가한 인력들을 고용하는 아내가 설립한 자수 공장 전체도 오랫동안 고집쟁이 통 씨를 보지 못했다. 아내는 오토바이를 타고 경사를 내려가 현(縣) 시내에 가서 장바구니 하나 먹을 것을 사 가지고 왔다. 돌아와 딸내미가 부엌에서 소매를 걷고 일하는 것을 보니, 세상일에 관심 갖지 않던 모양이 조금 덜어졌다……. 밥을 먹으며 통 씨 아내가 물었다.

"하노이 아가씨들이 무척 예쁘다던데 중부지방 인재의 관심을 끌지 못했던 거예요?"

"그랬죠. 저처럼 이렇게 잘생긴 미남을 누가 놓아 주겠어요? 갑옷 조각이 남은 채 여기로 돌아올 수 있었던 것도 행운이에요!"

저녁 식탁이 그렇게 명절날처럼 즐거웠다. 푹은 얼굴 근육이 다 팽팽해져 10살이나 젊어졌다. 지금 레는 왜 부모님께서 여기에 꼼짝 않고 살면서 땅을 사고 사람을 사서 커피를 심는지 대충 추측할 수 있었다. 이런 친구가 있으면 정말 거리 전체가 꽉 차 붐비는 저 아래에 사는 것보다는 즐거운 게 분명하다. 레는 연애, 장사, 수지타산에나 왔다 갔다 하는데. 고작 몇 번 올라와 부모님을 뵈었으니 이 의사를 만날 수가 있었어야지.

내일. 그리고 모래까지도. 레는 도시로 돌아가려는 생각을 싹 잊어버렸다. 물건은 파는 사람이 있고, 홍에게 며칠 없는 날 관리를 해

달라고 했다. 람 홍. 지금에 와서 보니 낯간지럽다. 이미 홍*인데 왜 다시 람?** 그런 이름을 가지고 있는데도 내가 사랑한다. 사랑이라고 말하니까 그렇게 알고 있다. 서로 붙어 다니기만 하고 물건 들어올 때마다 수지타산을 계산하는데 뭘 할 줄 알겠는가? 아마도 그렇게만 하니까 같은 성향인 것을 알겠다!

고원의 오후는 투명하다. 붉은 흙길은 양 길가 짙은 푸른 풀로 더 붉다. 커피나무도 새파랄 때. 통은 며칠 현(縣)*** 병원에서 피곤해 늘어졌다. '알고 보니 사람들이 나를 기다렸다.' 통 방식의 논평이다. 이주민들이 온 곳에서 쏟아져 들어왔다. 이 지역은 예전에 달처럼 황무지였지만 지금은 온통 점차 '슬럼화'가 되었다. 가난한 이주민들은 자신의 목숨을 오토바이를 타고 다니는 도시 사람들 마냥 값싸게 여긴다. 그들은 도대체 약이라는 걸 사용하지 않았다. 양동이만한 큰 종양에다 아직도 잎사귀를 덮고 다닌다. 통은 뜻이 있는 사람들을 모아 일주일에 한 번씩 여러 곳을 다니며 진찰을 하고 일반약을 주었다. 그렇게 다니니 레에게 해 줄 이야기가 많았다. 기회가 되면…….

진지할 때에는 통도 슬퍼 보인다. 그러나 대개 상대방을 웃긴다,

---

* '홍'은 한월어로 웅(雄)의 베트남식 발음-역자주

** '람'은 한월어로 남(藍)의 베트남식 발음-역자주

*** 베트남의 행정단위로 우리의 '군' 정도에 해당-역자주

표정은 아무 일도 없는 것처럼 보이는데도. "레는 왜 사람들이 인류가 아무것도 구분 하지 않고 그냥 어디서든 서로 보면 껴안고 뛰며 춤추면서 힘 되는 만큼만 일하고 원하는 것이 있으면 욕구를 따른다는 수염이 긴 남자의 학설을 그냥 따르는지 알아? 이 남자는 학교 다닐 때 불우한 환경을 극복한 학생이었는데 출신이 다른 귀족 아가씨의 눈에 들었어. 그 아가씨는 천상의 선녀보다 예뻤고 높은 줄을 타고 올라가기를 바란 청년은 위대한 지식의 상품이 있어야만 했어. 총각이 열심히 쓴 박사 논문이 인류 반절을 이끌고 갈 위대한 이론이 되리라고 생각이나 했겠어. 그게 왜 그렇게 빛나는 줄 알아? 왜냐하면, 총각이 연애할 때 박사학위를 썼기 때문이야. 사랑은 모든 것을 가상으로 만든다고. 생각해 봐. 애인과 미친 사람은 한통속인 거야. 상상하는 것들은 처음에는 해가 없는 것 같아. 그러나 계속하면 진짜 이야기가 된다고. 인류의 반절이 서로 눈이 멀어서 다니고. 터널로 깊이 빠져 들어갔잖아. 지금의 사랑은 잘못이야. 맞다. 으악! 누구에게 묻는 거야……" 진지한 통을 보고 레는 낄낄대며 웃었다. 통이 무슨 이야기를 하는지 전혀 알지 못하지만, 불현듯 '@' 오토바이로 고속도로에 연기를 내뿜는 멋쟁이 날라리 남자들을 수없이 옆에 줄 세워 놓는다 해도 통은 여전히 누구와도 비교할 수 없이 독특한 사람이다. 부유하게 태어났으며, 아버지가 1975년 이전에 구청장으로 잠시 엮여 있었다가, 가족 전체가 중부 지방을 벗어나 바지선에 탔을 때 통은 이제 막 스무살 무렵이었고 시원한 기후를 좋아해서 고원에서 공부를 하고 있던 하숙생이었다. 학교는 달랏에 있었다. 스무살은 셀 수도 없는 사랑을 끌고 왔다. 그렇지만 총각은 키스를 아직 못 해 봤다. 어린 당근색 붉은 볼의 여고생이 아오자이 겉에 잿빛 울 코트를 입고 아버지를 따라 냐짱까지 내려갔다. 바지선을 타고서는 죽었다. 가라앉았다. 그때부터 계속 고원지대에서 빙빙 돌았다. 정원 있는 빌라는 그대로 거기에 두었다. 사람들이 회수하더니 다시 돌려주었다. 지금은 추억으로 가지고 있으려고 임대를 주었다. 유한책임회사에서 월세 천만 동을 낸다. 네덜란드에 사는 20명 정도 애국자 베트남 교포들을 귀찮게 하지 않아도 된다. 거기에도 집이 있다. 그러나 여행이나 가야 좋다. 여전히 이곳으로 돌아오고 싶다!

레는 말을 길게 끌면서 놀렸다. "분명 처녀의 영혼이 오빠를 고원의 땅에서 벗어나지 못하게 하는 거죠?"

"어디가 그래. 내가 무슨 꿈이란 걸 꾸겠어. 나란 사람이 꿈을 꾼다면 누가 믿겠어? 그렇지만 나는 직업이 있잖아. 게다가 붐비는 곳에서 아웅다웅하며 돈 벌 필요도 없고. 여기서 사는 게 건강해. 이게 중요하지. 사람들은 나를 필요로 하고. 나는 거리를 두는 어려운 사람도 아니고. 됐어, 이 가난한 나라에서 종합병원 의사를 하면서 정확하게 기관지염 진단만 해도 최고야."

두 사람은 늘적늘적. 오후. 끝없는 커피 언덕.

람 홍이 전화를 했다. "돌아올 거면 말을 해. 경매하는 밀수품 몇

통 사 두었어. 운전사 보내줘? 거기에다 뭐를 두었는데 그렇게 오래 걸려? 됐어. 중요하지 않아. 중요한 건 내가 자기의 가게를 돌봐주고 있다는 거야. 자기가 내 걱정을 하지 않는 데 무슨 상의를 해?" 전화를 끊었다. 레는 저기 먼 곳에서 람 홍을 느꼈다. 아무것도 아니면서 엄숙하게 나, 나, 자기, 자기…… 레는 현 병원에 갔다. 언덕 위 1층짜리 건물 두 개. 한 무리의 남녀가 고개를 숙이고 통의 이야기를 듣고 있었다. 통은 조용조용하게 말하더니 심하게 꾸짖었다. "영리해 져야지. 오늘내일 먹을 약을 주었는데 어떻게 바로 낫는다고 몇 알 먹고는 아무 데나 놔요. 무슨 사람이 자기를 스스로 치료할 줄 몰라……."

작고 시커먼 사람들은 의사에게 화를 내지 않는다. 그들은 누구에게 화를 내야하고 누구를 좋아해야 하는지 안다. 모래알 같은 사람들. 누가 진심으로 사랑해 주면 바로 알아보는 아이들. 통은 착한 마음을 둘 곳을 찾을 수 있었다. 기괴한 시대에는 착한 맘을 가진 사람은 모두 외계인 같다. 통은 여기 물속의 물고기처럼 왔다 갔다 했다. 땅은 깨끗하다. 하늘이 투명하고 먼지가 없다.

그리고는 레도 도시로 가야 했다. 홍이 달려들었다. 난폭한 손발이 달려들어 껴안았고, 어깨를 안고, 뽀뽀를 했다. "무슨 말이든 말하기는 쉬워도 나는 자기를 놔 주지 않을 거야. 내가 잘 알아. 거기에 올라가서 엮였어." 레는 홍 역시 시궁창 쥐 상태라는 것을 몰랐다. 약을 뿌려도 다 죽지 않는 벼룩 상태. 어디를 가도 손이 닿는다. 사방 곳곳에 안테나가 퍼져 있다. 불현듯 통이 레를 달랏에 데리고 갔던 날이 생각났다. 두 사람은 관광열차에 올랐었다. 20세기 초에 만든 프랑스의 증기 기관차가 이제는 여행객 관심을 끌고 있었다. 두 사람 모두 아무도 없는 열차 창가로, 기차의 나무좌석에서 채소 밭과 옥수수 밭을 보았다. 장미 밭을 보았다. 양 길가에 비단 같은 노란 나무 금잔화를 보았다. 문득 서로 쳐다보았다. 통이 농담을 했다. "사람들은 여전히 동굴에서 살던 생활방식을 가지고 있어. 번쩍이는 다이아몬드, 금, 옥을 차고 동굴을 기어 나왔지. 로켓에 올라타고 우주로 날아 올라가기도 하고. 뭘 하든 기계에 손가락으로 누르기만 하면 곧바로 되지만 깜빡깜빡 다시 돌아가서 선사시대 때부터 조상들이 사용하던 것들을 더듬더듬 찾지. 아마존 밀림에서 사는 사람 같은 노란 머리의 백인 서양 녀석들 몇 명이 증기 기관차에 올라 하늘에 오른 것처럼 기뻐하는 것을 좀 봐. 재미있지?" 레는 웃으며 세상을 살 맛 나게 하는 특별한 재주를 가진 의사의 어깨에 머리를 기댔다. 이 역에서 저쪽 역까지 7킬로미터밖에 되지 않는 기차에 앉아 여행을 하는데 도시로 보고를 올린 사람이 있을 거라고는 생각하지도 않았다. 홍은 담배를 손가락에 끼고 담뱃재를 털어냈다. 가죽옷. 휴대전화기는 허리춤에 차고. 샴푸 광고를 하는 한국 영화배우의 헤어스타일. 차가운 눈빛. 얼굴은 돌처럼 잘생겼다. 그렇지만 절대 다른 사람을 웃게 하지 않는다. 갑자기 레는 두려움을 느꼈다. 사는 게 아무것도 아닌데 벌써 숨이 막혔다.

"어째 당신이 나를 무서워하는 것처럼 보이지?"

"아니요. 제가 왜 당신을 무서워해요?"

"서로 조금씩 경고하는 것뿐이야. 나를 떠나 하루만 있어 봐, 주머니가 얇아질 테니까. 이 시대에 고원에 떠다니는 구름이 되지는 말라고. 나는 온몸 가득 사회 경험이 있지만 자기는 너무 어려, 돌아가서 잘 생각해 봐. 자살할 정도로 깊이 사랑하지는 않지만, 이미 세상에 선보였으니 나는 자신감을 가득 가지고, 여자에게 채인 물건이라는 소리를 듣지 않게 됐으면 좋겠어. 위에 계신 부모님은 충분히 잘 돌봐 드릴께. 커피 수확 철엔 제값에 매입될 거야, 어디에서 가격이 떨어지든 상관없이.

레는 전에 홍이 그렇게 이야기를 했을 때는 어째서 달콤하게 들렸는지 경악했다. 지금은 등골이 오싹하다.

홍은 한 팀을 꾸려 회사를 세울 생각을 내비쳤다. 분명 화합을 하고 싶은 게다. 수준을 끌어올리고 싶어 한다. 어떻게 되든 괜찮지만, 통을 만난 날부터 레 안에는 다른 사람이 계속 꿈틀거렸다. 레는 부모님을 찾아뵈었다. 푹 씨는 우울했다.

"부부도 팔자란다, 얘야. 녀석은 힘든 일을 지고 갈 놈이 될 거다……."

"어디 확실해야지요, 아버지? 어떻게 앞을 볼 수 있어요?"

"응. 그러니까 팔자로 돌려야지."

월말의 달이 커다랗게 걸려있다. 커피 언덕 위에. 달빛이 젤리처럼 시원했다. 레는 통을 집에서 조금 먼 데까지 배웅했다. 레는 모든 이야기를 다 했다. 그리고 길은 벗어날 수가 없었다. 또한, 달빛 때문에 사람 마음을 알 수가 없었다. 레는 이상한 남자를 팔로 꼭 껴안았다. "그만, 나는 나이가 많아. 레 힘들게 그러지 마. 나는 이전 세기에 만들어진 물건 비슷해서 보는 거나 재미가 있지 멀리 가려고 쓸 수는 없어. 관광이나 가는 거야. 네 일을 계속해. 가끔 고원에 올라오면 오빠가 젊어지라고 재미있는 이야기나 해 줄게!"

레는 왜 졸지에 선택을 했는지 자신이 원망스러웠다. 그리고 발버둥 칠 수 없었다. 빠져나가기 어려운 그물에 걸린 것 같았다. 그렇지만 아직 운이 좋았다. 돌아보면서 레는 통이 이마를 찌푸리며 분명 자기를 웃길 무슨 말을 찾으려 하는 것을 느꼈다. 레는 저 뒤에 부모님의 커피 언덕이 있다는 것을 안다. 무슨 말을 해도 웃긴 남자가 있다. 마치 누구나 삶의 폭풍을 피할 곳을 찾아야 한다는 것 같았다.... 됐다.... 그렇게 슬픈 걸로 족하다…….

산모는 젖은 두 눈을 떴다. 아버지. 어머니.

"엄마 아빠야, 딸아. 정신 차리고 애를 안아야지. 녀석이 잠을 자고 있어."

"아! 정말 아들이네. 초음파 검사를 했어도 저는 그다지 믿지 않았었어요. 자, 제게 애를 좀 주세요."

"우선 누워 있어. 이렇게 몸에 가득 링거를 꽂고 선, 애를 본 걸로 됐다. 훙은 약을 사러 나갔어……."

젊은 아내는 손으로 아직 흐린 아이의 눈썹을 문질렀다. 아직 잠에서 벗어나지 못했다. 그리고 꿈이었는지 어떻게 알겠는가. "아버지, 아버지와 어머니가 커피를 심으셨어요?"

"응, 아버지, 어머니가 올라가 커피를 심었지. 너 잊어버린 게냐?"

"아니요, 제가 어떻게 잊어버려요. 저는 아버지의 망년지기 통 오빠를 묻는 거예요."

"어떤 '통'? 거기 위에 아버지 친구가 많다만 '통'이란 사람은 없어!"

"달 랏 역에 증기기관차가 있지요?"

"있지. 1940년에 만든 기관차를 지금 관광객용 객차 몇 칸을 끄는 데 사용해. 사람들이 무척 좋아한다. 언제 네가 오면 아버지가 데리고 놀러 가 주마……."

레는 멀리 보았다. 혼잣말을 하는 것처럼.

'저 가 봤어요! 저는 정말 재미있는 의사 통 오빠가 생각나요. 가 봤어요!'

부모님은 눈을 들어 서로 마주 보았다. 머리카락이 조금 희끗한 여자는 잠이 든 아이를 딸의 가슴에 놓았다. 모든 어머니처럼 가슴이 아렸다. 어머니는 딸의 귀에 대고 말했다. 애에게 젖을 물리면

네가 아무것도 겁날 것이 없다는 것을 느낄 거야. 해 보려무나, 얘야…….

"그렇지만 통 오빠……. 어머니. 저는 그이가 필요해요!"

홀로 길을 건너다

“그렇게 이모부와 이모는 몇 주일 다녀 올 거야. 너는 계속 가게를 봐주렴. 밤에 동생 번이 와서 정산을 할 거야. 파는 물건이 그저 그렇지, 어디나 다 똑같아. 너는 회사 면접 끝냈으니 여기서 일자리를 기다려야지, 여기 앉아있지 않으면 먼지나 마시며 싸돌아다니다 카페에 앉아 직장도 없이 신발 자랑이나 좋아하는 짧은 치마 입은 여자애들이나 구경하잖아. 흥미로운 것이라고는 도통 없다고. 네가 물건을 봐 줘야지 문을 닫으면 연락도 끊기고, 손님들도 끊겨. 손님들이 가 버린다고. 네가 한 번 보렴. 이 시내 전체에 어떤 집에서 숨쉴 땅 한 평이라도 남겨 논 줄 알아? 물건으로 전부 진열해놓고. 몽땅 다. 우리 도시같이 거대한 시장은 아마 세상에 하나 밖에는 없을 거다. 다른 나라 사람들의 도시들은 꽃밭, 잔디밭을 만들려고 땅도 조금 양보하고 별도 지정된 구역에서 장사를 하는데, 우리 사는 곳은 어디나 장사하는 사람들로 꽉 들어찼잖아. 하긴 무척 편리하기도 하지. 성냥갑이라도 사려면 문만 열면 되고, 골목 초입으로 뛰어 나가면 오토바이를 사고, 길 건너면 자동차를 살 수 있잖아. 푸른 나무, 잔디밭은 차츰 꿈에서나 보겠지. 그만, 더 이상 주절거려 뭐하냐지. 애 늙은이 같은 네 놈 얼굴을 쳐다보니 내가 다 걱정이 된다. 옛날 적을 물리치러 길을 떠났던 선배들처럼 그냥 당당하면 모든 일이 깃털처럼 가벼워질 텐데. 이어서 네게 말하지만, 문을 열어야만 하는 건, 하루 가게 문을 닫으면 사람들이 들렀다가 이상하게 여기는데다가, 집에 무슨 일이 있는지 틈으로 쳐다보기까지 하니 말이야. 그러니까, 네가 이모부와 이모를 도와줘야 해. 우리 집에서 파는 정수기 대부분은 국경상품*이라 이런저런 상표, 심지어는 국내 상표도 붙여서, 베트남 물건은 품질이 그 정도라는 느낌을 줘야 한다고. 고를 줄 아는 손님은 입을 삐죽거리며 지나가고, 이따금 뜨내기 손님이나 있는데. 남편이 도시에 나왔다 자기 아내도 스스로를 속이는 데 익숙한 온 베트남 국민처럼 평범하니까 집에 있는 아내에게 줄 선물을 사는 거야. 사 와서 쓸 만하면 좋고, 아니어도 가지고와서 품질보증 해달라고 하는 건 꺼려하니까. 게다가 무슨 제품이든 품질보증에 신경 쓰지 않는 제품들이 있기나 하냐고. 필터나 바꿔주면 품질보증이지 뭐 더 있겠어. 물에 망간이 있는지, 납이 있는지, 철이 있는지 검사를 해도 분명 한참 걸릴 텐데. 돈만 들이고 공들여

* 국경지방에서 밀수로 들여온 저급한 중국상품-역자주

기다리기나 해야 하는 걸. 내가 정수기를 파는 일을 계속 하는 건 가게 세 얻을 사람이 있을까 기다리느라 낚시를 하는 거지, 나랑 네 이모는 힘이 다 빠져서, 더 벌어먹고 싶지도 않다고, 허리도 아프고. 수의를 입고 누워 있는다 해도 어떤 놈이 노잣돈 하라고 진짜 달러를 넣어 주기나 하겠느냐고. 저 세상 달러*는 수도 없이 많아도…… 포대 가득이라도 있을 텐데……"

"그리 이야기했으면 충분해요, 여보. 애가 한다고 하는데도 계속 잔소리에요. 나이 먹어 말도 많은데, 신경줄까지 끊어 먹으려고 띵띵 거려요."

응이어의 이모부는 키가 일 미터 오십오이고 이모는 일 미터 육십이로 20년이 넘도록 잔잔한 호수 물처럼 평안하게 함께 살았다. 이모부는 동네 확성기처럼 말이 길고, 크게 말하고, 쩌렁쩌렁 말하는 버릇이 있고 이모는 말수는 적지만 호 쑤언 흐엉** 식으로 주변 일들을 이야기하면 통상 듣는 사람들을 웃지 않고는 못 배기게 한다.

그러나 응이어는 웃지 않았다. 벌써 구레나룻이 있는 23살 먹은 사내는 외져서 지도에 이름조차 없는 바다에서 파도에 휩쓸려 다닌

---

* 베트남에서는 기일 이외에도 음력 1일 15일, 절기 등 수시로 조상들을 위해서 향을 피우며 종이로 만든 가짜 미국 달러와 각종 귀중품을 태운다.-역자주

** 18세기 후반 베트남의 여류 시인으로 성에 대한 과감한 표현과 비판적인 내용으로 유명하다.-역자주

적이 있는 선원처럼 조용한 시선을 지녔다. 그는 친이모를 쳐다보고 연설하는 이모부를 쳐다보며 짧게만 말했다. "이모부, 이모 다녀오세요!"

그의 이모부와 이모는 떠났다. 중부 여자에게 장가를 간 큰아들을 만나러 가는 기차에 올랐다. 감히 먼 곳의 아내를 얻었다고 부부가 버려 놓았는데 이제는 2살 된 손자가 지 어미가 시켜 전화에 대고 '여보세요' 한다.

"할아버지, 할머니, 안녕하세요!"

이모부는 헛기침을 하고 이모는 눈물을 훔치며, 억지로 어떻게 하겠는가?

그의 이모부와 이모는 놀러 갔다. 그의 동생은 구 도심가에 도자기 가게를 운영하는 애인이 있는데, 관공서의 일을 끝낸 동생은 도자기 가게 애인에게 들렀다 거의 집에 들어오지 않았다. 동생은 휴대폰으로 전화를 걸어,

"응이어 오빠야? 집 좀 봐 주고, 돈 얼마치를 팔았든 사고 싶은 거 있으면 그냥 사버려. 우리 엄마, 아빠는 기억도 못 하고 세지도 못 한다고!"

이러기까지 한다!

응이어가 건너편 길을 보니 서점 겸 문방구가 있다. 그는 죄 없는 장님이 어디라도 부딪치면 그 자리에서 넘어지거나 즉사하듯 내달

리는 히로뽕에 푹 취한 놈들의 오토바이를 가로질러 길을 건넜다. 중앙 분리대를 타고 올라 건너갔다. 역방향으로 달리는 길도 건너갔다. 인생을 쓰레기처럼 여기는 놈들이 신나게 내달리는 오토바이는, 귀로 바람이 내리치는 소리를 들으며, 멈추고 싶으면 멈추고, 멈추지 않으면 바로 내달려 지옥에 떨어져 교통사고를 당하는 사람들 때문에 짜증이 난 염라대왕과 맥주 한 잔을 마신다. 그는 스포츠 신문 몇 부를 사기 위해 그렇게 땀까지 흘려가며 고군분투를 했다. 요즘 아르세날* 축구팀 순위가 떨어진다. 그가 제일 좋아하는 축구팀은 연속으로 패배를 하지만 그는 모든(어떤) 값을 치르더라도 명성도 없고, 돈도 없고, 트로피를 가질 수 없을 때까지 축구팀에 대한 사랑만큼은 끝까지 하겠다는 결심을 했다. 축구를 잘 하는 것만이 낭만적인 꿈처럼, 사람들이 돈 없는 사랑을 하는 것처럼 공헌을 한다. 지구상 수십억 명의 눈 아래 축구장에서 사람들이 속고 속이는 세상에서 공을 잘 차고, 폭력적이지도 않고, 경쟁을 하지도 않는 것은, 놀림이나 받고, 입을 삐쭉거림을 당하지. 아무도 무엇인가를 할 수 없다!

그렇게 계속 생각하니 그의 젊음은 도둑맞아 산산조각이 나 버렸다! 그는 자신이 매일같이 가르치고, 매일같이 애가 타게 타이르던 부모가 말하는 시대로 사회에 회합할 수 없다는 것을 안다.

---

* 아르헨티나 유명 축구 클럽-역자주

그는 하루 종일 가게에 앉아 아무도 물건을 사러 오지 않는 것이 운이 좋다고 생각했다. 날이 이리 더우니 돈을 번 돼지장사, 쌀장사도 시내에 나오는 것을 꺼려했다. 도시에 물든 사람들은 명품가게로 들어가고 명품을 사지 못하는 사람들은 모든 것을 다 의심하느라 차라리 구정물을 마시는 게 의심하다 속상해 죽는 것보다 나을 지경이다. 그러니 그는 멍하니 앉아 있었다.

여기 사거리는 시내에서 가장 붐비는 곳이고, 시내에서 가장 숨막히는 곳이다. 한여름 퇴근시간이 제일 어마어마하다. 자기 목숨은 개의치 않고 오토바이로 내달리기 좋아하는 놈들은 아스팔트 길에 발이 묶이고 바퀴를 멈춰야 한다. 더듬거리며 가게로 신문을 사러 온 응이어를 보고 가게를 보는 아이는 응이어를 지구 밖 사람 보듯 했다.

"왜 오빠는 그렇게 긴장하는 거예요?"

"나는 길 건너는 것이 무서워."

"길 건너는 게 뭐라고 무서워요. 나는 저 위 사거리도 문제없이 지나 학교에 가는데? 오빠가 계속 진행방향 쳐다보다 반대편 쳐다보다 그러니까 그렇죠!"

"안 쳐다보면 오토바이가 사람을 치라고!"

"쳐다보지 마세요, 오빠. 사람들이 말하는 것처럼 굳이 둘러 볼 필요가 없어요. 둘러보고 피해도 아무도 나를 피하지 않아요. 제가 하는 거나 그냥 배우세요. 저는 그냥 가지 아무도 안 쳐다봐요. 아무도 달려들지 않으니 오빠도 그냥 한 번 해 보세요."

"나도 그다지 무서워하는 것은 아니야. 그러나 번잡스럽고 구질구질해. 내 성격은 구석에 혼자 앉아 있는 것을 좋아해. 그렇지만 날마다 스포츠 신문은 한 부 필요해. 파란 글씨의 신문, 붉은 글씨의 신문. 수십 종의 스포츠 신문이 비슷하지만 손에 잡히는 신문이 있으면 나는 그 신문을 읽어. 신작로 전체에 너희 신문 대리점 하나밖에는 없잖아."

아이는 짓궂게 웃었다. "오빠 말이 맞아요. 여기에 도서신문 가게를 연 건 정신 나간 짓이에요. 누가 읽겠어요. 심심하게 앉아 계시는 우리 할아버지나 재미 삼아 가게를 열고 파는 거지. 우리 할아버지 말씀이 옛날에는 사람들이 줄을 서야 했고, 배급표가 있어야 책을 살 수 있었대요. 우리 할아버지는 옛날 일을 잘 기억해요. 저기 우리 할아버지 좀 보세요."

집안에 흰머리가 난, 실크 저고리를 입은 한 노인이 탁자 위의 나무에 물을 주고 있었다. 노인은 골동품 같아 보였다. 노인은 길 밖에서 쏟아져 들어오는 기괴한 기계음을 전혀 듣고 싶어 하지 않았다. 웅이어는 끄덕끄덕 노인을 보며 노인이 손녀와 똑같다고 느꼈다. 태연히 길을 건너고 있는 것 마저도. 아이는 청년이 자기 할아버지와 비슷하다고 느꼈다. 아이는 웅이어의 얼굴이 마치 길거리를 꺼려하는 노인의 얼굴같이 여겨져 웅이어의 팔을 흔들었다. 아이는 돕고 싶었다. 아이는 말했다. "오빠, 걱정하지 마세요. 제가 하루 종일 학교에서 공부를 하지만 오후에 돌아와서 오빠에게 신문을 가져다줄게요."

응이어는 멍하니 쳐다보았다. 며칠 면도를 하지 않은 구레나룻은 얼굴을 늙어 보이게 해서 얼굴이 더 멍했다. 아이는 웃음을 터뜨렸다. "아님, 오빠가 식은 신문을 읽을까 봐요. 오후에 읽어도 되는 거 아니에요, 오빠? 식은 신문이 더 재미있어요. 저기 저쪽에 아저씨 한 분은 식은 신문 보는 걸 좋아하세요. 아저씨는 긴급한 소식들은 아저씨를 겁나게 한다고 말씀하세요. 아저씨는 지겹게 뉴스를 듣고 나서야 신문을 읽어요. 식은 신문은 아저씨를 침착하게 한대요. 오빠 웃기지 않아요?"

응이어는 웃지 않았다. 어린 아이는 응이어에게 손을 내밀었다. "그렇게 하기로 한 거예요. 제 이름은 짹짹이에요. 집에서 부르는 이름이에요, 오빠. 학교에서 부르는 이름은 엉터리에요. 응우엔 레 부 트억 민 흐엉. 징그럽죠. 괴기영화를 보는 게 훨씬 나아요."

응이어는 플라스틱 의자에 앉아 막히는 오후 사거리를 쳐다보았다. 사방을 쳐다봐도 사방 모두 새까만 정도였다. 수 킬로미터는 새까맣다. 아스팔트 도로 위 햇살은 가스레인지 마냥 뜨거웠다. 숨 막히는 공기 속의 햇살이다. 오토바이에 앉은 여자들은 중국 무협영화 속 협사처럼 얼굴을 가리고 겨드랑이까지 오는 장갑을 낀다. 사막에 사는 사람들처럼 햇살을 피하고자 두꺼운 옷을 입는 아가씨들도 많다. 큼지막한 선글라스는 밥그릇만 하다. 매연 속에 아가씨들의 얼굴색은 가라앉았다.

응이어는 짹짹이에게 말했다. "저러면 저 사람들이 어디에서 얼굴을 내 보이니?" 짹짹이는 크게 이빨이 빠져있는 것을 감추느라 입을 가렸다. "저 사람들은 부엌에서 내보이죠. 우리 엄마가 일하는 사무실처럼 에어컨이 있는 사무실에서요. 저 사람들은 밤에 카페에서도 내보이구요. 침실도 있잖아요. 내 보일 데는 많아요, 오빠."

응이어는 14살 먹은 아이의 말을 듣자니 텔레비전에서 이런저런 프로그램에 나오는 아이들 같았다. 뭐든지 다 안다. 심지어는 X란 사람의 생일이며, 외국의 태평양 위 사람도 적은 섬까지도 애들은 빠삭하게 다 안다. 응이어는 뭐든지 아는 애들을 보면 무섭다. 그러나 짹짹이가 말하는 걸 듣고, 짹짹이의 말하는 걸 보는 건 아무렇지도 않다. 아이 나이에 여자가 침실에서 얼굴을 내보인다는 것을 아는 정도면 적당하다.

짹짹이는 얼굴색에 대해서 길게 이야기를 했다. 응이어도 말을 보탰다. 아까워라. 예쁜 얼굴로 오토바이를 타고 활개를 치며 머리카락을 양갈래로 휘날리고, 맨발에 퍼지는 치마, 티셔츠 뒤로 봉긋한 가슴 …… 시내가 예쁜 얼굴로 말도 못하게 아름다워질 텐데. 지금은 하루 온종일 뒤져봐도 앞서 가는 미인을 뒤에서 두근거리며 몰래 좇아가는 공자들의 광경은 없다. …… 짹짹이는 말한다. "저리 바쁜데, 저리 분주한데 누가 시간이 있어요, 오빠? 우리 엄마만 봐도. 매일 엄마가 돌아오면 저는 잠들어 있어요. 우리 아빠와 엄마는

참 웃기게 살아요. 매주 아빠 집에 사는 우리 아빠는 건너와 엄마와 저와 외할아버지와 이틀을 지내요. 주초일 때도 있고, 주말일 때도 있어요."

"왜 그래?"

"저도 몰라요. 우리 아빠는 사업으로 바쁘고 엄마도 이리저리 바빠요. 두 사람은 각자 자기 집이 있으니까 시간이 덜 든다고 말해요. 자유니까 누가 뭘 하고 싶으면 하면 되고요."

"정말 엄청나다. 그러면 너의 부모님은 서로 사랑하지 않는 거야!"

"얼마나 예쁘게 사랑하는데요. 밤이면 띡띡! 이 집에서 저 집으로 전화 거는 소리가 들려요. 이따금 아빠가 일요일 저녁에 엄마를 데리러 오기도 하구요. 춤추러 간다고. 커피 마시러 나가기도 해요. 제가 보기엔 그런 것도 좋아요. 우리 숙부와 숙모는 하루 종일 붙어 있는데도 매일 한 번씩은 싸워요. 우리 아빠와 엄마는 서로 질려하지 않는 거 같아요. 우리 외할아버지는 미친 것들이라고 말해요. 체통이라곤 없다고."

"오빠 보기에도 체통 없어 보인다. 서양 사람들처럼 부부가 각각 자기 집에 산다니. 서양 사람들도 그렇게 살지 않아."

"오빠는 정말 늙었어요." 짹짹이는 말이 없는 청년을 응시하였다. "오빠는 우리 할아버지처럼 늙었어요."

오후가 되면 늘 그랬다. 짹짹이는 응이어에게 꾸준히 신문을 가져다주었다. 길이 막히는 오후에 아이가 길을 건너면 웅이어는 안심했다. 길이 막히면 모든 사물이 가만히 서 있다. 아이는 빠져나가기만 하면 된다. 잘 뚫린 길이야말로 걱정스럽다. 길이 잘 뚫려 있으면 아무도 사람을 보지 않는다. 그냥 막 내달리는 것이다. 누가 반 바퀴라도 앞서면 크게 이긴 것으로 보니까 아이들은 막 내달리는 것이다.

어른어른 멀리 저편 길에 짹짹이의 짧은 머리가 보인다. 녀석의 머리카락은 나무뿌리같이 두껍다. 아주 큰 머리띠가 있어야 머리카락을 정리할 수가 있다. 짹짹이의 이마는 앞으로 나오고, 이마도 네모지고 턱도 네모져서 얼굴이 네모나다. 아이는 귀엽기도 하고 어려서 보여 젖먹이 같은 얼굴을 하고 있다. 그렇지만 생각하니 우습다.

"오빠, 스포츠 신문을 뭐 하러 봐요. 저는 안 봐요. 제일 깨끗한 축구를 가지고도 사람들이 기사를 써 대는데. 해괴해요, 괴기영화 보는 게 더 재미있어요!"

웅이어는 짹짹이의 말재주에 웃음이 나왔다. 둘은 잘 맞는 거 같아서 자주 이야기를 나누었다. 숨 막히게 뜨거운 길 막힌 오후, 짹짹이는 차 한 대를 가리키며 설명을 했다. "오빠, 저기 저 차는 무라노*라고 가격이 거의 20억 동이 다 되요. 반대편에서 오는 저 차는 렉서스 GX 470, 격조 있는 L자 로고가 있어요. 이 차는 미국 시장

* 일본 닛산 자동차-역자주

을 위해 도요타가 생산한 브랜드에요. 8인승 SUV, 4기통 엔진 6리터…… 이건 25억 동……"

"세상에! 어떻게 너는 그리 빠삭하니?"

짹짹이는 눈웃음을 쳤다. "우리 아빠가 차를 팔아요. 아빠가 잘 가르쳐 줬어요. 저는 전부 다 기억해요."

응이어는 짹짹이의 가르침에 따라 차를 관찰하는 연습을 했다. 녀석은 우글우글한 오토바이 흐름 사이에 힘겹게 갇혀 있는 30억 동에 달하는 승용차 모양을 알아본다. 무라노, 윰……의 차량 주인들이…… 길이 뚫리기를 그들의 차체를 더럽히고 있는 평범한 오토바이에서 나오는 연기를 참아내며 앉아있는 얼굴을 아무도 보지 못한다. 그들은 그렇게 앉아 있어야만 한다. 아무도 불편함을 피할 수 없다.

아무리 생각해 봐도 이 땅에 사는 부자들도 괴롭다. 구시가지 내 응이어의 집 가까이 유명한 쌀국수 가게가 있다. 소문난 쌀국수에 중독된 상류층 사람들이 직접 차를 몰고 온다. 럭셔리한 신형 메르세데스가 갑작스레 등장하면 감춰진 클래식한 빛을 내며 옛날 거리를 눈부시게 한다. 그러나 새로운 시대의 상류층 사장님 사모님들은 빙빙 돌아야만 한다. 이쪽에서 몰아내고 저쪽에서 쫓아내니, 그런 차를 멈추고 주차하기가 힘들어 상류층도 쌀국수 한 그릇을 못 먹는 아침이 허다 하지만 참아낸다. 그들은 주차를 하게 되면 수백 동짜리 신발 한 켤레를 길 위에 내려놓으려고 문을 열고, 보기에도 고상한 흘러내리는 치마, 멋진 양복을 입은 속내에서는 애가 타더라도 먼지 구덩이 사이에서 사는 상류 귀족인 그들에게는 아무 것도 아닌 일이니 인내해야 한다.

길이 막히는 오후는 수십억 동이나 하는 차량 부자 주인들의 시간을 태우지만 감내해야 한다. 부자들 전용 도로는 없다. 부자들의 자동차와 함께 하는 멋쟁이들의 오토바이. 배기량이 큰 스쿠터, 혼다와 야마하의 250cc이상의 '슈퍼 스쿠터' 역시 중국산 오토바이, 1970년대 오토바이와 함께 막힌 길에 가만히 있어야 한다. 짹짹이는 어마어마하고 너무 멋져 겁나게 보이는 오토바이를 가리켰다.

"오빠, 저기를 보세요. 저건 '검은색 코뿔소'에요. Wings 차에요. 우리 아빠도 얼마 전에 한 대 샀어요."

"굉장하군. 오빠는 저 크기의 오토바이를 타고 이런 시내를 다닌다는 걸 상상도 할 수 없어."

짹짹이는 응이어를 신기하게 쳐다보았다. 아이는 손을 가져다 청년 턱 위 구레나룻을 문질렀다. 장난기 많은 막내 같은 짓을 한다.

"그럼 오빠는 뭐가 제일 좋아요?"

"오빠는 새파란 잔디밭이 좋아. 길 양쪽으로 키가 큰 나무들 사이에 길, 흙길이 나 있는 게 좋고. 멀리에는 집들이 있어. 오빠는 나무숲 뒤로 감춰져 있는 집이 좋아. 오빠가 자전거를 타고 시내로 가서 일하고 돌아와서는 울타리에 자전거를 세우는 거야. 부엌에서는 우리 엄마가 음식을 하고, 아버지는 장기를 두고, 나는 집 뒤 뜰로 나가 짹짹이와 농구를 하고 깨끗한 공기를 들이키지……" 짹짹이는 술에 취한 놈처럼 비틀거리며 웃었다.

"오빠는 정말 꿈속에 사네요. 큰 나무를 어디서 구하고, 파란 잔디밭이 어디 있다고 오빠가 뛰어 다녀요. 오토바이 매연에 길 먼지가 편하지, 갈수록 심해지는 걸 오빠가 아무리 꿈을 꿔 본들 벗어날 수는 없어요……."

오후면 언제나 막히는 사거리에 있는 정수기 가게 옆 옷 가게 주인 사내는 반바지 주머니 속에 손을 집어넣고 담배를 들이키며 심심하게 앉아 두 사람이 하고 있는 이야기를 듣고 있었다.

"너 저 건너편 서점 할아버지 손녀인 것 나 알아. 너희 할아버지는 이상하기도 하지, 사위는 수십 억 동짜리 자동차를 팔고 딸내미는 은행에서 일하니 돈을 쌓아 놓았을 텐데 궁상맞게 책이랑 신문을 팔고 있으니."

짹짹이는 대답하지 않았다. 아이는 신기한 물건을 보듯 물끄러미 사내를 쳐다보았다. 사내는 다른 사람들하고 별반 다를 것이 없이 말했다. 누구나 아이 할아버지가 일에 빠지고 돈에 욕심을 부린다고 여겼다. 아이에게 걔 할아버지는 시간 낭비하는 걸 덜어주는 뭔가를 하는 것을 즐기는 사람이다. 할아버지는 돈도 몽땅 다 줘버리곤 한다. 셀 수도 없이 많은 곤궁한 친척들이 시골에 살고 있다. 응이어는 짹짹이가 일을 내려고 하는 것 같아 긴장된 분위기를 누그러뜨리려고 물었다. "그 사람들 장사가 잘 되요, 형님?"

"니가 요 며칠 앉아서 사람들이 옷 사러 오는 걸 봤어? 더워 죽겠네! 우리 집 여편네가 유행이 지난 옷만 가져오니 아가씨들이 왔다가도 바로 가버려. 지겨워 죽겠어!"

"제가 보기엔 끈이 달린 민소매 셔츠 종류는 여전히 유행하던데요, 형님." "어이구, 오늘 유행이 내일이면 구식인데. 유행이라는 게 돌고 돌잖아. 내가 '디스커버리'를 보니까 태평양 바다에 사는 원주민들이 제일 유행을 따르더라. 사내들이 고추는 상아처럼 보이는 통에 넣고 어깨에는 여유분 몇 개를 달고. 웃통은 다 벗고 고추 하나만 통에다 밀어 넣고. 어떤 패션 디자이너가 그런 유행을 내보일 수가 있겠니. 그 유행이야 말로 독창적이고 신기하니 내 생각엔 파리에서 쇼를 해도 사람들이 눈부셔 할 거야."

응이어는 몸을 틀어 옷가게 주인아저씨의 말을 짹짹이가 듣지 못하게 가렸다. 그러나 짹짹이는 아무렇지도 않은 듯 태연했다. 아이는 길 건너는 것에 익숙해있으니까.

짹짹이는 여름방학을 맞았다. 아이는 언제든지 오빠에게 신문을 건네주겠다고 말했다. 낮에 응이어는 앉아서 거리를 수시로 내다보았다. 찌는 듯한 무더운 공기가 눈앞 허공을 물이 있는 것처럼 희뿌옇게 만들었다. 허공을 보니 어지러웠다. 한낮의 길은 텅 비었다. 누군가가 공중에서 보초를 서고 있는 날 같았는데, 오토바이가 와서는 바로 광고판이 있는 자리에서 갑자기 굴러 넘어졌다. 오토바이를 타던 사내는 바둥바둥 기어 일어나 오토바이를 세우고 주변을 둘러보고 범인이 누구인지 따지려고 했으나 보이는 게 없어 오토바이에 올라 씩씩거리며 갔다. 30분 뒤, 청년 두 명이 탄 오토바이 역시 그곳에서 나동그라졌다. 역시 오토바이를 세우고 중얼중얼 욕을 하고 계속해서 갔다. 오토바이에 달걀 꾸러미를 달고 달리던 한 아주머니도 30분 후 넘어졌다. 점심에서 오후로 넘어가면서 응이어는 신기하게도 오토바이 일곱 대가 부딪치지도 않고, 사람을 치지도 않고 넘어지는 것을 셀 수 있었다. 옷가게 주인아저씨는 말했다.

"신기할 것도 없어. 길이란 강 선착장과 같아. 강 선착장도 해마다 사람을 잡아 가는데. 저쪽에 분명 뼈가 묻혀 있는 게야. 내가 여기서 몇 년간 가끔 그곳에서 넘어지는 사람을 세는 것만 해도 눈이 피곤할 정도야. 거기서 귀신이 놀리고 있는 거라구. 살살 놀리면서 노는 거지, 별일 아닌 게야……"

여름, 짹짹이는 오후에 길을 건너지 않았다. 아이는 어느 때든 기회가 있을 때마다 자주 길을 건넜다. 응이어 오빠와 수다를 떨려고 건너왔다. 그래서 오후 3시 길이 한가해져 오토바이가 미친 듯이 내달리고 짹짹이는 건너편에서 신문을 흔들었다. 응이어는 미처 도로로 뛰어드는 아이를 막지 못했다. 오늘 아이는 새빨간 머리띠를 차고, 빨간 티셔츠와 스포츠 신문도 빨간색이었다.

아이는 바로 그 누군가가 사람을 잡아가기 좋아하는 곳을 지나갔다. 쾅! 소리만 듣고도 응이어는 얼굴이 어두워졌다. 짹짹이 또래의 두 녀석이 오토바이 경주하는 식으로 내달리다 짹짹이를 미처 피하지 못하고 보도블록으로 달려들어 두 녀석 모두 가로수에 세게 부딪쳤다.

오토바이를 타고 달리며 놀려던 어떤 녀석의 혼다 실버 윙 역시 짹짹이 있는 곳으로 달려들었다. 지진 같은 소리가 쾅! 쾅! 몇 번 주변 거리에 울려 퍼졌다.

응이어는 응급차가 짹짹이를, 빨간 슬리퍼를, 녀석이 손에 꽉 쥐고 있던 스포츠 신문까지 싣고 가는 것을 볼 수 없었다. 아이의 머리띠가 길에 떨어졌다. 응이어는 주워서 가게로 가지고 왔다.

"아무 일이 없도록 하느님께 빕니다. 하느님께 빕니다. 오빠가 이야기했는데 말을 안 듣고. 어떻게 너 혼자 길을 건너니."

강 줄기

무척 지친다 싶으면 나는 스스로에게 말한다. '됐어, 잠시 고향에 다녀오자.' 그러나 늘 실행할 수 있는 건 아니다. 별 것도 없이, 표를 사고, 기차에 하루 앉아있다 내려 버스에 올라타면, 그러면 고향집에 도착한다. 그런데도 전쟁이 끝났을 때 다녀온 후로 지금껏 나는 고향에 가는 기차역에 발걸음을 하지 않았다. 너무나 바빴다고 말하는 건 맞지 않다. 아마, 나태함이, 닳고 닳아버린 습관이 발길을 붙잡았을 것이다. 움직이는 게 내키지 않는다. 때때로 나는 내 인생에 남은 게 뭔시 냉성하게 볼 수가 없다.

십일 월, 내 고향의 추수 때, 고모의 딸인 낌이 내게 편지를 썼다. '오빠, 어머니께서 돌아가셨어요. 제 생각엔 오빠들이 너무 바쁜 거 같았고, 오빠한테는 알려도 제때에 오시지 못할 거라 관뒀어요. 제가 어머니 편히 쉬시도록 묘는 신경 썼어요. 곧 100일제가 돌아오니, 하노이와 사이공에 있는 친척들이, 혹시 시간을 낼 수 있는 분이 있다면 와서 어머니께 향이나 피워 줬으면… 해서 알려요.'

나는 사무실에서 오후 내내 멍하게 앉아 있었다. 벌써 수 십 년째 이렇게 멍하게 앉아 있었던 적이 없었다. 지금, 나는 혼자 앉아, 저녁에 집으로 돌아가는 아이의 외로운 심정으로 가슴이 막막했다. 아, 우리 고모, 내가 조그만 아이였을 때부터 나를 길러 주셨던 어머니. 그렇게 기구한 이 생의 사명을 다 하셨구나. 사람에게 더 이상 굴레도 씌우지 않는, 힘겨운 부대낌이 없는 저 세상에서 편안하시겠구나…

다음 날, 나는 며칠 휴가를 내고 직장에서 곧장 역으로 갔다. 기차는 한창 짓고 있는 집들로 들쑥날쑥하고, 번잡한 도로에 사람 물결로 칙칙한 도시를 스쳐갔다. 저녁 무렵, 기차는 산 동굴에서부터 피어올라, 수면 위에, 논 위에 퍼지고 있는 우유처럼 하얀 안개 속에 희뿌연한 석회암 산간 지역에 도착해 흘러갔다. 이 곳에서 내 고향까지는 아직도 오십 킬로미터 이상 남았다. 그런데 나는 벌써 내가 겪었던 어릴 적 향취를 맡고, 초목처럼 천진한 삶을 본 거 같았다. 내 가슴은 어떤 슬픔이 잔잔하게 퍼졌다.

우리 부모님께서는 일찍 돌아가셨다. 우리 아버지께서 돌아가시고 얼마 후에 우리 어머니마저 힘겨워하시다 세상을 뜨셨다. 나는 생생히 기억한다. 그 때 나는 아직 무척 어렸지만 물끄러미 서서 사람들이 어머니 관을 들고 나가는 것을 보았다. 우리 고모가, 이백 킬로미터나 떨어진 곳에서 나를 데리러 왔을 때야 나는 비로소 와락 울음을 터뜨렸고 흐릿하게 내 자신의 처지를 이해할 수 있었다. 손에는 검은 천으로 만든 보따리를 들고, 챙 넓은 모자를 쓰고, 조그마한 깔깔이 저고리를 입고, 나는 우리 고모의 손을 잡고 나무 그들이 드리워진 마을 길을 나서 정류장에 갔다. 고모는 우리 아버지 친동생이다. 고모가 와서 나를 데리고 가 고모와 함께 살았다. 그 때 고모는 교사였다. 고모와 나는 무척 멀리 갔고 나는 이따금 다리가 아파 주저앉았다. 바지를 걷어 올리고 물이 메마른 강을 건너고 광활한 강가를 건너자 고모는 말했다.

- 곧 집에 도착한단다, 얘야.

우리 고모는 시집간 지 얼마 안 됐다. 두 칸짜리 집은 차 밭 안에 있었고, 강이 침하하는 곳 바로 옆에 있었다. 고모의 남편도 교사였는데, 나는 그 날 그가 절대 닦은 적이 없는 오래된 프랑스 자전거, '홀딱 벗은' 자전거 그리고 십 리 밖에서도 들을 수 있는 큰 벨 소리가 나던 자전거에 탔던 것을 정확히 기억하고 있다. 여름이면, 고모부는 한가할 때마다 강으로 뛰어 내려가 멱을 감았다. 나루터에서 올라오면서, 고모부는 땅 위를 터벅터벅 두 다리로 밟으며, 입으로는 불어로 노래를 했는데, 고모부의 노래를 들을 때마다 우리 고모는 웃음을 참지 못했다. 나도 점차 노래에 익숙해졌는데, 고모부는 시끄럽게, 노래에 푹 빠져서, 눈으로는 윙크를 했고, 노래의 후렴구를 여러 번 반복해서 부르느라 입으로는 웃었기 때문이다.

처음 며칠간 내 의식은 어머니의 부재에 적응할 수 없었다. 나는 자주 강으로 내려가는 기슭으로 나가 서서, 고모와 고모부가 학교에 가르치러 가 있는 동안 거기에서 서성거리며 놀았다. 내가 학교에 갈 나이가 되자 우리 고모는 나를 바로 학교로 데리고 갔다. 고모와 나는 보통 매우 일찍 집을 나섰다. 마을의 농민들은 우리 고모를 보고 다들 반가워하고, 존중했다.

- 선생님, 학교 가세요?

그리고 그들은 내 머리를 쓰다듬고, 아니면 내 팔을 흔들어댔다.

- 선생님, 어디서 이런 멋진 총각을 새로 주워왔대요?

우리 고모도 그들에게 농으로 답했다.

- 제게 좀 전에 우체국으로 보내온 사람이 있네요.

우리 고모가 가르치는 학교는 강변을 나누는 퇴적지 위에 걸쳐 있는 사찰 안에 있었다. 강이 이 쪽으로 무너져 내리고 있어서 우리 고모는 머지않아 이 퇴적지도 무너져 내릴 거라고 말했고, 그래서 사람들이 마을 내 학생들을 위해 새로 학교를 짓고 있었다. 나는 아직도 학교가 무척 왁자지껄했고 전부 나 같은 조무래기들로 가득했던 걸 기억한다. 삼학년과 사학년은 기울어진 벽돌 마당을 사이에 둔 건너편 건물에 있었다. 그 당시 사학년 학생 누나들은 벌써

다 자랐다. 이가 검고, 머리채를 감아 올린 한 누나도 건너편 건물에서 공부를 했고, 누나가 마당을 지나갈 때마다 우리 어린 애들은 창문을 통해 누나가 하는 것을 따라 보면서 속닥거렸다. 애들은 누나가 남편이 있고, 학교에 갔다 돌아갈 때마다 시어머니가 누나에게 자주 지독하게 욕을 하고, 누나가 공부를 하러 다니는 것이 못마땅해 머리끄댕이를 집 대들보에다 감아 놓았던 적도 있다고 했다. 누나는 나를 무척 예뻐했고, 이따금 학교 마당으로 나를 불러내어 누나가 밤새 만들었던 땅콩엿을 손에 쥐어 주기도 했다. 학교에 다녀오는 길에, 누나는 현의 시장에 들러 가게에 엿을 넘겨주고 따로 본전을 만들었다.

나는 우리 고모가 가르치는 반에서 공부를 했다. 고모는 보통 우리들 쪽으로 뒤돌아섰고, 고모의 통통한 손은 칠판에 대문자, 소문자들을 가지런히 써 내려갔다. 그때 고모는 젊었고, 말총머리로 머리핀을 찔렀다, 양 볼은 발그레 통통했다. 멀리서 왔다 가는 농민들을 보면, 고모는 벌써 소리를 내어 인사를 했다. 그들을 지나 한참이 되어서, 내가 고개 들고 쳐다봐도 고모의 생기 있는 두 입술에는 웃음기가 맺혀있는 것을 볼 수 있었다. 인사를 하고 나서도 가시지 않는 사람들에 대한 정으로 고모의 얼굴은 환하고 복스러웠다. 고모는 나를 끌고 두부를 전문으로 만드는 부락을 지나갔다. 집집마다 마당의 두유를 만드는 솥에서 모락모락 김이 올랐다. 콩국을 담는 나무로 된 통이 마당에, 가는 길에 줄 서 있었다. 시큼한 불린 콩 냄새가 나 멀리서 지나가도 맡을 수 있었다. 농민들은 보통 두부 만드는데 한 나절, 논 일 하는데 한 나절을 보냈다. 그 농민들은 제 자식 공부를 가르치는 선생님을 귀중하게 대했다. 그들은 내게 설탕을 정말 많이 탄 두유를 마시라고 주곤 했다. 나는 우리 고모가 그들과 장사 얘기를 하는 동안 호호 불며 마셨다. 때때로 그들은 우리 고모에게 빈랑(檳榔)*을 대접하기도 했다. 나는 배가 터지도록 두유를 마셨다. 그 뜨겁고 달달한 두유를 나는 지금도 기억한다. 여기서는 설탕도 이미 준비해 두었는데, 한 부락 전체가 사탕수수에서 조청을 전문으로 만들기 때문이었다. 조청을 만드는 계절에는 아침부터 밤중까지 내내 사탕수수를 짜내는 차의 덜그덕 덜그덕 소리가 울린다. 소들은 지루하게 사탕수수를 짜내는 맷돌 주위 축을 끌어당긴다. 사탕수수 즙이 아궁이에 올려놓은 솥으로 흘러 나간다. 조청을 고는 솥은 밤낮으로 내내 끓는다. 조청을 만드는 계절은 애들이 무척 신나는 계절이고, 사탕수수와 가래엿을 만드는 조청 거품을 원없이 먹는 계절이다. 애들은 나를 끌고 사탕수수 밭에 가 놀며, 제일 큰 사탕수수를 골라, 가장 맛있는 마디를 가지고 와 앉아 서로 먹으면서 아무도 자기를 볼 수 없다는 재미를 만끽했다. 나는 그렇게 낌이 태어날 때까지 귀여움을 받았다. 집은 소란스러워졌고, 나는 잊

---

* 옛날 베트남에서는 중요하고 긴 이야기가 필요할 때 빈랑을 씹으면서 하던 관습이 있었음.

어진 것과 다름없었다. 나는 부엌 구석에 서서 아주머니들이 왔다 갔다 하는 것을 보았다. 고모부는 프랑스어로 노래를 부르며 강에서 물을 길어다 종려나무 아래 놓인 커다란 항아리에 부었다.

여자 아이는 빠르게 자랐다. 순식간에 나는 그 애가 걷는 것을 보았다. 나는 그 애를 무척이나 아꼈는데 그 애가 매우 예쁘게 생긴데다 똑똑하기 때문이었다. 우리 둘은 주로 차 밭에서 놀았다. 나는 온 차 밭을 다니며 울타리 주변에 자라 난 야생화를 꺾어 지푸라기를 가져다 묶어 꽃다발을 만들었고 낌은 꽃다발을 쥐고 하루 종일 놀다, 잠을 잘 때도 베게 맡에 두었다. 그 애가 뛰어 다닐 줄 알게 됐을 때, 나는 그 애를 이끌고 강에 내려가 놀았다. 강은 신기했다. 그 해, 팔월엔 물이 차올라 양 강가가 모두 잠겼고, 내가 서서 놀던 강기슭도 잠겼다. 물은 탁했고, 누런 거품이 가득했다. 사람들은 나룻배를 타고 상류에서 흘러 온 땔감을 건져 올려 일 년 내내 사용했다. 사람들 얘기로는 물이 넘쳐 집을 휩쓸고 간 해도 있다고 한다. 물이 올라 올 때마다 나는 무서워서 우리 고모 주변만 맴돌았다. 물이 빠지면, 모래사장은 검게 마른 익은 산열매로 가득했다. 물이 차오르면 어쩜 강은 그리 한없이 넓은지. 그렇지만 건기에 강은 이상하게 아름다웠다. 모래알 하나하나가 분명히 보일 정도로 물이 맑았다. 현으로 일보러 가는 사람들과 장에 가는 사람들은 바지를 걷고 옥수수 밭을 헤치며 갔다. 옥수수가 토실토실, 옥수수 꽃이 노랗게 강가에 날렸다. 아래로 조금 가면 호박을 심는 곳이다. 호박 덩굴이 넘친다. 사람들은 호박 줄기를 자유롭게 꺾게 했는데, 더 자를수록 호박은 가지를 뻗어내기 때문에 얼마를 꺾어도 괜찮았다. 그 날은, 낌이 아장아장 걸을 줄 알았고, 우리 둘은 물가 가까이에서 모래를 쥐며 놀았어도 강이 말라서 아무도 걱정하지 않았다. 하늘이 붉게 어둑해 질 때마다 우리 고모는 강기슭에 서서 우리 둘을 불렀다. 한번은 모래사장에 무척 큰 거위 두 마리가 나타났다. 사나운 거위 두 마리는 그 때 물가 가까이에서 놀고 있던 낌을 내쫓았고, 나는 호박밭에 있었다. 낌은 내 쪽으로 뛰어 왔다. 그 때 나는 엄청난 두 거위가 무서웠는데, 그 놈들이 이상하게 컸기 때문이었다. 그렇지만 왠지 모르게 나는 낌 쪽으로 달려들었고, 자갈을 집어 정신없이 거위 두 마리에게 던지고, 입으로는 시끄럽게 고함을 질렀다. 낌의 머리채를 물 뻔한 둘 중 한 마리의 거위의 목에 자갈이 명중했다. 놈은 꽥꽥 울었고, 목을 움츠리고 도망갔고 남은 한 마리도 따라 뛰었다. 낌은 내 팔로 뛰어 들었고, 얼굴은 새파랗게 질려, 울지는 않았는데 입술을 부들부들 떨며 뭔가를 말하려고 했다. 그 뒤 며칠 동안 그 애는 강으로 내려가지 못했다. 그 애는 눈을 동그랗게 뜨고, 한 말을 또 했다.

-거위, 거위가 나 물어…

우리 고모는 애들을 연이어 낳았다. 낌이 채 두 살이 되기도 전에 나는 또 다른 동생이 태어나는 것을 보았다. 날마다, 나는 애기의 기저귀 든 조그만 지게를 지고, 손으로 낌을 이끌고 강으로 내려갔다. 낌은 신나게 모래장난을 하고 나는 기저귀를 빨았다. 돌아올 때, 나는 작은 대야에 물을 가득 길어와야 했다. 낌은 어린 호박잎을 두 장 따다 넘치지 않게 물 대야에 놓고 내 뒤로 오며, 옹알거리면서 이야기를 했다. 어떤 때 낌은 고모가 우리 둘을 놀리려고 부르던 노래를 불렀다. "황금을 지고 가 옥수수 강에다 붇네! … 낌의 혀 짧은 목소리가 나를 웃겼다.

우리 고모는 줄줄이 사내아이를 낳았다. 집안이 갈수록 가난해져 나는 매우 힘들게 학교를 다녔다. 고등학교를 마치고 나는 군대에 갔다. 내가 군대에 갈 때 낌은 겨우 사학년이었다. 여동생은 집 결지로 가는 나를 배웅하며, 훌쩍훌쩍 울었다. 나는 어머니의 꽃무늬 옷을 다시 재단하고도, 어깨는 기워 입어야 했던 비쩍 마른 계집애가 계속 생각났다. 그때는 적인 미군이 북쪽 공격을 시작한 지 일 년이 되던 해였고, 나는 남쪽 전투에 가게 되었다. 나는 가기 전에 집에 들렀다. 미군들이 밤낮으로 내내 포탄을 쏴댔다. 우리 집에서 성의 발전소까지는 직선으로 오 킬로미터였다. 그 근처에는 새로 지은 일부 산업시설이 있었고, 붉은 기와의 몇 층짜리 고등학교 하나가 있어서 미군 놈들이 집중적으로 폭격했다. 조청과 두부를 만드는 조용한 마을은 벌써 오래 전에 바뀌었다. 그런 부업들은 점차 사라지고, 농민들은 벼농사에 집중해야 했다. 게다가, 건장한 청년들이 많이 떠나, 마을을 지나면 전보다 휑하고 조용했다. 밤엔, 비행기가 윙윙 밝은 포탄을 떨어뜨렸다. 우리 고모와 고모부는 등불을 가리고 앉아 채점을 했고, 비행기가 지나갈 때마다 등불을 꺼야만 했다. 등불을 다시 붙일 때, 기름으로 타는 불꽃 끝에서 그을음이 뭉게뭉게 피어났고 두 분은 어렵게 그 희미한 불빛을 통해 글자를 볼 수 있었다. 점수를 먹이고 나면 보통 한밤중이다. 우리 고모와 낌은 부엌으로 가 어두운 그림자 속에서 속삭이고 앉아, 돈을 벌기 위해 나무개피를 쪼개 현에서 향을 만드는 집에 가져다주었다. 낌의 두 남동생은 숙제를 마치고 광주리와 어망을 가지고가 마을 뒤 논에서 물고기를 잡았다. 더 어린 녀석들은 돼지를 치고, 닭을 기르고, 땔감을 구했다. 동생들이 많아질수록 고모와 고모부의 봉급은 팍팍했다. 전쟁 때 학교 일은 갈수록 힘겨워졌다. 내가 집에서 며칠 있는데 고모와 고모부와 앉아 얘기도 못했다. 가르치는 게 끝나면 참호를 만드는 것에 신경 써야 하고, 수업을 신경 써야 했다. 집에 돌아오면 벌써 밤이 되기 일쑤였다. 애들은 지들끼리 밥을 차려먹었다. 뭐라도 얻어오면 대충 먹고 끝냈다. 밥과 국은 식었고, 실상 배부르게 먹는 때는 거의 없었다. 굶고 잠을 자는 날도 있었다.

고모의 등은 출산 때문에 그리고 일 때문에 굽었다. 고모부는 오래 전부터 프랑스어로 노래 부르는 것을 그만 두었다. 자전거 역시 고장이 났고 두 분은 맨발로 다니면서도 온 곳을 다 다녔다. 그러나 나는 두 분이 언제 불평하는 소리를 듣지 못했다. 그 분들은 묵묵히,

일에 양심을 가지고 있는 분들이고, 모든 사람들을 위하는, 특히 내가 우리 고모 고모부 세대에서 느끼는 점이다. 두 분은 아마 가장 이로운 수많은 일을 해 내셨을 텐데 나는 내가 뭘 했는지조차 스스로에게 묻지 못했다. 그들은 단지 몰두해서, 자신은 잊고 일했는데, 지금에 와서 내가 두 분의 처지에 있었다면 내가 충분히 견뎌낼 힘이 있었을지 모르겠다.

주변 농민들은 선생님 부부를 무척 아꼈다. 전쟁은 그들을 가난하게 만들었다. 그러나 그들의 마음속은 옛날처럼 진실했고, 인간적이었다. 내가 군대에서 왔다는 걸 알고 감자 몇 알을 가져온 사람, 조청 병을 가져 온 사람이 있었고 우리 고모가 나와 마을을 지나가자 사람들은 우리 고모에게 인사를 했다.

- 선생님 놀러 나가세요? 선생님 아드님은 언제 우리에게 국수를 먹여 줄 거래요?

우리 고모는 그들과 몇 마디 이야기를 나누었지만, 옛날처럼 오래 서서 있을 시간은 없었다. 그들에게서 멀어져 가고 있어도 나는 우리 고모의 마른 얼굴에 맺혀있는 가슴 밑바닥에서부터 퍼지는 미소를 느낄 수 있었다. 일과 출산으로 수 없는 고달픔이 새겨진 얼굴에.

나는 전쟁 내내 전장에 있었고, 거의 돌아오지 못했다. 사이공이 해방되고 도시에서 나와 부대는 임무로 눈코 뜰 새 없었다. 나는 몇 년이 지난 집에서 보낸 편지를 여기에서 받았다. 우리 고모와 고모부는 여전히 옛날 마을에 살았고, 여전히 옛날처럼 많은 일을 했다.

동생들이 많아서 사는 것은 팍팍했고, 애들은 먹어야 했고 입어야 했다. 녀석들은 부모님을 안쓰러워해서 공부를 잘 하려고 애를 썼다. 집은 미국 폭격에 옛날 초석 위에다 세 번을 다시 지어야 했다. 폭격 때마다 살림살이가 다 없어졌어도 또 다시 살 수 있었다. 그런대로 동생들 모두 부모님과 친척 전체와 함께 이 항미전쟁 중 어려움을 이겨낼 수 있었고, 공동의 승리…에 일조했다. 우리 부대는 북으로 돌아오라는 명령을 받았다. 나는 수년 만에 집을 찾아 볼 기회가 생겨 미친 듯 기뻤다. 나는 고모부께 드릴 파란색 자전거 뼈대를 하나 샀고, 고모에게는 새틴 바지, 동생들에게 줄 각각 옷 한 벌을 샀다. 그것밖에 없는데 배낭이 다 찼다. 나는 손으로 자전거 뼈대를 들 들고, 알루미늄 채반은 배낭 밖에다 걸었다. 식구 모두가 나를 보고 굳어 서서 함께 한바탕 울음이 솟구쳤고, 우는 사람, 웃는 사람, 몇 녀석은 쭈삣쭈삣 거렸다. 정말 단출했다. 칠십 이년 마지막 폭격 이후 지은 집은 내가 이별을 하고 전쟁에 가던 때 있던 집보다 작았다. 그 집을 세 번 짓고 얼마나 많은 일이 있었는지. 듣기만 해도 겁이 나는 이야기도 있었다. 고모가 막내 녀석을 조만간 낳으려고 산통이 있던 차에 고모부는 학생들을 데리고 군대를 위해 진지를 만들러 가서 일주일씩이나 있어야 했다. 고모는 누워 있었고, 곁에는 어린 남동생들 몇 명만 있었다. B52가 포탄을 투하했다. 엄마와 애들은 집이 불타고 대나무가 퍽퍽 터지는 소리를 들었다. 부락 전체에 불타는 집이 얼마나 많았는지, 누구나 그들의 집안일을 챙

기느라 선생님에게 와서 도와줄 사람이 없었다. 큰 녀석 둘이 아이들 몇을 달랬다. 녀석들을 너무 무서웠고, 그렇게 가깝게 포탄이 터졌던 적도 없었다. 바로 그 가장 난감한 순간에, 고모에게 산통이 왔다. 고모는 땅굴에 깔아 논 나무판자 위를 뒹굴며 고통스러워했다. 애들은 겁을 먹고, 엄마 주변에 몰려들었다. 훌쩍훌쩍… 울음을 터뜨렸다. 그 당시 8학년이던 셋째 동생인 탕 녀석만 먼저 울음을 그쳤다. 녀석은 이제 갈라지는 걸걸한 목소리로 동생들에게 이 일, 저 일을 나눠 주고 동생들을 진정시켰다. 식구 모두 아이가 태어나기만을 기다리고 있던 터라 며칠 전부터 이미 땅굴에 모든 것들을 준비해 두었다. 탕은 집으로 뛰어 들어가 불이 활활 타고 있는 바로 그 때, 화염 속에서 냄비를 가지고 나왔고, 이웃들이 B52 지역을 벗어나려고 고함을 치고 뛰어다니는 와중에 어린 녀석이 우물로 가 물을 퍼오고 땅굴 입구에서 물을 끓였다. 그 때 분위기는 또 다시 비행기가 포탄을 투하할 수도 있어서 무척 혼란스러웠는데 식구들 모두가 어떻게 도망을 갈 수 있었겠는가. 탕은 어머니도, 동생들도 안심시켰다. 녀석이 없었다면 우리 고모가 어떻게 해냈을 지 알 수 없다. 녀석은, 8학년짜리가, 그 B52가 사납게 포탄을 투하하던 밤에 산파의 일을 해내야 했다. 고모는 아팠지만 이를 꽉 물고 동생에게 일하는 법을 알려줘야 했다. 애기의 탯줄을 자르는 일까지, 우리 고모는 거의 기절직전이었지만 동생에게 차근차근 알려줘야 했다. 탕은 계속 입으로 어머니를 응원했다. "어머니, 안심하세요. 안심하세요…"

녀석의 목소리를 들으니 나는 녀석이 울음을 터뜨리고 싶어 하는 것처럼 느껴졌지만…. 지금껏 꾹 참아야만 했고, 우리 고모는 어떻게 엄마와 자식 몇이 그 엄청난 밤을 지냈는지 이해할 수 없었다.

탕은 이제 군대에 갔고 지금은 남부에 있다. 동생이 남부에 간 지 일 년이 되던 해 남부가 해방되었다. 어머니가 애 낳는 것을 도왔던 밤 이후, 아버지도 아직 돌아오지 않았는데 녀석 혼자 집을 다시 짓는 일도 전부 짊어지고, 동생들도 돌봐야 했다. 어느 날 밤, 녀석은 논으로 나갔다. 어망을 메고 녀석은 오랫동안 나갔다. 새벽 한 시쯤 지나 녀석이 돌아왔는데 손에는 큰 물고기 두 마리를 들고 있었다. 희미한 불 빛 아래 녀석의 얼굴이 새파랬다. 녀석은 거꾸로 서 있던 병 조각을 밟아 발이 퉁퉁 부었다. 녀석은 고모를 안심시키려고 말했다. "저, 보건소에서 씻고 붕대도 감고 파상풍 주사도 맞았으니 제 걱정은 하지 마세요, 어머니…" 그러나 녀석의 통증이 어머니를 관통하는 거 같았다. 고모는 서럽게 울었고, 녀석은 어머니를 달래느라 웃으려고 애썼다. 다음날, 탕이 조린 생선 접시를 보고 고모는 삼켜 넘길… 재간이 없었다.

고모가 거기까지 얘기한 것을 듣고, 나는 그 격렬한 칠십 이년에 태어난 어린 동생을 감싸 안았다. 예쁘장한 녀석은 낌을 판에 박은 듯 똑같았다. 녀석은 어렸을 때 낌보다 통통했다.

- 그 날 낌 누나는 포탄 진지에 가야 했어요. 누구나 다 가서 이 일, 저 일을 해야 했어요…

나는 우리 고모와 동생들이 속이 쓰리도록 안쓰러웠다. 나는 탕의 병 조각 때문에 부은 발을 그려보고 동생이 어렸을 때를 기억해 보려고 했다. 그런데 아마 남동생들이 너무 많아서인지 낌만큼 명확하게 기억할 수가 없었고, 이 녀석 성격이랑 저 녀석 성격이 섞여 낌 같지는 않았다.

몇 년 전, 고모와 고모부는 연세가 든 것에 대해 얘기를 했고, 실제로 두 분은 나이보다 훨씬 늙었다. 주변에서는 사람들이 사는 것에 다른 생각을 갖고, 새로운 사는 방식으로 뛰어 드는 시합을 하고 있는데도 고모와 고모부는 여전히 자기는 잊고 몰두해서 일을 했다. 얼마나 많은 세대의 학생들이 두 분의 착한 마음, 깨끗한 양심에 영향을 받았던가. 고모는 애들처럼 작았고, 얼굴은 새까맣고 홀쭉하게 말랐고, 두 눈은 피곤으로 내 어린 시절처럼 밝을 때가 거의 드물었다. 고모의 편지를 받을 때마다 나는 두근거림을 느꼈고, 내 손을 잡고 물이 빠진 강을 건널 때 고모의 따뜻한 손이 생각났다. 우리 고모가 내가 마시게 만들어 주었던 사탕수수 조청을 탄 두유의 냄새, 내 손발이 먹물처럼 시커먼 아이였을 때.

❖

고향으로 돌아와 나는 옛날 강을 건너던 지름길을 찾았다. 자연적인 강, 물이 상류에서 흘러 내렸고, 사람들은 거기에 호안을 쌓을 수 없었고, 강가에 시멘트로 집을 지을 땅을 차지하려고 강 한가운데를 흙으로 덮을 수가 없다. 어떤 곳보다 더 훌륭하게 강은 수천 년 전부터 흘렀던 것처럼 아직도 흐른다. 강 양가에는 아직도 뽕밭, 옥수수 밭이 한없이 있고, 옥수수 사이사이 실한 종자는 죽도 끓이고, 국도 끓이고 밥을 대신해서 먹을 수도 있는 호박이 있다. 맛이 없는 종자라도 뇌염을 예방하고, 두통을 치료하는 데 쓰일 수 있다. 어릴 때부터 무더운 여름 낮이면 고모가 끓이던 늙은 호박에 팥을 넣어 끓인 걸 먹기 좋아했고, 정말 단 사탕수수 설탕 맛보는 것을 좋아했다.

마을 사람들에게 물어 나는 고모의 묘를 찾아 갔다. 마을의 묘지는 퇴적된 곳 쪽에 있었다. 바람이 살살 초목들을 한 방향으로 쓰다듬고 있다. 묘지 주변으로 뽕나무 언덕이 있었다. 뽕밭은 강가까지 이어져 상류 쪽으로 레 왕조의 위대한 왕의 흔적이 아직도 남아있는 숲까지 이어졌다. 농민 출신의 임금은 의협심 있고 나라를 사랑하는 사람들을 모아 봉기해서 중국의 잔악한 군사들을 물리쳤고 이 숲에 도읍을 정하였다. 어릴 때 고모는 나를 데리고 거기에 자주 갔었고, 고모는 나무뿌리에 앉아 책을 읽고 나는 숲을 어슬렁거렸다.

나는 왕궁의 거대한 기둥 하단의 흔적, 검푸른 색을 띤 무지 큰 바위들을 발견할 때마다 신이 났다. 얼마나 많은 바위들, 얼마나 많은 기둥이 있는지 아는가? 궁전은 임금이 탕롱*으로 도망갔을 때 세월에 의해 파괴되었지만 어떤 것도 돌기둥 하단을 파괴할 수 없어 아직도 레 왕조의 찬란한 한 때 흔적처럼 숲 속에 널려있었다.

이 땅은 수많은 임금을 만들어냈지만 레 러이(Lê Lợ, 黎利)**는 세월에 가장 진한 흔적을 남겨놓은 임금이다. 그 때 고모는 내게 말했다. "자, 너는 여러 곳을 가게 될 거야. 그렇지만 언제나 우울하면 이리로 돌아오렴!"

나는 고개를 숙이고 몸을 돌려 바람을 가리고 성냥불을 향에 붙여 고모의 묘에 꽂았다. 확실히 고모가 말씀하신 것처럼 이 땅에 발을 얹었으니 마음이 편할 것이다. 나는 땅의 시원한 향, 도시에서 먼 땅의 냄새를 맡고, 소음을 떠나, 휘발유 냄새가 섞이지 않고, 한밤중 먹자 골목 냄새, 식당에서 풍기는 이상한 음식 냄새가 섞이지 않은 향을 느낄 수 있게 풀 위에 드러눕고 싶어졌다.

- 오빠, 왜 이제서야 돌아왔어요?

낌, 어린 시절 나와 붙어 다녔던 조그맣던 여동생이 내 손의 가방

---

* 현 베트남의 수도 하노이의 옛 이름-역자주

** Lê Lợ(黎利), 명나라를 물리치고 레(黎)왕조를 건국하였다.-역자주

을 들어주며 갑자기 울음을 터뜨렸다. 낌을 보고 나는 조그마한 여자애에게서 어머니의 모습을 느끼고 깜짝 놀랐다. 끔은 전쟁 시절 고모와 영락없이 닮았다. 낌은 마을 선생님이고, 냅다 아이 넷을 낳았으며, 지금은 등도 약간 굽었고, 헝크러진 머리카락에 어수선하게 옷을 입었다. 낌은 한동안 시끄럽게 울고, 킁킁 코를 풀었고, 자식들과 본래 농장의 발전기 수리공이었다 지금은 아편에 중독된 남편에 관한 이야기를 풀었다.

- 제가 그 이를 쫓아냈어요.

- 어디로 쫓아내?

- 마약중독 치료소로요. 에구, 그 이 때문에 제가 홧병이 나요!

등잔불 옆에서의 저녁밥상에서 낌은 내게 장에 졸인 두부 조각을 집어 주었다. 집에서 만든 장으로 만든 음식을, 낌은 어머니에게 만드는 법을 배웠다. 나는 후다닥 장에 졸인 두부를 먹었다. 이 음식을 먹지 못한 지 너무 오래 되었다….

마을은 지금 옛날처럼 조용하기 않았다. 오토바이 소리, 집집마다 발전기를 돌리는 소리, 그리고 영어로 무슨 노래의 한 구절인지 고래고래 울부짖는 목소리의 청년까지.

그런데 들어 봐… 시골에 넘쳐 들어온 도시의 움직이는 소리들에 섞여 달그락 달그락…. 무슨 소리가 있다.

- 무슨 소리지?

- 오빠, 모르겠어요? 사탕수수 즙 짜내는 소리잖아요. 기계를 사람들이 좋아하지 않아요. 여전히 소들이 사탕수수를 짜내요. 여기 조청은 지금도 맛이 있어요, 오빠.

나는 기억해냈다. 사탕수수 즙 줄기는 맷돌로 흘러 들어갔다 큰 솥으로 흘러 끓였다. 아, 가래엿을 만드는 조청의 거품….

(1986년 작품)

역자 후기

2009년, 오랜 친구인 베트남 작가 호 아인 타이로부터 자신의 소설 「섬 위의 여자」를 한국어로 번역해 달라는 제안을 받았을 때 나는 한창 하노이에서 베트남 경제사를 배우고 있었다. 한국에서 읽었던 베트남 사회주의 경제체제와 시장경제로 체제 전환에 대한 식상한 글들로 별 흥미를 갖지 못했던 1980년대 베트남과 내가 직접 현지에서 겪었던 1990년대 이후 약 20년 간의 베트남 사람들의 생활에 대해 수많은 의문이 생기기 시작했다. 마침 호 아인 타이는 작품의 시대배경이 1975년 전쟁이 끝난 후 1986년 베트남이 '도이머이(쇄신 刷新)' 정책을 천명하기 직전의 베트남에 대한 것이라는 간략한 설명을 해주었다. 나는 손윗 친구인 타이에 대한 우정도 표현하고 나의 베트남에 대한 이해를 넓히자는 목적으로 첫 베트남 문학작품 번역을 시작했다. 번역을 마치고 연이어 두 차례 더 내 또래 베트남 여강사의 경제사 수업을 들으며 베트남 현대사에 관해서, 북부 사람들의 선택, 반세기가 넘는 국가 건설을 위한 노력과 베트남 전쟁에 대해 조금 더 알고 싶어졌다. 그러던 차에 호 아인 타이의 소설 속 인물들처럼 16세(실제는 15세)의 나이에 전쟁에 청년돌격대로 자원해서 참여했던 우리 부모 연배의 여성작가 레 민 퀘를 사적인 모임에서 재회를 하고 그녀의 단편 소설집을 선물로 받았다.

사실 나는 베트남 사람들과 베트남어로 떠들고 논쟁하는 것은 좋아하지만 문학작품을 직접 읽는 것에 입시 수준의 스트레스를 받고 있었기 때문에 가까운 시일 내에 선물로 받은 책을 읽는 것은 별로 염두에 두지 않고 여유로운 시간이 있으면 읽어 보겠다고 생각하고 있었다. 그러나 사람일은 한 치 앞을 내다볼 수 없는 것이, 2011년 6월 하노이에서 학위를 마치고 귀국하기 직전 문득 레 민 퀘가 생각나서 앞으로 현대문학작품 속에서 베트남 여성을 연구해보고 싶다는 이야기를 나누고 전화를 끊었는데, 그 뒤 반 년 만에 레 민 퀘의 단편들을 직접 고르고 번역을 하게 될 줄 누가 알았겠는가.

레 민 퀘(본명 :레 티 민 퀘)는 단편소설을 주로 쓰는 문인으로 베트남 현대 문학사적으로는 1945년 이후 약 30년간 베트남 문학을 지배했던 혁명문학시기부터 1986년 이후 현재까지 이어지는 도이머이(쇄신 刷新)문학에 걸쳐 살아남은 유일한 베트남 여성작가라는 평가를 받는다. 다양한 소재와 변화무쌍한 인물들, 살아있는 대중적인 언어 사용으로 끊임없이 진화하며 그녀만의 독특한 문체와 함께 계속 글을 발표하고 있다.

1969년부터 글을 쓰기 시작하여, 창작 초기인 1970년대와 1980

년대 초까지 레 민 퀘는 자전적인 성격이 많이 묻어나는 남녀 청년 돌격대, 전쟁터의 젊은 병사, 자신을 던져 전쟁에 자원하는 젊은이들에 대한 글을 많이 썼다. 이 책의 「머나먼 별들」에 나오는 인물들처럼 레 민 퀘 초기 작품 속 인물들은 활기차고, 삶을 사랑하며, 천진난만한 것이 특징이다. 베트남 전쟁을 떠올릴 때 우리가 흔히 연상하는 베트남 민중들의 무거운 사명감보다는 치열한 전쟁터라는 힘겨운 현실 속에서도 긍정적이고 낭만적인 모습으로 생활하는 개개인들을 볼 수 있다. 아마 그런 이유 때문에 「머나먼 별들」이 베트남 중학과정 문학교과서에 소개가 되고 수많은 외국어로 번역 출판되었으리라 생각한다. 「머나먼 별들」은 레 민 퀘가 19세에 쓴 첫 단편으로 이 작품으로 그녀는 많은 사람들의 관심을 끌었다. 전쟁 속에서도 낭만을 찾았던 시대에 일상의 평화를 꿈꾸는 사람들의 모습을 이 시기의 작품에서 찾아 볼 수 있다.

긴 전쟁이 끝나고 살아남은 사람들은 평화의 시대를 맞이해 겉으로는 일상에 묻혀 있는 듯 했지만 실은 수많은 슬픔과 기쁨, 걱정으로 복잡했다. 30년이나 이어졌던 전쟁의 상처를 제대로 치유하지 못한 채 베트남 사람들은 급속한 환경 변화에 적응하기 위해 또 다른 '전투'를 치루고 있는 중이었다. 레 민 퀘와 같은 세대가 모든 것을 던져 얻고자 했던 평화로운 삶은 너무나 쉽게 생각하지 못 했던 방향으로 흘러갔고 그에 대한 회의가 밀려들었다. 「시멘트 마을」이나 「홀로 길을 건너다」에서 그런 작가의 시선을 느낄 수 있다.

또한 여성작가로 레 민 쾌는 주변의 사소한 것들을 통해 여성 인물들의 우울한 감정에 대해 쓴 여러 작품이 있다. 이 책에도 「정말 늦은 어느 오후」, 「계절 끝에 내린 비」, 「증기 기관차」에서 감성적이면서 애정에 목말라 하고, 일상의 평범함에 지쳐 눈물을 흘리지만, 결국 아름다운 추억을 아깝게 삼키며 또 하루를 참아내는 여성의 모습을 그리고 있다. 특히 「계절 끝에 내린 비」의 주인공 미는 마치 나 자신의 심정을 그대로 표현하는 것 같아 번역을 하는 내내 공감을 하기도 하고 위로가 되었다.

어떤 작품이든 레 민 쾌는 베트남 사회와 정치에 대해서 적당한 거리를 두고 소소한 일상에서 묻힌 듯 담담히 이야기를 하고 있지만 「놀이」에서는 작가의 진화된 실험정신을 두드러지게 느낄 수 있다. 이 작품에서 작가는 베트남 현대사에 대한 노골적인 평가와 민간신앙인 모신교(母神教 Đạo Mẫu)적인 색채를 덧입혀 이야기를 풀었기 때문에 모신교에서 사용되는 거울, 립스틱, 화려한 의상 등에 대한 의미를 이해하지 못하는 한국 독자들에게는 이런 장치의 등장이 생뚱맞게 느껴지는 부분이 여러 곳 있을 것이다. 나는 베트남에 있으면서 여성신을 모시는 모신교에 대해 알아볼 기회가 여러 번 있었는데, 이 독특한 민간신앙은 짙은 화장, 화려한 여성의 복장을 한 무당이 거울 앞에서 일종의 굿을 하면서 접신을 하고 어머니신은 주로 재복을 내려주는 것이 특징이다. 「놀이」에서는 썸이 배 위에서 태어날 때 도왔던 점잖은 아주머니가 무당의 역할을 한다. 이런 작가의 변신 부분에 대해서는 레 민 퀘의 작품 연구를 지도하는 베트남 전문가조차 미신이나 심령적인 것을 그녀의 작품에서 찾아 볼 수 없다고 단언했지만 작가는 나의 모신교 성격이 있다는 견해에 대해서 맞다는 확인을 해 주었다. 앞으로 베트남 문화에 대한 연구가 진행되면 좀 더 이 작품의 이해가 쉬워질 것이다.

레 민 퀘의 단편은 대개 누구의 편도 들지 않고 냉정하게 사회상을 보여주고 끝마무리가 잘 되지 않은 것처럼 느껴지는 결말로 독자에게 여러 방향으로 연상을 할 수 있는 여운을 준다. 「양끝」이나 「하늘 중턱」은 민족분단과 이념의 대립 등 베트남과 유사한 현대사를 거쳐 온 우리나라 사람들에게 비교적 쉽게 읽히는 작품이다.

이번에 한국 독자들에게 소개하는 단편들은 레 민 퀘의 작품들 중에서 가장 무난하고 덜 충격적이며 공감하기 쉬운 내용을 담은 작품들을 위주로 골랐다. 그녀의 작품을 충분히 이해하기 위해서는 베트남 현대사와 문화에 대한 이해가 선행되어야 하는데, 아직 한국에서는 그러한 준비가 아직 되어있지 않았다는 판단이 들어서였다. 자칫 문학작품 번역이 아닌 베트남의 언어와 현대사, 문화를 설명하는 교과서로 변할 수 있기 때문이다. 이 점은 작품 번역에 필요한 자료들을 찾으면서 더 절실히 느꼈다. 베트남어의 성조, 모음의 장단음, 자음과 모음의 반복이 만들어 내는 리듬감 같은 음악적 특징 뿐만 아니라 레 민 퀘가 구사하는 구어체의 호흡, 창조적인 표현 등 은 머릿속에서 이해를 하면서도 정작 내 모국어인 한국어로 충분히 살릴 수 없어 번역을 하는 내내 무척 괴로웠다. 한국과 베트남 사이에 존재하는 언어적 특징과 사고방식의 차이를 계속 신경 쓰고 있지만 나는 내 번역의 어설픔과 어색함을 감추고자 베트남 작가의 말을 제멋대로 매끈하고 화려하게 꾸며 놓고 싶지 않았다. 그 또한 아직 한국에서 시작도 못하고 있는 베트남어 연구와 베트남 현대사 연구의 수준을 사실대로 보이고 신랄한 비판을 받을 수 있는 기회가 될 것이라고 생각한다.

너무 짧은 시간에 미숙한 번역을 하면서 많은 분들의 도움을 받았다. 한 달 반 동안 우리 집에 동거를 했던 민 응옥, 주말이면 늦은 밤까지 작품 속 단어 하나하나, 문장 한 줄 한 줄 내가 이해한 것이 맞는지 듣고 설명해 주시던 쩐 하인 마이 선생님, 뭐든 베트남에 대한 질문에 답을 찾아주시는 유인선 선생님, 베트남 작가와 작품을 한국에 소개하는 일을 도와주시는 김재용 선생님, 날이 갈수록 무뚝뚝해지는 딸을, 며느리를, 아내를, 누나를 견뎌야하는 가족 모두에게 이 기회에 고마운 인사를 전하고자 한다.

테헤란에 있는 호 아인 타이에게서 벌써 다른 작가의 새로운 작품을 보내주겠다는 이메일이 왔다. 나는 우선 좀 놀자고 짜증을 냈지만 조만간 공부를 할 준비가 되면 다시 입시 스트레스를 즐길 것 같은 예감이 든다.

최하나

원제

머나먼 별들 Những ngôi sao xa xoi

•

정말 늦은 어느 오후 Một buổi chiều thật muộn

•

계절 끝에 내린 비 Cơn mưa cuối mùa năm

•

양끝 Hai bờ

•

하늘 중턱 Lưng chừng trời

•

시멘트 마을 Làng xi măng

•

놀이 Cuộc chơi

•

증기 기관차 Đầu máy hơi nước

•

홀로 길을 건너다 Một mình qua đường

•

강 줄기 Dòng sông

지은이

레 민 퀘 Lê Minh Khuê

1948년 베트남 타인 화 출생.
1965년 청년 돌격대로 전쟁에 참가(16세), 이후 ≪선봉≫(띠엔 퐁, Tiền Phong)지 종군기자, 1975년 베트남 중부 다낭 시에서 통일을 맞이함. 베트남 전쟁에서 가장 치열했던 전투 현장을 두루 목격함.
1968년부터 글을 쓰기 시작해서 1970년 첫 단편집을 출판함.
1973년부터 1975년까지 해방라디오 기자.
1979년부터 2005년까지 베트남 문인협회 출판사 편집원.
10권의 단편소설집을 출판함.
다수의 작품이 미국, 스웨덴, 이탈리아, 독일 등의 언어로 번역되어 출판됨.
2008년 제1회 이병주 하동국제문학상 수상.

옮긴이

최하나 Choi Hana (Minh Ha)

1975년생.
한국외국어대학교 베트남어과 졸업.
베트남 하노이 국립대학교 베트남학과 과학벌전원 석사.
베트남 하노이 국립대학교 베트남 역사전공 박사과정.
프리랜서 베트남어 코디네이터.
베트남 정치인들에게 한국의 정책을 소개하는 일을 하다가 최근에는 문학을 통해 베트남 사회상을 재조명하는 데 관심을 갖기 시작함.

글누림비서구문학전집 15
레 민 퀘 단편선
머나먼 별들(원제 : Những ngôi sao xa xôi)

초판 1쇄 발행 2023년 8월 16일
초판 2쇄 발행 2024년 12월 18일

지은이 레 민 퀘
옮긴이 최하나
펴낸이 최종숙
펴낸곳 글누림출판사

편 집 이태곤 권분옥 임애정 강윤경
디자인 안혜진 최선주 강보민
마케팅 박태훈

주 소 서울시 서초구 동광로46길 6-6(반포4동 577-25) 문창빌딩 2층(06589)
전 화 02-3409-2055(대표), 2058(영업), 2060(편집)
팩 스 02-3409-2059
전자메일 geulnurim2005@daum.net
홈페이지 www.geulnurim.co.kr
블로그 blog.naver.com/geulnurim
북트레블러 post.naver.com/geulnurim
등록번호 제303-2005-000038호(2005.10.5.)

정가는 뒤표지에 있습니다.
ISBN 978-89-6327-193-4 04830
978-89-6327-098-2(세트)

정가는 뒤표지에 있습니다.